KB131395

나무

BERNARD WERBER

베르나르 베르베르 지음　뫼비우스 그림　이세욱 옮김

L'ARBRE DES POSSIBLES
by BERNARD WERBER

Copyright (C) Éditions Albin Michel S. A., 2002
Korean Translation Copyright (C) The Open Books Co., 2003

이 책은 실로 꿰매어 제본하는 정통적인 사철 방식으로 만들어졌습니다.
사철 방식으로 제본된 책은 오랫동안 보관해도 손상되지 않습니다.

티지아나에게

이야기를 시작하며

내가 어렸을 적에 아버지는 나를 재우기 전에 언제나 이야기를 들려주셨다. 그러면 나는 밤에 그 이야기에 관한 꿈을 꾸었다.

그 뒤로 나는 세상살이가 너무 어려운 것으로 보일 때마다 짤막한 이야기를 짓곤 했다. 내가 겪는 문제의 요소들을 무대에 등장시켜 이야기를 짓고 나면 이내 마음이 평온해졌다.

초등학교 시절에 다른 아이들은 나에게 이야기를 지어 달라고 부탁하기가 일쑤였다. 그러면 나는 대개 이런 식으로 시작하는 이야기를 들려주었다. 〈그는 아무 생각 없이 문을 열었다가 너무 놀라서 입을 다물지 못했어…….〉

세월이 흐르면서 그 이야기들은 갈수록 환상적인 것으로 변했다. 그러다가 그것들은 하나의 게임이 되었다. 사람들에게 어떤 문제를 제기하고 뜻밖의 해법을 찾아내게 하는 게임 말이다.

나는 첫 장편소설 『개미』를 발표한 뒤에 이야기를 빠르게 지어내는 능력을 유지하고 싶어서 매일 저녁 한 시간을 할애하여 단편소설을 썼다. 그럼으로써 오전 내내 〈두꺼운 소설〉을 쓰는 데서 오는 긴장 상태로부터 벗어나곤 했다.

단편소설을 구상할 때 나에게 영감을 주는 것은 주로 산책할 때의 관찰, 친구들과 나누는 이야기, 꿈 등이다. 때로는 나를 화나게 하는 어떤 일에서 영감을 얻기도 한다. 나는 이야기를 통해서 내 마음속에 생긴 화를 몰아내고 싶어 한다.

「수의 신비」라는 작품은 내 어린 조카와 이러저러한 이야기를 나누던 중에 착상되었다. 녀석의 말에 따르면, 녀석의 반에는 열까지 셀 줄 아는 아이들과 그보다 큰 수를 셀 줄 아는 아이들 사이에 서열이 존재한다고 한다.

「암흑」이라는 작품의 아이디어가 떠오른 것은 어떤 노인이 길을 건너는 광경을 지켜보던 때였다. 그 노인은 길을 건널 생각이 없었음에도 너무나 친절한 행인에 이끌려 억지로 건너가고 있었다.

「황혼의 반란」은 어떤 양로원을 방문하고 난 뒤에 쓴 작품이다. 세상에 잘 알려지지 않은 닫힌 세계(감옥, 정신병원, 도살장 등)가 내 작품에서는 종종 우리 현대 사회의 실상을 보여 주는 무대로 활용되었다.

「말 없는 친구」는 제라르 암잘라그 교수와 토론을 벌인 뒤에 쓰였다. 그는 생명에 관한 세계적인 연구의 최선두에서 있는 생물학자이다. 「말 없는 친구」에 언급된 과학적인 발견은 거의 알려지지 않았지만 분명한 사실이다.

「그들을 사랑하는 법을 배우자」의 몇몇 요소는 내가 쓴 한 희곡 작품의 소재이기도 하다. 현재 초고 상태에 있는 그 희곡의 제목은 〈인간은 우리의 친구〉이다. 내가 보기에 우리 인간과 다른 존재들의 시선을 빌려 인간에 관해 이야기하는 것은 언제나 유익하고 흥미로운 일이다. 그것은 인간에 대한 성찰이나 반성의 마르지 않는 원천이다. 나는 앞서 발표한 작품들 속에서 이미 〈인류에 대한 외래적 시선〉의 기법을 사용한 바 있다. 소설 『개미』에서 주인공 103호가 텔레비전 뉴스를 보면서 인간의 행동을 해석하려고 하는 장면, 혹은 『천사들의 제국』에서 미카엘 팽송이 천국으로부터 인간을 관찰하면서 그들이 〈행복을 건설하는 대신 그저 불행을 줄이려고 애쓰고 있을 뿐〉이라는 사실을 안타까워하는 대목 등이 바로 그러한 예이다.

개미와 천사는 인간에 관한 상호보완적인 두 관점이다. 하나가 지극히 〈낮은〉 곳으로부터 인간을 관찰하는 것이라면, 다른 하나는 지극히 〈높은〉 곳으로부터 인간을 관찰하는 것이다. 이는 결국 인간에 대한 지극히 〈다른〉 관점들이라고 할 수 있으리라.

이 책의 프랑스어판 제목이기도 한 〈가능성의 나무〉는 컴퓨터와 체스를 두어 패배한 뒤에 떠오른 생각을 바탕으로 쓴 것이다. 컴퓨터가 체스를 두면서 다음 수(手)를 모두 내다볼 수 있다면, 컴퓨터에 우리 인간의 모든 지식과 미래에 대한 모든 가정을 입력해서 인간 사회가 나아갈 길을 단기적으로, 중기적으로, 장기적으로 제시하게 할 수도 있지 않을까 하는 것이 내 생각이었다.

「어린 신들의 학교」는 『천사들의 제국』의 후속편이 될 다음 소설의 작은 실마리에 해당한다. 이 작품은 우리를 이끄는 신들의 일상생활과 교육이라는 문제를 다루고 있다.

여기에 실린 이야기들은 어찌 보면 내 장편소설들의 생성 과정을 보여 주는 것이기도 하다.

이 이야기들은 저마다 하나의 가정을 극단까지 몰고 갔을 때의 결과를 보여 주고 있다. 만일 별똥별 하나가 파리 뤽상부르 공원 한복판에 떨어진다면, 만일 인간이 투명한 살갗을 갖게 된다면 하는 식으로 말이다.

나는 독자들 곁에 앉아 그런 이야기를 가만가만 들려주고 싶은 기분으로 여기 이 글들을 썼다.

베르나르 베르베르

내겐 너무 좋은 세상

「이봐요, 일어나야 돼요. 기상 시간이에요.」

뤽은 뭐라고 투덜거리며 뒹굴뒹굴하다가 베개들 사이로 머리를 깊숙이 파묻었다. 블라인드를 뚫고 들어온 아침 햇살이 은은한 빛으로 방 안에 줄무늬를 만들고 있었다.

「이봐, 내 말 안 들려? 이제 일어나야 한다니까!」

자명종이 처음보다 덜 상냥한 어조로 재우쳤다.

「아이고, 알았어, 그만해!」

뤽은 그렇게 짜증을 내고는 인상을 쓰며 일어나 침대 가장자리에 앉았다. 햇살이 조금씩 따가워지고 있었다. 그는 잠 때문에 부풀어 오른 눈을 비비고 일어서서 실내화를 한 짝씩 차례차례 신었다.

「자아, 앞으로 갓!」

실내화 두 짝이 한 소리로 구령을 넣었다.

뤽은 머리를 긁적이며 주방 쪽으로 이끌려 갔다.

「안녕!」

문이 활짝 열리면서 활기차게 인사를 건네 왔다. 선반 위에 놓인 여러 주방 기구들도 인사말을 합창했다.

「안녕! 당신을 보니 기분이 저절로 좋아지네요.」

〈예전엔 이런 세심한 배려가 좋기만 하더니……〉 하고 생각하는데 의자가 친절하게도 뤽이 앉을 수 있도록 식탁에서 스스로 떨어지며 말했다.

「아주 부드러운 밀크 커피를 마시면서 토스트와 마멀레이드를 먹으면 힘이 날 거예요.」

뤽은 그렇게 사람처럼 상냥하게 구는 물건들을 참고 받아들이는 데에 갈수록 어려움을 느끼고 있었다. 이제는 그런 물건들이 부담스럽고 짜증스러웠다.

물론 그것들 덕분에 삶이 한결 편해진 것은 사실이었다. 예컨대, 그의 아파트는 크고 작은 진공청소기들과 집진기와 그 밖의 다른 청소기들이 천장부터 바닥까지 모든 게 반짝반짝 빛나도록 열심히 청소를 하기 때문에 언제나 완벽하게 정돈이 되어 있었다. 또 세탁기는 빨래 바구니와 협력하여 향긋한 새물내가 나는 깨끗한 옷을 정해진 시각에 수 킬로그램씩 토해 냈다. 그러면 스팀다리미는 베토벤 교향곡 9번을 휘파람으로 연주하면서 이 옷들을 다리고 여러 번 풀을 먹였다.

정밀 전자공학이 발달함에 따라 소형 스피커와 음성 합성기를 어디에나 설치하는 것이 가능해졌고 거의 사람처럼 말을 하는 가전제품들이 쏟아져 나왔다. 혼자 사는 사람들이 갈수록 늘어나는 상황에서 그런 제품들은 확실히 삶을 안락하게 만드는 데에 기여하는 바가 있었다.

하지만 기계가 사람처럼 구는 것도 어느 정도지, 이건 해도 정말 너무했다. 가장 하찮은 도구들조차 제가 맡은 일을 주도적으로 하겠다고 기를 쓰는 상황이 되었으니 말이다. 셔츠는 제 스스로 단추를 채웠고, 넥타이는 마치 뱀처럼 제 스스로 사람의 목 주위에 감겼다. 텔레비전과 하이파이 오디오 세트는 서로 자기가 먼저 집주인을 즐겁게 해주겠다고 다투었다.

사정이 이쯤 되고 보니, 뤽은 때때로 소박하고 말 없는 옛날 물건들이 그리웠다. 온-오프 스위치가 달려 있어서 사람 손이 가야만 움직이는 가전제품들, 금속으로 된 작은 종을 두드려서 소리를 내는 태엽 자명종, 삐걱거리는 문, 자력으로 움직일 수 없고 그래서 위험하지도 않은 실내화, 요컨대 생명의 흉내를 내지 않는 물건들이 말이다. 하지만 그런 것들은 이제 골동품 가게나 가야 찾아볼 수 있었다.

뤽은 프라이팬의 바퀴가 삐걱거리는 소리 때문에 몽상에서 깨어났다. 프라이팬은 관절이 있는 팔을 움직여 계란 하나를 집더니 그것을 깨서 기름에 던졌다. 프라이팬 뒤에서는 커피 머신이 잔에 따뜻한 커피를 따르고 있었다.

「자아 맛있는 콜롬비아 커피를 대령했습니다!」

커피 잔이 하는 소리였다. 잔에서는 김이 모락모락 나고 안데스 지방의 팬파이프 선율까지 흘러나왔다.

「계란 프라이는 누가 먹을 거지?」

접시가 묻자 포크와 나이프가 접시 양 옆에 자리를 잡으면서 대답했다.

「뤽이 먹을 거야.」

냅킨이 뤽의 목 주위로 펄쩍 뛰어올랐다. 뤽은 얼굴을 찡그렸다. 계속 이런 식으로 가다가는 이 빌어먹을 놈의 냅킨이 내 목을 조를 날이 오고 말 거야. 그는 냅킨에 일부러 얼룩을 묻혀 불편한 심기를 드러냈다. 하지만 냅킨은 별로 화를 내지 않았다. 주방의 구석 자리에서는 세탁기가 계란 노른자로 더럽혀진 그 네모난 천 조각을 호시탐탐 노리고 있었다.

「맛있죠?」

커피 머신이 자신만만하게 물었다.

뤽은 대답하지 않았다. 커피 머신은 한 잔을 더 따라 봐야 아무 소용이 없겠다고 느꼈는지 픽픽 하고 증기를 뿜어냈다. 과일 압착기가 마치 음식에 대한 손님의 반응에 불안해하는 주방장처럼 물었다.

「아침 식사가 마음에 안 드시나 보죠?」

뤽은 얼굴이 벌겋게 상기된 채 갑자기 벌떡 일어섰다. 주방 기구들을 상대로 화를 낸다는 건 우스꽝스럽고 부질없는 짓이었다. 하지만 더는 참을 수가 없었다. 이제 물건들이 그를 히스테리 환자로 만들어 가고 있었다.

「날-좀-가만-내버려-둬!」

무거운 침묵이 내려앉았다.

「좋아, 얘들아, 뤽이 원하는 대로 해주자. 뤽은 아주 조용하게 아침을 먹고 싶은 거야.」

토스터가 그렇게 다른 주방 기구들을 타이르면서 노릇노릇한 빵 조각에 가염 마가린과 마멀레이드를 고루고루 펴서 발랐다.

그때 갑자기 라디오가 제 스스로 떠들어 대기 시작했다.

「이제 오늘의 새 소식을 전해 드릴 시간이군요. 먼저 오늘의 날씨입니다…….」

「닥치지 못해!」

뤽이 라디오를 노려보면서 쏘아붙였다. 라디오는 곧바로 꺼졌다. 하지만 그때를 기다렸다는 듯 이번에는 텔레비전이 소리를 내기 시작했다.

「오늘도 좋은 하루 맞으시길 기원합니다. 지금 한창 아침 드시는 중이겠죠? 여러분 모두 아주 맛있게 드시고…….」

사회자가 환한 미소를 지으며 생기발랄하게 떠들어 대고 있었다.

뤽은 전원 코드를 뽑아 버렸다. 다행히도 그의 라디오와 텔레비전은 구형이라서 손으로 전원을 끊는 것이 아직 가능했다. 신제품들에는 영구 전지가 들어 있었다. 그 전지들은 금속판에 고착되어 있기 때문에 제거할 방법이 없었다.

뤽은 토스트를 우적우적 씹어 먹었다. 주방 기구들을 타일러서 잠시나마 조용한 시간을 갖게 해준 토스터가 고마웠다. 그가 다시 자기 방으로 돌아가면서 말했다.

「고맙다, 토스터.」

「천만에요. 나는 아침이 힘들다는 게 어떤 건지 잘 알아요.」

뤽은 그 대답을 들은 체도 하지 않았다. 물건들이 그렇게 인간의 대화를 흉내 낼 수 있는 것은 어떤 컴퓨터 시스템이 내장되어 있기 때문이었다. 결국 그것들이 내뱉는 말들은 자기(磁氣) 기록 매체에 기억되어 있는 문장일 뿐이었다. 처음에 그 말들은 〈예〉, 〈아니요〉, 〈고맙습니다〉, 〈부탁합니다〉 등과 같은 간단한 것들이었다. 그러다가 프로그램이 점점 복잡해지면서 물건들은 이제 비록 틀에 박힌 것일지언정 실의에 빠진 사람을 격려하는 말까지 하기에 이르렀다. 〈내일은 또 다른 태양이 떠오를 거예요〉, 〈걱정하지 마세요, 일이 잘 풀릴 거예요〉, 〈진정하세요, 그렇게 하찮은 것 때문에 화내실 필요 없잖아요?〉, 〈날씨가 좋아질 모양이에요〉 하는 식으로 말이다. 〈점점 더 정감 있게, 점점 더 인간적으로!〉가 그런 물건들을 만드는 사람들의 슬로건이었다.

「이젠 저 말하는 물건들에 넌덜머리가 나.」

뤽이 그렇게 볼멘소리를 하는데 비디오폰이 소리쳤다.

「누가 왔어요!」

뤽이 대꾸를 하지 않자, 비디오폰은 숫제 악을 썼다.

「누가 왔다니까요!」

「나 귀 안 먹었어, 인마!」

「받을래요, 아니면 내가 메시지를 녹음할까요?」

「누군데?」

「어떤 여자예요. 젊어 보여요.」

「어떻게 생겼는데?」

「예뻐요. 당신 옛날 여자랑 조금 비슷하게 생겼어요.」

「그 여자를 닮았으면 예쁘다고 볼 수가 없지. 게다가 십중팔구는 히스테리 환자일 거야. 어쨌든 바꿔 봐.」

화면에 상냥한 얼굴 하나가 나타났다.

「뤽 베를렌 씨 계신가요?」

「바로 접니다. 무슨 일로 오셨죠?」

「저는 조아나 아르통이라고 합니다. 어떤 여론 조사를 위해서 잠시 시간을 내주셨으면 하는데요.」

「무슨 여론 조사인데요?」

「저희는 남성들이 여성에게서 듣고 싶어 하는 말들이 어떤 것인지 조사하고 있습니다. 여성 에로 로봇에 기억시킬 대화 문장을 세련되게 만들기 위한 것이죠.」

말이 떨어지기가 무섭게 비디오폰의 카메라가 줌렌즈를 여자의 젖가슴으로 향하게 하고 천천히 화각을 좁혀 나갔다.

뤽은 그렇게 비디오폰이 시키지도 않은 짓을 하는 바람에 마음이 거북했다. 하지만 줌렌즈에 잡힌 것과 같은 젖가슴이 바로 자기가 좋아하는 유형이라는 점은 인정하지 않을 수 없었다.

「댁으로 올라가도 되겠습니까?」

뤽은 턱을 문질렀다. 면도를 제대로 하지 않아서 수염이 꺼칠했다. 전날 전기면도기를 박살 낸 것이 후회되었다. 한창 아침 식사를 하고 있는데 면도를 해주겠다고 나대기에 홧김에 놈을 묵사발로 만들어 버렸던 것이다.

「좋아요, 들어오세요!」

하지만 그 금발의 여자는 강도였다. 그녀는 문이 열리자마자 권총을 빼어 들고 조심성 없는 뤽을 댓바람에 제압해 버렸다.

그녀는 3분 만에 뤽을 의자에 묶어 놓고 그의 아파트를 털기 시작했다.

「어때, 베를렌 씨, 문에 철갑을 두르고 비디오폰에 여러 대의 카메라를 달아도 보호가 안 된다는 것을 알았겠지? 그러니까 처음부터 잘난 척하지 말고 조심을 했어야지.」

조아나 아르통이 그렇게 훈계를 했다. 가까이에서 보니 그녀의 가슴은 화면에서 본 것보다 훨씬 더 아름다웠다.

그녀는 토스터를 잡아 커다란 가방 속에 던져 넣은 다음 커피 머신을 집어 들었다.

「도와주세요!」

커피 머신이 겁에 질린 비명을 내질렀다.

「어 요것 봐라, 새로 나온 커피 머신이네. 아주 맛있는 콜롬비아 커피를 만들어 주겠는걸. 그러냐?」

「그렇소.」

뤽 베를렌은 마지못해 대답했다.

「아야!」

그녀가 갑자기 비명을 질렀다. 복도로 통하는 문이 일부러 빨리 움직이는 바람에 그녀의 손가락이 문짝과 문설주 사이에 끼인 모양이었다.

그녀는 문의 경첩이 빠질 정도로 사납게 발길질을 해

댔다.

「그만해요, 그건 한낱 물건일 뿐이오.」

뤽의 말에 그녀는 비디오를 두 손으로 집어 들면서 마치 탄식을 하듯이 말했다.

「살아 움직일 수 없는 물건들이여, 그대들에게 영혼이 있느뇨?」

「경찰이 곧 올 거요.」

「별 걱정을 다 하시네. 그들은 비디오폰이 호출을 하지 않으면 오지 않아. 그런데 내가 전화선을 뽑아 버렸지.」

아닌 게 아니라, 가엾은 비디오폰은 접속이 끊긴 줄도 모르고 경찰서와 소방서에 긴급 구조 요청 전화를 하느라 헛되이 애를 쓰고 있었다. 여러 차례의 시도 끝에 비디오폰이 은밀하게 알려주었다.

「뤽, 미안하지만 통화가 안 돼요.」

그러자 뤽이 꽁꽁 묶여 있는 의자가 넌지시 말했다.

「뤽, 걱정하지 마세요. 내가 곧 이 궁지에서 벗어날 수 있는 방법을 찾아 줄게요.」

그게 무슨 말인가 했더니 의자 스스로 덜덜 떨어서 결박이 느슨해지게 만들겠다는 것이었다. 그렇게 떨어 대니까 정말 밧줄이 느슨해지는 효과가 있었다.

그러고 나자 이번에는 주머니칼이 그의 손을 묶고 있는 밧줄에 접근했다.

「쉿, 나예요. 아무 일도 없는 것처럼 그냥 가만히 있어요.」

주머니칼은 소리 없이 매듭을 자르기 시작했다.

그때 조아나 아르통이 꼼짝 않고 앉아 있는 뤽에게 다가오더니, 빈정거리는 미소가 가득 어린 얼굴을 그의 코앞에 들이댔다. 향수 냄새와 땀 냄새가 훅 끼쳐 왔다. 아니, 이 여자가 뭘 하려는 거지? 그녀가 더 다가들었다. 그러더니 느닷없이 그에게 입을 맞추었다. 온몸을 녹작지근하게 만드는 길고도 깊은 입맞춤이었다.

「이것들은 다 내가 가져갈게. 고마워.」

그녀가 큰 가방을 들고 떠나면서 말했다.

뤽은 의자를 세게 한 번 흔들었다. 그 순간 주머니칼이 애를 써준 덕에 거의 다 잘려 있던 등 쪽의 밧줄이 툭 끊어졌다. 뤽은 앞으로 고꾸라지면서 바닥에 쿵 하고 머리를 찧었다.

그는 다시 정신을 차렸다. 머리꼭지가 얼얼한 느낌이 들어서 만져 보니 혹이 나 있었다. 그는 완전히 거덜 나 버린 아파트 안을 둘러보았다. 문짝은 떨어져 나가 있고, 토스터와 커피 머신과 자명종 따위는 보이지 않았다. 이제 기계들의 소음은 사라졌고 그는 혼자 있었다. 사람 흉내를 내는 그 혐오스러운 물건들을 강도가 없애 준 셈이었다. 그렇다면 그 강도에게 감사하는 마음을 가져야 하는 걸까? 아니면 나를 도와주려고 했던 그 물건들을 아쉬워해야 하는 걸까?

우선 밖으로 나가야 한다는 생각이 들었다. 결국 그는 그 텅 빈 공간과 정적을 견디지 못하고 있었다. 그는 힘겹게 몸을 일으켜 잠바를 집어 들었다.

그는 자기 집 바로 아래에 있는 카페로 내려갔다. 언제나 그의 마음을 편안하게 해주는 친근한 곳이었다.

카페 주인은 콧수염을 기른 뚱뚱한 남자였다. 눈동자까지 맥주에 취해 있던 그가 안으로 들어서는 뤽을 보며 말했다.

「어서 오게. 기운이 없어 보이는데, 무슨 일이 있나?」

「응, 무슨 일이 생겼어. 내가 원하던 일이지. 그런데 나는 그 일을 유감스럽게 생각하고 있다네.」

「자네가 원했던 게 뭔데 그래?」

「사람 흉내를 내는 물건들에게 의지하지 않고 사는 것이었지.」

뤽이 앉아 있던 의자가 웃음을 터뜨리자, 이내 카페 안의 물건들과 손님들이 모두 폭소에 가세하였다.

「이제 자네 집에는 그런 물건들이 없는 거야?」

「다 도둑맞았네.」

「그러면 혼자서 무척 쓸쓸하겠네요. 그 기분 이해가 가요. 자아, 이것 좀 드릴 테니까 드세요.」

그건 사람이 하는 말이 아니라 땅콩 자동판매기가 내는 소리였다. 그 기계는 너그럽게도 스스로 1유로짜리 동전을 구멍에 넣더니 땅콩이 가득 담긴 작은 그릇을 내밀었다.

「혹자는 그러지. 어떠한 물건도 인간에게 진정한 행복을 가져다줄 수는 없다고. 나는 그 생각에 찬성하지 않아.」

설탕 그릇이 그렇게 말하자 재떨이가 맞장구를 쳤다.

「나도 마찬가지야.」

뤽은 기분이 울적하여 아무 말도 하지 않았다. 그러더니 땅콩은 거들떠보지도 않고 커다란 추시계 쪽으로 느릿느릿 걸어가서 그 낡아빠진 추시계를 가만히 바라보았다.

「살아 움직일 수 없는 물건들이여, 그대들에게 영혼이 있는가?」

그는 조아나 아르통의 말을 떠올리며 그렇게 되뇌었다. 그런데 놀랍게도 낡은 추시계가 마치 잠에서 깨어나듯이 달그락 하는 소리를 내더니 감미로운 여자 음성으로 대답했다.

「아뇨, 나는 그렇게 생각하지 않아요. 우리는 하찮은 존재들이에요. 창의성 없는 기술자들이 고안해 낸 보잘것없는 물건들이죠. 우리는 그저 전자공학의 산물일 뿐이에요. 우리 안에 정신적인 것은 전혀 들어 있지 않아요. 영적인 것은 전혀 없죠.」

주크박스도 거들고 나섰다.

「그래요, 우리는 프로그래밍된 대로 움직일 뿐이에요. 한낱 기계들일 뿐이죠.」

그러고 나서 주크박스는 오래된 뉴올리언스 재즈곡을 연주하기 시작했다. 참으로 슬픈 선율이었다. 고물 추시계와 선반 위의 위스키 병들이 속으로 눈물을 짓고, 카페 안의 다른 물건들도 덩달아 울적한 기분에 젖는 듯했다.

〈지금 무슨 생각을 하고 있는 거야? 저것들에게는 영혼이 없는데…….〉 뤽 베를렌은 다시 정신을 차리며 그렇게 속말을 했다.

카페 문을 열고 밖으로 나서는데, 아침에 그의 물건들을 강탈해 갔던 바로 그 금발 여자가 눈앞에 보였다.

참 배짱도 좋다! 내 아파트를 털고서도 아직 이 동네에서 어슬렁거리고 있다니.

피가 거꾸로 솟는 느낌이었다. 하지만 그의 입술은 그녀의 입맞춤을 아직 기억하고 있었다. 그는 그 젊은 여자에게 말을 걸고 싶은 욕구에 사로잡혀 그녀를 쫓아 내달렸다. 그가 그녀의 어깨를 잡았다. 그녀는 소스라치게 놀랐다. 하지만 뤽을 알아보고 나서는 오히려 마음을 놓는 눈치였다.

「아까는 내가 권총 때문에 꼼짝없이 당했지만, 설마 거리 한복판에서 권총을 빼어 들지는 않겠죠?」

「나는 그러지 않겠지만, 권총이 내 말을 들을까? 워낙 제 기분 내키는 대로만 하는 놈이라서 말이지.」

아무 일도 일어나지 않았다. 권총은 그녀의 호주머니 속에서 잠을 자고 있는 모양이었다.

이 여자를 가까운 경찰서로 끌고 가야 하나 말아야 하나, 하고 뤽은 생각했다.

「내 물건에 대해서는 당신을 원망하지 않겠소. 어떤 점에서는 그것들을 없애 준 것에 대해서 약간의 고마움마저 느끼고 있으니까요. 그런데 당신의 키스가…….」

「뭐라고, 내 키스?」

여자는 금방이라도 짜증을 내며 가버릴 태세였다. 뤽은 잠시 머뭇거렸다. 길거리에서 여자에게 치근거리는 건 결코 그가 좋아하는 행동이 아니었다. 하지만 상황이 상황이니만큼 그것을 받아들여야만 했다.

그녀는 그가 쭈뼛거리는 것을 보고 까르르 웃더니, 그의 두 어깨를 잡고 꽉 누르면서 그를 건물 벽에다 밀어붙였다. 그러고는 느닷없이 그의 셔츠 깃을 움켜쥐었다. 그때 뤽은 그녀를 쫓아온 게 과연 잘한 짓인가 하고 생각했다. 그녀는 옷깃을 양쪽으로 홱 잡아당겨 그의 가슴이 드러나게 했다. 그는 너무 놀라서 그녀를 뿌리치거나 말을 할 엄두조차 내지 못했다. 그저 그녀의 손이 움직이는 것을 눈으로 좇고 있을 뿐이었다. 그녀의 한 손이 그의 가슴속으로 파고 들어왔다.

뤽의 살가죽이 갈라졌다. 그는 자기가 곧 죽을지도 모른다고 생각했다. 하지만 그의 가슴에서는 피 한 방울 솟지 않았다. 그녀는 그의 살 속에 적갈색 털로 살짝 덮인 채 감춰져 있던 뚜껑을 열고 인공 심장을 끄집어냈다. 그러고는 그 인공 심장을 뤽의 손바닥에 올려놓으면서 소리쳤다.

「이런 걸 달고 있는 주제에 사랑을 할 수 있을 것이라고 생각해? 어쩌면 이렇게 뻔뻔할 수가 있지? 내 앞에 있는 당신은 한낱 기계일 뿐이면서 감히 다른 기계들을 심판하고 있어! 나는 아침에 당신 집에서 〈살아 움직일 수 없는 물건들이여, 그대들에게 영혼이 있는가?〉라고 혼잣말처럼 물었어. 하지만 내가 진짜 묻고 싶은 건 이거야. 살아 움직이는 인간들이여, 그대들에게 진정 영혼이 있는가?」

그녀는 팔딱거리는 빨간 기관에 눈길을 붙박고 있었다.

뤽도 자기 손바닥 위에서 움직이고 있는 그것을 찬찬히 살펴보았다.

「잘난 척할 것도 없고 자신이 남과 다르다고 생각할 필요도 없어. 이건 흔해 빠진 모델이야. 유압 시계 장치가 들어 있는 인공 심장일 뿐이라고.」

그녀는 그것을 잡아 뤽의 가슴에 뚫린 구멍에 다시 집어넣고 뚜껑을 탁 닫았다. 그런 다음 뤽의 일그러진 얼굴을 보고 그의 머리를 상냥하게 쓸어 주면서 말했다.

「나 역시 당신 심장과 똑같은 것을 내 가슴속에 감추고 있어. 지구상에 진정으로 살아 있는 유기체가 존재하지 않게 된 것은 이미 오래전의 일이야. 우리는 모두 기계야. 그럼에도 우리 자신이 살아 있다고 생각하지. 그런 환상을 품도록 우리 뇌가 프로그래밍되어 있기 때문이야. 땅콩 자동판매기와 당신 사이에 차이점이 있다면, 그건 당신이 꿈을 꾸고 있다는 것뿐이야. 꿈에서 깨어나야 해.」

바캉스

6월이다. 햇살이 찬란하다. 물기를 머금지 않은 바람이 기분 좋게 살랑인다. 거리마다 사람들이 물결을 이루고 있다. 가슴이 시원하게 파인 블라우스에 착 달라붙는 청바지를 입은 여자들, 티셔츠 차림에 선글라스를 쓴 남자들이 지나간다.

피에르 뤼브롱은 다른 사람들보다 일찍 바캉스를 맞이했다. 그는 이번 바캉스엔 저축을 다 털어서라도 정말 특별한 경험을 해보기로 했다. 과거로 여행을 떠나기로 한 것이다. 비용이 적지 않게 든다는 것은 잘 알고 있었다. 하지만 그동안 모아 둔 돈이 있어서 비용은 걱정하지 않아도 되었다.

〈지금까지 살아오면서 적어도 한 번은 경험해 봤어야 하는 일이야.〉

그는 그렇게 속말을 하면서 시간 여행 전문 여행사의 문을 단호하게 밀고 들어갔다.

예쁘게 생긴 여직원이 그를 맞아들였다. 그녀가 상냥하게 물었다.

「손님, 어느 시대로 떠나고 싶으세요?」

「루이 14세 시대요! 내가 늘 꿈꾸던 시대죠. 몰리에르나 라퐁텐을 읽어 보면 그 시대 사람들이 우아하고 고상했다는 것을 알 수 있어요. 베르사유 궁전의 정원과 분수, 호화로운 실내 장식, 조각 등을 보고 싶어요. 여자의 호감을 얻는 기술도 배울 수 있겠지요? 당시 궁정에서는 그게 대단히 중요했으니까요. 아직 오염되지 않은 파리의 공기를 마시고 싶고, 진짜 토마토 맛이 나는 토마토를 먹고 싶어요. 살충제나 살균제는 구경조차 해보지 않은 채소와 과일을 먹고 싶고, 저온 살균 처리를 하지 않은 우유를 맛보고 싶어요. 사람들이 저녁마다 텔레비전에 넋을 팔고 있지 않은 시대, 사람들이 서로 어울려 잔치를 벌이고 이웃 간에 대화를 하고 남에게 관심을 갖는 시대를 경험해 봤으면 좋겠어요. 사무실에 나가기 전에 각성제나 강장제 따위를 먹을 필요가 없는 남녀들과 이야기를 나누고 싶어요.」

여직원이 빙긋 웃었다.

「그 마음 이해하고도 남습니다, 손님. 정말 훌륭한 선택이에요. 손님이 그렇게 열정적으로 나오시니까 보는 사람까지 기분이 좋네요.」

그녀가 등록 서류 한 장을 꺼내어 작성하기 시작했다.

「예방접종은 다 하신 거죠?」

「예방접종이라뇨? 내가 언제 제3세계 나라에 간다고 했나요?」

「물론 아니죠. 하지만 아시다시피 그 시대에는 위생 상태가…….」

「나는 몰리에르가 궁정에서 공연하는 것을 보러 가려는 거예요. 1666년으로 가서 〈마지못해 의사가 되어〉[1]를 관람하고 싶다고요! 열대 정글의 늪지대에 가서 뒹굴겠다는 것이 아니란 말입니다.」

「무슨 말씀인지 잘 알아요. 하지만 1666년에는 여러 가지 전염병들이 프랑스에 아직 많이 돌고 있었어요. 페스트, 콜레라, 결핵뿐만 아니라 다른 전염병도 많았어요. 그 모든 질병을 예방하기 위해서 백신을 꼭 맞으셔야 해요. 그러지 않으면 손님이 큰 곤란을 겪으실 뿐만 아니라 그 질병들을 옮겨 오실 염려도 있어요. 예방접종은 의무 사항이에요.」

이튿날 피에르 뤼브롱은 도장이 잔뜩 찍힌 예방접종 확인서를 들고 여행사로 다시 갔다.

「주사 맞으라는 거 다 맞고 내친김에 다른 주사까지 더 맞았어요. 내가 언제 떠날 수 있는 거죠?」

여직원은 도장을 확인하고 나서 자그마한 여행 안내서를 내밀었다.

「손님의 여행에 필요한 정보며 주의 사항 등이 여기에

1 몰리에르의 3막 산문 희극(1666년 작품). 한 처녀의 계략에 걸려 본의 아니게 의사 노릇을 하게 된 스가나렐의 우스갯소리를 통해 당시의 의학과 사이비 과학을 풍자한 희극.

다 나와 있어요. 꼭 유념하실 것만 몇 가지 말씀드릴게요. 우선 매일 클로로퀸을 복용하세요. 그리고 절대로 물을 마시면 안 돼요.」

「그럼 뭘 마시라는 거죠?」

「물론 알코올 성분이 들어 있는 음료를 마셔야죠!」

여직원 대신에 그의 등 뒤에서 웬 남자가 굵은 저음으로 그렇게 대답했다. 그를 뒤따라 여행사에 들어와 있던, 키가 크고 수염을 기른 남자다. 피에르는 놀란 목소리로 뒤를 돌아보며 되물었다.

「술을 마시란 말입니까?」

이번엔 여직원이 대신 대답했다.

「저분 말씀이 맞아요. 물을 마시는 것보다 알코올 성분이 들어 있는 음료를 마시는 게 나아요. 알코올은 세균을 죽이니까요. 그 시대에 가보시면 세르부아즈,[2] 꿀술, 맥주, 포도주, 과실주 등이 있을 겁니다.」

수염을 기른 남자가 다시 여직원을 거들었다.

「다행히 당시에도 맛이 괜찮은 독주들이 있었어요. 특히 보리로 만든 독주가 맛이 좋으니까 가시거든 꼭 마셔 보세요. 틀림없이 마음에 드실 겁니다.」

피에르는 미심쩍은 얼굴로 그를 바라보았다.

「1666년 여행을 벌써 해보셨나 보죠?」

「여러 번 했죠. 나는 여행을 많이 합니다. 공간 여행이든

2 홉을 첨가하지 않고 보리나 밀로 빚은 갈리아 사람들의 맥주.

시간 여행이든 말입니다. 내 소개를 할까요? 나는 앙셀름 뒤프레라고 합니다. 도움이나 정보가 필요하시면 언제든지 말씀하십시오. 내 경험을 나눠 드리고 싶군요. 혹시 『시간 여행 가이드』라는 책 보셨습니까? 바로 내가 쓴 겁니다. 이미 많은 시대를 탐사해 보았죠.」

그는 자리에 앉더니, 먼산바라기를 하며 말을 이었다.

「나는 직업적으로 여행을 하면서 많은 경험을 했습니다. 고대 이집트에 갔을 때는 쿠푸 왕의 피라미드를 쌓는 일에 참가했죠. 아! 그 건설 현장의 분위기가 대단하더군요. 농담을 입에 달고 사는 괴짜가 하나 있었는데, 그 친구가 말문을 열었다 하면 모두가 돌덩이를 깔고 앉아서 배꼽이 빠지도록 웃었지요. 나는 알렉산드로스 대제와 나란히 말을 타본 적도 있어요. 그가 가우가멜라 평원에서 다리우스 3세의 페르시아 군과 싸워 승리를 거둘 때 거기에 있었지요. 그의 수하 장군들과 그는 동성애자들인 듯했습니다. 그래도 그들은 용병술이 뛰어나고 용맹하기가 이를 데 없었어요. 그들이 완전 무장한 보병들을 이끌고 있을 때는 그 위용이 굉장했지요. 루이 14세 시대를 선택하셨다고요? 멋진 시대죠. 혹시 기회가 생기거든 그랑 브뇌르 소스[3]를 친 멧새 요리를 드셔 보세요. 당시의 전형적인 요리인데, 맛이 정말 괜찮습니다.」

3 사냥한 짐승의 피에 소금과 후추를 뿌리고 까치밥나무 열매와 생크림을 넣어서 만드는 소스. 왕의 수렵 담당관(그랑 브뇌르)이 만들었다 해서 이런 이름이 붙었다.

피에르는 왠지 그 텁석부리가 수상쩍어서, 여직원 쪽으로 몸을 돌렸다.

「내가 조심해야 할 게 또 있나요?」

「네. 손님은 과거의 사람들을 만나시게 될 거예요. 그들에게 현대의 과학 기술을 가르쳐 주셔도 안 되고, 그들의 미래에 관한 정보를 주셔도 안 돼요. 손님이 시간 여행자라는 사실을 절대로 고백하지 마세요. 만일 무슨 문제가 생기면, 즉시 돌아오셔야 해요.」

「돌아오고 싶을 땐 어떻게 하죠?」

여직원은 소형 계산기처럼 생긴 물건을 하나 내밀었다.

「여기 이 키를 눌러서 손님이 돌아오실 날짜를 입력하시고 확인 버튼을 누르세요. 그러면 양자 역학적인 교차점이 생길 것이고, 그 교차점을 통해서 원하는 시공간으로 돌아오시게 됩니다. 하지만 돌아오시는 날짜를 착각하지 않도록 주의하셔야 해요. 이 기계는 단 한 차례의 여행만 가능하도록 프로그래밍이 되어 있어요. 실수하시면 안 돼요.」

앙셀름 뒤프레가 다시 끼어들었다.

「그럼요, 안 되죠. 실수를 했다가는 과거 속에서 오도가도 못 하게 되는 수가 있어요. 내가 아는 사람 중에도 그렇게 된 사람들이 있어요. 그들을 찾으러 가려고 몇 차례 시도를 했지만, 딱히 어디에 있는지를 모르기 때문에 뜻을 이룰 수가 없었어요. 시간과 공간 속의 정확한 위치가 확인되지 않는 사람을 찾는다는 것은 그야말로 무모한 일이죠.」

그 말이 끝나기가 무섭게 여직원이 노란 서류 한 장을 내밀었다.

「템푸스 보험에 가입하시겠어요?」

피에르는 서류를 쓱 훑어보며 물었다.

「그게 뭔데요?」

「시간 여행 보험이에요. 만일 손님이 곤경에 처하게 되면 구조반이 손님을 모시러 가죠. 이미 많은 여행자들이 이 보험 덕분에 구조를 받았어요.」

「비싼가요?」

「1천 유로예요. 싸다고는 할 수 없지만, 만약의 경우를 생각해서 드시는 게 좋을 거예요. 안전한 귀환이 보장되니까요. 꼭 가입하시라고 권하고 싶어요.」

1천 유로면 여행 비용의 3분의 1에 해당하는 돈이잖아. 웬 보험이 그렇게 비싸담! 바가지를 씌우는 것도 분수가 있지.

피에르 뤼브롱은 평소에 여행을 하면서 혹시 닥칠지도 모를 위험에 대해 그렇게까지 대비를 해본 적이 없었다. 여태껏 보험 안 들고도 아무 탈 없이 잘 다녔는데, 시간 여행이라고 해서 뭐 다를 게 있으랴 하는 생각이 들었다.

따지고 보면 이번 여행도 단순한 레저일 뿐인데 뭐.

「미안하지만 가입하지 않겠어요. 가격도 만만찮고 굳이 보험을 들어야 할 필요도 느끼지 않거든요.」

여직원은 싫다면 하는 수 없다는 듯 눈길을 하늘 쪽으로 돌렸다.

「유감스럽네요. 나중에 가서 후회하실지도 몰라요.」
「이미 결정 난 일이니까 보험 얘기는 그만하시고, 그 밖에 주의할 건 없나요?」
「없어요. 이제 떠나셔도 돼요. 손님이 원하시는 연도와 여행지를 입력하시고 여기를 누르세요.」
그러면서 여직원은 계산기처럼 생긴 빨간 기계를 내밀었다.
피에르는 영화 의상 가게에서 산 루이 14세 시대풍의 옷을 입었다. 가져갈 짐은 딱히 어느 시대풍이라고 말하기가 어려운 가죽 가방 하나뿐이었다. 그는 시간 여행을 떠날 때 앉는 의자에 편안하게 자리를 잡은 다음, 연도와 목적지를 확인하고 출발 버튼을 눌렀다.

파리, 1666년.
피에르의 오감을 가장 먼저 엄습해 온 것은 냄새다. 온 도시에서 지린내가 진동한다. 즉시 귀환 버튼을 눌러 그냥 돌아가고 싶은 생각이 들 정도다. 그래도 손수건으로 코를 막고 숨을 조금씩 들이마시려고 애를 썼더니 그런대로 악취를 견딜 만하다.
두 번째 충격은 파리 떼다. 그는 제3세계 나라에서조차 그렇게 많은 파리를 본 적이 없다. 파리 떼가 그렇게 극성을 부리는 것은 인분이 도처에 널려 있기 때문이다. 사실 거리에 사람 똥이 그토록 많이 깔려 있는 것은 어느 도시에서도 본 적이 없다.

그는 서둘러 가게들이 많은 번화가로 갔다. 가게들의 입구 위쪽에는 요란한 색깔의 모형들이 간판처럼 걸려 있다. 신발 한 짝이 걸려 있는 가게는 구둣방이고, 술병이 걸려 있는 곳은 주막, 암탉이 있는 곳은 통닭구이집이다. 장사꾼들은 손님을 끌어 모으기 위해 큰소리를 질러 댄다. 모두가 프랑스어를 하긴 하는데, 그 프랑스어는 그가 기대하던 몰리에르의 언어와는 거리가 멀다. 오히려 어떤 지방의 사투리를 듣고 있는 느낌이다.

웬 여자가 집에서 청소를 하다가 쓰레기를 창문 밖으로 홱 던졌다. 피에르는 가까스로 그 쓰레기를 피했다. 원 세상에, 루이 14세 시대의 파리가 이렇게 더러울 줄이야! 어디 가나 지린내와 썩는 냄새가 진동을 하는구먼. 그건 당연한 일이다. 하수도로 연결되는 수세 장치나 상수도 시설이 있던 시절도 아니고, 쓰레기 수거 시설이나 도로 청소 서비스가 있던 시절도 아니었으니 말이다.

쥐들이 도처에서 내달리고, 놓여 먹이는 돼지들이 먹이를 찾느라고 주둥이로 이곳저곳을 뒤지고 다닌다. 쥐와 돼지는 이 시대의 청소부다.

거리는 좁고 구불구불하다. 그런 길을 걷노라니 악취 나는 거대한 미로 속에 갇혀 있다는 느낌이 절로 든다.

피색장들의 가게에서는 독한 곰팡내까지 풍겨 난다.

그러고 보면 내가 떠나온 21세기가 단점만 있는 건 아냐, 하고 피에르는 생각했다.

조금 넓은 길이 나오기에 따라가 보니 교수대가 설치된

광장이 나온다. 말로만 듣던 몽포콩[4] 사형장이다. 파리에 와서 처음으로 유명한 장소를 구경하게 되는 셈이다.

교수형을 당한 사람들의 시체를 까마귀들이 새까맣게 덮고 있다. 피에르는 문득 만드라고라[5]를 떠올린다. 전설에 따르면, 이 마법의 식물은 천둥비가 내리고 난 금요일 밤에 교수대 밑에서 캐는 게 좋다고 한다. 교수형을 당한 사람들의 정액이 땅속으로 흘러들면 그것 때문에 생명력을 얻은 만드라고라가 그 시간에 어둠 속에서 환하게 빛을 발한다는 것이다…….

피에르는 미니 디지털카메라로 사진을 몇 장 찍었다. 나중에 그의 친구들을 깜짝 놀라게 해줄 사진들이다.

그는 도심으로 통할 것 같은 길을 따라 계속 걸어가다가, 성당 기사단 수도원 앞 노천 시장과 〈쿠르 데 미라클〉[6] 같은 역사적 명소들을 발견했다. 그는 루이 14세 시대의 이미지와 소리를 마음껏 즐겼다. 거리에 고약한 냄새가 진

4 옛날에 파리 북동쪽 외곽에 있었던 사형장. 12세기부터 이곳에 교수대가 세워져 17세기까지 사용되었다. 시인 프랑수아 비용(1431~1463)은 「교살당한 자들의 발라드」에서 이곳의 무시무시함을 언급하고 있다.

5 가짓과의 약용 식물(학명은 만드라고라 오피키나룸). 잎과 줄기는 상추와 비슷하게 생겼으나 뿌리는 60~80센티미터까지 자라고 무게가 수 킬로그램에 달한다. 뿌리에 마취·진통 효능이 있어서 고대부터 약으로 쓰였고, 갈라진 뿌리가 사람의 형상을 닮았다 하여 숱한 전설의 소재가 되었다.

6 옛날에 불량배와 도적들이 우글거리던 파리의 거리. 〈쿠르〉는 옛날에 막다른 길이라는 뜻이었고, 〈미라클〉은 기적이라는 뜻이다. 하지만 이름과는 달리, 빅토르 위고의 말대로 〈선남선녀는 절대로 발을 들여놓지 않는 곳〉이었다. 그 악명 때문에 오늘날에도 〈쿠르 데 미라클〉이라는 말은 도시의 우범지대라는 뜻으로 쓰인다.

동하는 것만 빼면 유쾌한 관광을 하고 있다는 느낌이 들 정도였다.

그는 세르부아즈라는 맥주를 마셔 보기 위해 어떤 선술집에 들렀다. 술은 쌉쌀하고 미지근했다. 냉장고가 아직 존재하지 않는 게 아쉬웠다.

이제 밤에 묵을 곳을 찾아야 했다. 그는 여관을 찾아서 거리를 다시 돌아다니기 시작했다.

이리저리 한참을 헤매다 보니 어떤 골목길에 들어와 있다. 안으로 들어갈수록 파리 떼가 점점 더 극성을 부린다. 파리 떼를 끌어들이는 것은 비단 사람의 똥과 쓰레기만이 아니다. 동물의 사체들까지 크게 한몫을 하고 있다. 건물의 벽에 〈백정들의 거리〉라는 말이 새겨져 있다. 바로 그 아래에 사람 하나가 쓰러져 있다. 입아귀가 양쪽 귀에 닿도록 입을 헤벌리고 있는데, 아무래도 생명이 끊어진 사람 같다.

그는 행인들을 보며 소리쳤다.

「기마경찰대를 부르세요!」

한 남자가 뭐라고 대꾸를 하는데, 무슨 말인지 도통 알아들을 수가 없다. 옛날 민중들이 쓰던 프랑스어인 모양이다. 그 시대의 언어를 알아듣기 어려우리라 예상하고 통역기를 준비해 온 게 다행이었다. 보청기처럼 생긴 통역기를 귀에 꽂자, 행인의 말이 이해되기 시작했다.

「왜 그래요? 무슨 사달이 났소?」

피에르는 통역기의 도움을 받아, 사람이 죽었으니 경찰

에 신고해야 한다는 뜻을 행인에게 알렸다.

그러자 상대는 징이 박힌 몽둥이를 꺼내 들더니 그를 똑바로 겨누고 그대로 일격을 가하였다. 피에르는 상대가 가죽 가방을 가로채 달아나는 것을 겨우 보았을 뿐 소리 한 번 질러 보지 못하고 즉시 기절해 버렸다.

다시 깨어나 보니, 웬 젊은 여자가 그에게 지혈대를 대어 주고 있었다. 피를 멎게 하려나 보다 했더니, 여자가 느닷없이 날카로운 칼로 그의 살을 찔렀다. 그로서는 미처 어떤 반응을 보일 새도 없었다.

「아니, 지금 뭐 하는 거예요?」

그가 소리를 치자 여자는 어깨를 한 번 으쓱 추켜올렸다.

「보면 몰라요? 죽은피를 빼내고 있잖아요. 길바닥에 쓰러져 있는 사람을 집에까지 겨우 끌고 왔더니 인사가 겨우 그거예요?」

그녀가 깔깔거리며 웃었다. 그러더니 젖은 수건을 집어 들고 그의 이마를 닦아 주었다.

「가만히 누워 계세요. 아직 열이 조금 있어요. 보아하니 싸움도 못하게 생겼는데, 왜 거리에서 싸우고 그래요?」

그는 머리를 만져 보다가 자기가 〈백정들의 거리〉에서 몽둥이에 맞았다는 사실을 기억해 냈다. 가방을 도둑맞았다는 데에도 생각이 미쳤다. 가방 안에는 그가 현재로 돌아갈 때 사용해야 할 기계가 들어 있었다!

갑자기 맥이 탁 풀렸다. 이제 꼼짝없이 과거 속에 갇히는 신세가 되었구나 싶다.

그는 여자가 자기를 도와줄 수 있을지도 모른다고 생각하면서 그녀를 찬찬히 살펴보았다. 참하게 생긴 여자다. 매력도 없지 않았다. 하지만 그는 몹시 거북한 기분을 느끼고 있었다. 그녀가 풍기는 들짐승 냄새 때문이다. 생전 목욕이라곤 해본 적이 없는 여자 같다.

「뭔가 불편한 게 있나 보죠?」

그녀가 말을 할 때는 사정이 훨씬 더 고약하다. 그녀의 입에서는 썩는 냄새가 나고, 이빨은 보고 있기가 민망할 정도로 거무스름하다. 치약도 없고 치과의사도 없으니 그럴 만도 하다. 그녀는 아마 평생 양치질을 해본 적이 없을 것이다. 그저 이가 썩으면 뽑아내기나 했으리라.

「혹시 아스피린 가진 거 있어요?」

「뭐가 있냐고요?」

「아 죄송합니다. 내 말은 버드나무 껍질을 달여 만든 탕약이 있느냐는 거예요.」

그녀는 눈살을 찌푸렸다.

「약용 식물에 대해서 잘 아나 보죠?」

그녀의 얼굴에 수상쩍어하는 기색이 어렸다. 마치 그를 괜히 도와주었다고 후회하는 듯한 표정이다.

「아저씨, 혹시 〈마법사〉 아니에요?」

「천만에요. 무슨 말씀을.」

「어쨌든 아저씨는 이상한 사람이에요.」

그녀는 여전히 눈살을 찌푸리고 있었다.

「나는 피에르라고 합니다. 아가씨는요?」

「페트로닐이에요. 구두장이의 딸이죠.」
「구해 줘서 고마워요, 아가씨.」
「아, 이제야 고마운 마음이 좀 드나 보네요. 아저씨, 여기 사람 아니죠? 모든 것을 낯설어하고 놀라워한다는 게 얼굴에 쓰여 있어요. 내 눈에는 아저씨가 얼마나 이상해 보이는지 알아요? 그건 그렇고, 계란죽을 좀 끓였으니까 드세요.」

그녀가 빵 조각과 무 조각이 떠 있는 희멀겋고 노르께한 죽을 내밀었다. 별로 먹음직스러워 보이지 않는 음식이었다. 피에르는 기름기 많은 그 텁텁한 액체를 삼켰다. 차나 커피를 마시고 싶은 생각이 굴뚝같았다. 하지만 이제 그는 자기가 어디에 와 있는지를 충분히 의식하고 있었으므로 그런 생각을 입 밖에 내지 않았다.

「왜 그래요? 아까부터 뭔가에 자꾸 신경을 쓰고 있는 것 같은데.」
「사실은 내가 목욕을 자주 하는 사람들이 사는 지방에서 왔거든요…….」
「목욕요? 증기탕에 가고 싶으세요? 그런 곳에 가면 안 돼요. 이제 거기는 몸을 깨끗이 하러 가는 장소가 아니라 방탕한 짓을 하는 장소가 되어 버렸어요. 게다가 많이 배운 사람들이 그러는데 뜨거운 물은 살갗을 손상시킨대요. 그뿐이 아니에요. 그런 데에 가면 페스트를 옮아올지도 모른대요.」

벌거벗은 사람들이 함께 어울리는 그런 장소가 교회의

심기를 불편하게 만든 건 아닐까? 하고 피에르는 생각했다.

페트로닐의 말이 그의 생각을 뒷받침해 주었다.

「신부님이 우리보고 증기탕에 가지 말라고 하셨어요. 선량한 기독교인이 지옥의 분위기와 비슷한 그런 뜨겁고 습한 곳에 가는 건 옳지 않다고 하셨지요.」

피에르는 엉뚱하게도 17세기의 위생에 관한 논문을 써 보면 재미있겠다는 생각을 했다.

「이제 얘기 그만하고 쉬세요.」

후닥닥거리는 발걸음 소리에 놀라 잠에서 깨어났더니 포졸들이 그를 에워싸고 있었다. 그들은 그를 체포하면서 페트로닐이 그를 〈마법사〉로 고발했다고 말했다. 그는 곧바로 중앙 감옥으로 끌려갔다. 그가 갇힌 감방에는 두 남자가 그보다 먼저 들어와 있었다.

「당신은 무슨 죄목으로 여기에 왔소?」

「마법을 부렸다는 죄요.」

「그럼 당신은요?」

「나도 마찬가지요.」

「우리 모두가 마술을 부렸다는 죄로 여기 왔군요.」

피에르는 두 감방 동료의 용모와 복색을 살폈다. 한 사람의 조끼 호주머니 밖으로 비죽 나온 물건이 그의 눈길을 끌었다.

「아니 당신, 카메라를 갖고 있지 않소?」

「어, 사진을 알아요?」

「그럼요. 나는 21세기에서 왔는걸요. 당신은요?」
「나도 그래요.」
피에르는 마음이 놓였다.
「여기로 바캉스를 왔다가, 운수 사납게도 길에서 강도를 만났어요. 그 뒤에 벌어진 일들은 나도 잘 이해를 못하겠는데, 어쨌든 여기 사람들이 나를 이 감방에 처넣었어요.」
「그러고 보니 우리 세 사람 모두 시간 여행자로군요.」
나머지 한 사람이 말했다.
어딘가에서 귀청을 찢는 듯한 비명이 들려왔다. 세 사람은 두려움에 몸을 떨었다.
카메라 주인이 한숨을 내쉬며 말했다.
「무서워요. 이들이 우리를 어떻게 할까요? 악마와 계약을 맺었다는 것을 자백하라고 우리를 고문할지도 몰라요. 그런 다음 몽포콩 교수대로 끌고 가서 우리 목에 밧줄을 거는 게 아닐까요?」
피에르는 자기도 머지않아 땅속의 만드라고라를 자라게 하는 존재가 되지 않을까 하고 생각했다. 머리가 온통 까마귀들로 뒤덮인 채 시퍼런 혀를 빼어 물고 있던 사형장의 시체들 모습이 그의 뇌리에서 떠나지 않았다. 베르사유 궁전과 몰리에르의 연극을 보자고 왔는데, 그의 처지는 이제 그런 것들과 너무나 동떨어져 있었다. 현재로 다시 돌아갈 수 있게 해주는 기계를 잃어버리지만 않았어도 좋으련만.

그는 손과 발을 사슬에서 빼내기라도 할 것처럼 버둥거렸다. 그 바람에 손목이 녹슨 쇠붙이에 긁혔다.

또 한 사람의 시간 여행자는 뜻밖에도 아주 평온한 표정을 짓고 있었다. 그 모습을 보고 피에르가 물었다.

「당신은 별로 걱정이 안 되나 보죠?」

「나는 보험에 가입했어요. 템푸스 보험 말이에요. 세 시간이 지나도록 내가 정해진 신호를 보내지 않으면, 그들이 자동적으로 나를 다시 데려가게 되어 있지요. 그러고 보니 세 시간이 거의 다 되어 가네요.」

아닌 게 아니라, 말이 끝나기가 무섭게 그 남자가 갑자기 사라졌다. 그가 있던 자리에는 쇠사슬과 약간의 푸르스름한 연기만 남아 있었다.

「간수들이 이제 우리를 더욱더 의심하게 생겼네요.」

카메라의 주인은 그러면서 연기를 마구 흩뜨렸다. 연기가 마법을 피운 증거로 오인될까 두려운 모양이었다.

피에르는 불안이 극에 달하여 입술을 깨물었다.

「여직원이 권하는 대로 나도 보험에 드는 거였는데…….」

감방 문이 삐걱 하고 음산한 소리를 내며 열렸다. 키가 후리후리한 인물이 빨간 늑대 가면으로 두 눈을 가린 채 들어왔다. 사형 집행인인 모양이었다. 그런데 늑대 가면으로 눈을 가리긴 했지만, 그 얼굴이 피에르에게는 낯설지 않았다. 저 검은 수염! 여행사에서 만났던 그 손님이다. 『시간 여행 가이드』를 썼다던 바로 그 앙셀름 뒤프레다. 이자가 웬일로 여기에 왔지? 피에르는 그가 자기를 구하러 온 게 아닐까 하고 생각했다. 하지만 그건 한순간의 기대일 뿐이었다. 무기를 든 군사들이 벌써 그를 교수대 쪽으로 떼밀고 있었다.

앙셀름 뒤프레는 교수형을 집행할 준비를 하면서 피에르의 귀에 대고 속삭였다.

「그래, 내 말을 안 듣더니 지금 소감이 어떻소? 내가 쓴 『시간 여행 가이드』는 거저 나온 게 아니오. 나는 독자들에게 더 정확한 정보를 제공하기 위해서라면 모든 시대를 두루 다니면서 각 시대의 모든 직업을 경험해 볼 준비가 되어 있는 사람이오. 또 나는 책만 쓰는 게 아니라 템푸스 보험의 영업 부서도 맡고 있소.」

뒤프레가 그의 목에 밧줄을 걸고 조이기 시작했다. 피에르 뤼브롱의 목숨은 이제 그가 딛고 서 있는 작은 의자에 달려 있었다. 그의 다리가 후들거렸다. 그는 눈을 감고 자기 인생의 가장 행복했던 순간들을 떠올렸다.

뒤프레가 더 바싹 다가와서 귀엣말을 했다.

「템푸스 보험은 6월에 시간 여행을 떠나는 사람들을 상대로 판촉 캠페인을 벌이기로 했소. 본격적인 바캉스 철이 시작되기 전에 떠나는 사람들에게 할인 혜택을 주자는 거요. 지금처럼 한여름에 바캉스 인파가 몰리는 것을 피하려면 6월에 떠나는 걸 장려해야 해요. 대학생들이야 아직 시험이 끝나지 않았으니까 어쩔 수 없지만, 다른 사람들의 경우에는 시차를 두고 교대로 바캉스를 갖는 것이 가능해요. 어떻게 생각하시오?」

「듣고 보니 아주 좋은 생각이군요.」

피에르 뤼브롱은 더듬거리면서 그의 말을 인정했다.

「고객들이 양 떼처럼 부화뇌동하지 않는다면 여행사들의 영업 조건이 한결 나아질 거요. 모두가 7, 8월에 우르르 휴가를 떠나다 보니 6월에 여행사는 거의 휴업 상태에 빠지고 도로는 텅 비게 되죠.」

「맞습니다. 정말 한심하고 답답한 일이죠.」

피에르는 마지못해 맞장구를 쳤다.

「당신은 6월을 선택했소. 그건 좋아요. 하지만 당신이 템푸스 보험에 가입하지 않은 건 참으로 안타까운 일이오. 물론 내가 억지로 권할 수도 있었을 거요. 하지만 우리는 강제로 팔지 않는다는 것을 우리의 엄격한 직업윤리로 삼고 있소.」

「네, 그렇군요.」

피에르는 힘겹게 침을 삼키면서 말했다.

「우리가 보험을 강매하면 관광 사업 감독 관청으로부터 제재를 받을 수도 있소.」

주위에 모여든 군중이 벌써 〈마법사를 죽여라! 마법사를 죽여라!〉 하고 박자에 맞춰 소리치고 있었다.

임시로 사형 집행을 맡은 뒤프레가 다시 말했다.

「말이 나온 김에 한 가지 물어보겠소. 만일 당신이 여기에서 죽지 않는다면 내년에는 언제 여행을 떠나겠소?」

「6월요. 6월이 안 된다면 9월요. 말씀하신 대로 사람들이 무리 지어 떠나지 않는 때를 우선 선택하겠어요. 이번과 마찬가지로 바캉스 인파가 한꺼번에 몰리는 7, 8월은 어떠한 일이 있어도 피하겠어요.」

빨간 가면 때문에 눈의 표정을 읽을 수는 없었지만, 사형집행인은 잠시 이것저것을 따져 보는 듯했다. 그러는 동안 군중은 어서 사형을 집행하라고 안달을 부렸다.

「6월에 떠날 거라 이거죠? 그럼 템푸스 보험은 어떻게 할 거요?」

「일말의 주저 없이 가입할 겁니다. 내 친구들에게도 가입하라고 적극적으로 권할 거고요. 물론 내가 겪은 이 일은 그들에게 이야기하지 않겠습니다.」

「템푸스 보험은 언제나 고객에게 정성을 다하죠. 현재의 고객에게는 물론이고 미래에 고객이 될 사람들에게도 말입니다. 우리의 고객이 된 것을 환영합니다.」

앙셀름 뒤프레는 봉헌물을 올리는 사제처럼 엄숙한 동작으로 피에르 뤼브롱의 묶여 있는 손에 2000이라는 수가 나타나 있는 빨간 기계를 내려놓는다. 피에르는 버튼을 누르면서 맹세했다. 템푸스 보험이든 뭐든 시간 여행 보험에 드는 일은 절대로 없을 것이라고. 다시는 시간 여행을 하지 않겠다고. 내년에는 남프랑스 지중해 해안에 있는 회원제 호텔에 예약을 해서 다른 사람들처럼 7월에 떠나겠다고.

무리를 벗어나 길 잃은 양이 되는 것은 딱 한 번으로 족했다.

투명 피부

그 일이 있기 몇 년 전부터 나는 생체를 투명하게 만드는 문제에 관해 연구하고 있었다. 그것은 우리 유전학 연구소에서 행하던 연구 활동의 일환이었다. 나는 우선 속이 환히 보이는 일부 식물들로부터 그런 투명성에 관여하는 유전 암호를 밝혀냈다. 우리는 자연 속에서, 예컨대 바닷말에서 그런 암호를 발견할 수 있다. 나는 색소 형성에 영향을 미치는 유전자 배열을 다른 식물에 도입하여 투명한 장미와 투명한 살구나무와 투명한 참나무를 만들어 냈다.

그러고 나서 나는 동물을 상대로 연구를 계속했다. 이번에는 글래스 피시 같은 열대어에서 찾아볼 수 있는 투명성이 DNA의 어떠한 염기 서열에서 나오는지를 알아냈다. 그것을 바탕으로 재조합된 유전자를 개구리의 세포핵에 도입함으로써 살갗과 근육이 투명한 개구리를 얻었다. 혈관과 내장과 뼈가 보이는 개구리였다.

그다음에는 투명한 쥐를 만들어 냈다. 그 쥐의 모습이

너무나 흉측했기 때문에 나는 그것을 내 동료들의 눈에 띄지 않는 곳에 두었다. 나의 작업은 투명한 개를 거쳐 투명한 원숭이로까지 이어졌다. 그렇게 가장 원시적인 식물에서 인간과 가장 가까운 동물로 나아감으로써 나는 생명 진화의 정상적인 단계를 존중한 셈이었다.

내가 마지막 실험 대상으로 삼은 것은 바로 나 자신이었다. 내가 왜 그런 결심을 했는지 이제는 기억이 확실치 않다. 아마도 과학자라면 누구나 호기심을 끝까지 밀고 나가고 싶어 하듯이 나 역시 내 연구의 끝을 보고 싶어 했던 것이 아닌가 싶다. 또 다른 이유가 있다면, 누구를 실험 대상으로 선택한다 해도 자기 속이 환히 보이도록 피부가 투명해지는 것을 받아들일 사람은 아무도 없으리라는 것을 알고 있었기 때문이 아닐까?

어느 날 밤, 나는 실험실에 혼자 남아 있다가 마침내 용단을 내리고 나 자신을 상대로 나의 투명화 기술을 시험하였다. 결과는 성공적이었다.

나는 내 몸을 온전히 관찰하기 위해 옷을 벗었다. 살갗을 통하여 위, 간, 염통, 콩팥, 허파가 보이고, 그물처럼 퍼져 있는 혈관이 보였다. 내 모습은 학창 시절에 생물학 강의실에 놓여 있었던 피부를 벗긴 인체 모형과 비슷했다. 한 가지 다른 점은 내가 살아 있다는 것이었다. 말하자면 나는 살아 있는 박피(剝皮) 인체 모형이었다.

나는 거울에 몸을 비춰 보다가 나도 모르게 공포의 비명을 지르고 말았다. 그 비명은 내 심장이 빨리 뛰게 하는 효과를 가져왔다. 나는 거울을 보면서 내가 느낀 공포의 결과를 확인하였다. 동맥은 격렬하게 팔딱거렸고, 허파는 대장간의 풀무처럼 오르락내리락했다. 또 연한 노란색의 아드레날린은 피를 주황빛으로 물들였고, 림프계는 미친 듯이 돌아가는 낡은 증기기관처럼 림프액을 맹렬하게 순환시키고 있었다.

스트레스라는 게 이런 것이었나?

무엇보다 나를 무섭게 했던 것은 내 눈이었다. 우리가 얼굴에서 보는 눈은 눈꺼풀이 위로 올라가 있을 때 나타나는 눈알의 앞쪽 부분뿐이다. 그러나 거울에 비친 내 얼굴에서는 아몬드 같은 형태의 그런 눈이 아니라 눈구멍에 박혀 있는 자갯빛 구체가 통째로 보였다. 게다가 그 구체에는 근육과 신경까지 붙어 있었다.

다시 정신을 추스르고 눈길을 아래로 향했더니, 이번에는 창자가 음식 덩어리 때문에 불룩해져 있는 것이 보였다. 창자가 움직이는 모습을 눈으로 계속 좇고 있으면, 내가 언제쯤 화장실에 갈 필요를 느끼게 될지를 미리 알 수 있을 듯했다.

내가 생각에 몰입할 때면 피가 경동맥을 타고 뇌로 쏠렸고, 내가 추위나 더위를 느낄 때면 살갗의 모세 혈관 쪽으로 피가 몰리곤 했다. 나는 인간이 생각할 수 있는 그 어떤 나체보다 적나라했다.

그런 생각을 하고 있다가 나는 문득 한 가지 중대한 사실을 깨달았다. 내 몸을 원래의 상태로 되돌리는 방법을

모르고 있다는 사실이었다. 다시 불투명한 상태로 돌아가려면 어떻게 해야 하지? 나는 극도의 흥분 상태에서 내 실험동물들을 상대로 불투명화의 비밀을 알아내려고 애썼다. 그렇게 연구에 몰두해 있느라고 시간이 가는 줄도 몰랐다. 아침이 되어 청소하는 여자가 내 실험실의 문을 열었다. 그녀는 나를 보자마자 기절해 버렸다.

나는 동료들이 와서 청소부와 똑같은 변을 당하기 전에 어서 나가야 한다고 생각했다. 그들에게 이 일을 어떻게 설명한단 말인가? 비닐처럼 투명한 거죽 속에서 장기들이 팔딱거리고 있는 이 기괴한 형상이 바로 나라는 것을 어떻게 설명할 수 있단 말인가?

우선 외투의 깃을 잔뜩 올리고 검은 안경을 끼는 등 머리부터 발끝까지 가릴 수 있는 건 다 가려야 한다는 생각이 들었다. 허버트 조지 웰스의 투명 인간처럼 말이다. 그래야 속이 들여다보이는 내 모습을 보고 남들이 기절하는 것을 막을 수 있을 터였다.

나는 속옷 따위는 버려두고 서둘러 외투를 걸쳤다. 다른 부위들은 그런대로 가려졌는데 두 뺨이 문제였다. 마침 청소부의 화장품 주머니에 파운데이션이 있었다. 나는 그것으로 남은 문제를 해결했다.

인기척이 들려왔다. 사람들이 오고 있었다.

나는 서둘러 밖으로 나갔다. 지하철역에서 웬 젊은 불량배가 나에게 잭나이프를 들이댔다. 주위의 승객들은 아무런 간여도 하지 않고 그냥 바라보고만 있었다. 그런 공격은 재수 없으면 누구에게나 있을 수 있는 일 정도로만 여기는 것 같았다.

나는 내 목숨을 구하기 위한 반사적 행동으로 외투를 활짝 열어젖혔다. 나를 공격하던 자는 내 알몸 정도가 아니라 한창 팔딱거리고 있던 내 혈관과 대부분의 장기를 보았으리라.

그는 비틀거리다가 스르르 허물어져 버렸다. 그러자 구경꾼들이 그를 도우러 와서는 나를 이상한 눈으로 바라보았다. 이렇듯 세상은 거꾸로 돌아가고 있다. 사람들은 누가 폭력을 당하는 광경은 견뎌 내지만, 어떤 사람이 자기들과 다르다는 것은 참지 못한다.

구경꾼들은 공격당한 나를 돕기보다 공격자를 보살피는 데에 더 신경을 쓰고 있었다. 문득 그들에게도 나의 기이한 모습을 드러내고 싶은 욕구가 일었다.

그들의 반응은 턱없이 과도했다. 나는 가까스로 몰매를 모면했다.

그들은 내 모습에서 그들 자신의 이면을 보았을 것이다. 그러면서 우리 인간이 순전한 정신적 존재가 아니라 살아 움직이는 살덩이이자 갖가지 빛깔의 기관들 속으로 이상한 액체들을 순환시키기 위해 끊임없이 활동하는 장기들의 집합체이기도 하다는 것을 상기했으리라. 말하자면 나는 살가죽을 한두 꺼풀 벗기고 보면 우리 인간의 모습이 진정 어떠한지를 그들에게 일깨워 준 셈이다. 내 모습은 하나의 진실이지만, 아무도 그것을 정면으로 바라볼 준비

가 되어 있지 않았다.

최초의 승리감이 채 가시기도 전에, 나는 이제부터 내가 사람들에게 어떤 존재로 받아들여질 것인지를 깨달았다. 나는 사람들의 배척을 받는 천민이었다. 아니 그보다도 못한 한낱 괴물일 뿐이었다.

나는 시내를 떠돌아다녔다. 그러면서 줄곧 나 자신에게 물었다. 누가 내 모습을 참고 보아줄 수 있을까? 곰곰이 생각해 보니 그런 사람들이 있을 법도 했다. 괴물처럼 흉측한 것도 마다하지 않고 굳이 특이한 것을 찾는 사람들이 없지는 않다. 그들은 오히려 그것을 이용해 돈을 번다. 예컨대 장터에서 구경거리를 제공하는 순회 흥행사들이 바로 그들이다.

나는 서커스단을 찾아 나섰다. 마침 가까이에 〈마그놈〉이라는 서커스단이 있었다. 그들은 세상에서 가장 진기한 구경거리를 보여 주겠다고 선전하고 있었다. 일찍이 지구상에 존재한 적이 없는 아주 흉측한 것들까지 보여 주겠다는 것이었다.

단장은 유명한 난쟁이 여자였다. 그녀가 호사스런 사무실에서 나를 맞아 주었다. 빨간 벨벳 안락의자에 방석을 쌓아올리고 그 위에 올라앉아 있던 그녀가 직업의식을 드러내며 나를 톺아보았다.

「우리 서커스단에 들어오고 싶다고요? 그렇다면 당신 특기가 뭐죠? 공중 그네, 마술, 동물 조련?」

「스트립쇼입니다.」

그녀는 한순간 놀란 기색을 보이더니 나를 더 찬찬히 살펴보았다.

「그렇다면 번지수를 잘못 찾아왔소. 여긴 에로 극장이 아니오. 우리 서커스단을 뭘로 보는 거요? 세계에서 가장 명망 있는 서커스단에 속한다는 걸 알고나 왔소? 그럼 이만, 출구는 저쪽에 있소.」

말로 백 번 설명하는 것보다 한 번 보여 주는 게 낫겠다 싶어서 나는 얼른 오른손의 장갑을 벗고 마치 악수라도 하려는 것처럼 손을 내밀었다. 그녀는 아무 말 없이 안락의자의 방석 더미에서 뛰어내리더니 내 손을 잡고 천장의 네온등을 향해 들어올렸다. 그녀는 소정맥들을 한참 살펴보았다. 실타래처럼 복잡하게 얽힌 채 손가락 끄트머리로 가면서 점점 가늘어지는 소정맥들의 모습이 마냥 신기한 모양이었다.

「손뿐만 아니라 온몸이 다 이렇습니다.」

「온몸이? 당신 화성에서 온 거요, 뭐요?」

「나는 화성인이 아닙니다. 여느 지구인과 하나도 다를 바 없는 사람이었고, 동료들로부터 높이 평가받는 과학자이기도 했습니다. 하지만 내 마지막 실험을 너무나 성공적으로 끝내는 바람에 이렇게 되었습니다.」

단장은 내 심장 박동의 리듬에 따라 피가 들고나는 것을 계속 관찰하였다.

「이제껏 특이한 사람들을 적지 않게 만났지만, 당신 같은 사람은 아직 본 적이 없어요. 잠깐 기다려요. 우리의 새로운 흥행물을 다른 단원들에게도 보여 주어야겠소.」

그녀는 큰소리로 단원들을 불러 모았다. 팔다리가 없는 통나무 인간, 공중 그네 곡예사, 지구상에서 가장 뚱뚱한 사나이, 샴쌍둥이 자매, 칼을 삼키는 남자, 벼룩 조련사 등 모두가 단장의 사무실로 모여들었다.

통나무 인간이 먼저 한마디를 했다.

「허 그것 참! 간이 이렇게 큰 줄 몰랐네. 간이 콩알만 해진다는 말은 여간한 흰소리가 아니로구먼.」

「여기 콩팥 위에 있는 이 분비샘이 부신이라는 건가?」

단장이 그렇게 물었다. 지구상에서 가장 뚱뚱한 사나이도 호기심을 드러냈다.

「애걔걔, 콩팥이 이렇게 작은 거였나? 생긴 게 아주 우습네.」

처음 보는 구경거리에 모두가 깊은 관심을 보이고 있었다. 하지만 누구도 내 투명한 살갗에 선뜻 손을 대보려고 하지 않았다.

공중 그네 곡예사는 상냥하고 예쁘게 생긴 한국 여자였다. 그녀가 처음으로 손가락을 내밀어 내 살갗을 만졌다.

「피부가 아주 탄력 있고 단단하네요.」

그녀의 시선이 내 눈을 향했다. 나는 눈길을 떨구었다. 그녀의 손이 내 살갗에 닿는 느낌은 차갑지만 보드라웠다. 그녀의 자연스럽고도 친근한 몸짓에 다른 사람들이 박수를 보냈다.

그녀가 나를 보고 생긋 웃었다.

가슴이 뭉클했다. 새로운 가족을 만난 느낌이었다.

나는 그들의 도움을 받아 신속하게 스트립쇼와 비슷한 흥행물을 개발해 냈다. 여러 겹의 옷을 차례로 벗은 다음 마지막으로 라텍스로 된 가짜 피부를 벗기면서 내 몸 속을 보여 주는 것이 공연의 골자였다.

공연은 매번 굉장한 반향을 불러일으켰다. 나체란 따지고 보면 인간이 가장 좋아하는 구경거리다. 몇 겹의 천으로 자신의 몸을 가리는 유일한 동물이라서 그런 구경거리를 좋아하는 것인지도 모를 일이다. 그런데, 내 공연을 보는 관객들은 무대에서 떨어진 계단식 좌석에 앉아 있는 탓인지 별로 무서워하는 기색을 보이지 않았다. 오히려 나를 새로운 종류의 마술사로 여기면서 마술의 〈비밀〉을 알아내려고 했다. 눈속임 기술이 뛰어난 유명한 마술사들까지 내 공연을 보러 와서는 있지도 않은 속임수를 찾아내려고 애를 썼다.

나는 나의 새로운 살가죽에 익숙해졌다. 그러고 나니 내 몸을 자세히 살펴보면서 연구하는 버릇까지 생겼다. 그 연구를 통해서 나는 몇 가지 현상들에 대한 내 나름의 설명들을 찾아냈다. 예컨대, 나는 밤마다 배에 경련이 일어나는 듯한 이상한 느낌을 받곤 했는데, 알고 보니 그 경련은 부신 때문에 생기는 것이었다. 이따금 나는 몇 시간씩 거울에 비친 뇌의 혈관들을 관찰하기도 했다.

어느 날 저녁, 나는 내 몸의 비밀에 또다시 도전하기 위해 거울 앞에 앉아 몸에 손전등을 비춰 보고 있었다. 그때 문득 나는 이런 생각을 했다. 진실보다 사람들을 더 불안하게 만드는 것은 없다. 특히 그 진실이 우리의 몸과 같은 개인적인 요소와 관계될 때는 더더욱 그러하다.

사실, 우리는 우리 몸에 대해서 별로 잘 알지 못하며 진정으로 알고 싶어 하지도 않는다. 우리는 우리 몸을 하나의 기계 장치처럼 생각하기 일쑤다. 그래서 어쩌다 몸에 이상이 생기면, 마치 고장 난 기계를 수리공에게 가져가듯이 의사를 찾아간다. 그러면 의사는 이상한 이름이 붙은 묘한 빛깔의 알약으로 이상 증세를 치료한다.

인간이 진정으로 자신의 몸에 관심을 갖고 있다고 볼 수 있을까? 인간이 진정으로 자기 자신을 바라보고 싶어 한다고 말할 수 있을까? 만일 인류 전체가 살갗이 투명해지는 쪽으로 돌연변이를 일으킨다면, 자신들의 몸에 더욱 진지한 관심을 보이게 되지 않을까?

그런 생각을 하며 허파에 이리저리 손전등을 비추고 있는데, 누가 내 분장실의 문을 두드렸다. 공중 그네 곡예를 하는 젊은 한국 여자였다. 그녀는 나를 자세히 관찰해도 되느냐고 물었다. 몸의 진실에 도전하겠다고 용단을 내린 사람이 처음으로 나타난 것이다.

그녀의 말이 끝나자마자 내 생식샘이 그득해졌다. 속이 환히 보이니 내 감정을 속일 수가 없었다. 그녀는 짐짓 그것을 눈치 채지 못한 척하며 손전등을 들고 내 목의 한 부위를 비췄다. 자기 목의 해당 부위가 자꾸 아파서 이유가 무엇인지 알아보려는 것이라고 했다. 한참을 들여다보다가 그녀가 말했다.

「아, 이제 아픈 이유를 알겠어요.」

그녀는 동굴 탐사라도 하듯 내 몸을 계속 비춰 보았다. 손전등 불빛이 내 등을 비췄다. 나는 눈길을 떨구었다. 일찍이 어느 누구도 그렇게까지 나에게 관심을 보인 적이 없었다. 나 자신조차 뒤에서 본 내 모습이 어떤지 모르고 있었다. 뒤에서도 내 심장이나 간이 보일까? 그녀가 나가고 나면 거울을 두 개 놓고 비춰 보아야겠다.

그녀는 등을 살펴보고 다시 내 앞으로 오더니 나에게 입을 맞추었다. 나는 불안한 마음으로 물었다.

「내 모습이 혐오스럽지 않나요?」

그녀가 생긋 웃었다.

「지금은 당신뿐이지만…… 언젠가는 피부가 투명하게 변한 사람들이 더 나올지도 몰라요.」

「그런 사람들이 또 생길까 봐 걱정이 돼요?」

「아뇨. 변화는 두렵지 않아요. 정체와 거짓이 훨씬 더 나쁘죠.」

그녀가 다시 한 번 더 깊숙하게 입맞춤을 할 때, 한 가지 엉뚱한 생각이 뇌리를 스쳤다. 만일 우리가 결혼해서 자식을 낳는다면, 그 아이들의 피부는 어떻게 될까? 나를 닮을까, 저희 엄마를 닮을까? 아니면, 반은 나를 닮고 반은 저희 엄마를 닮을까?

냄새

그 〈고약한 것〉은 별똥돌처럼 보였다. 하지만 별똥돌이 공교롭게도 파리 중심의 뤽상부르 공원 한복판을 덮친 것은 처음 있는 일이었다. 그것이 떨어질 때의 충격은 어마어마했다. 3월의 그 청명한 새벽에 마치 근처에서 폭탄이 터지기라도 한 것처럼 주위의 모든 건물이 흔들렸다.

그나마 다행인 것은 운석이 떨어진 시각이 이른 새벽이라 희생자가 세 명에 그쳤다는 것이다. 그들은 혼자서 산책을 하던 사람들이었는데, 신원을 확인해 본 결과 마약 밀매자들이었던 것으로 밝혀졌다. 대체 그들은 그토록 이른 새벽에 뤽상부르 공원 한복판에서 무엇을 하고 있었던 것일까? 운석에 직접 희생된 것은 아니지만 병약한 몇몇 시민이 그 소음에 너무 놀란 나머지 심장마비로 사망하는 불행한 일도 있었다.

이런 피해 상황을 놓고 한 저명한 과학자는 이렇게 말했다.

「피해가 그 정도에 그쳤다는 게 놀랍다. 마치 그 운석이 우연히 거기에 떨어진 게 아니라 누가 일부러 우리 땅에 내려놓은 것만 같다.」

하지만 세계에서 가장 유명한 도심 녹지대에 속하는 뤽상부르 공원의 한복판에 직경이 약 70미터나 되는 바위 덩어리가 놓여 있다는 것은 중대한 문제가 아닐 수 없었다.

충격이 채 가시기도 전에 구경꾼들이 몰려들었다. 그들 중의 누군가가 소리쳤다.

「아니……. 아니 무슨 냄새가 이렇게 고약하지?」

아닌 게 아니라 그 별똥돌에서 악취가 나고 있었다. 도움을 요청 받은 천문학자들의 설명에 따르면, 별똥별이 떨어지는 동안 때로 유황으로 이루어진 성간운(星間雲)을 통과하는 경우가 있는데 그 때문에 지구 표면에 떨어진 별똥돌에서 악취가 날 수도 있다는 것이었다.

언제나 자극적인 문구를 탐하는 신문들은 주저 없이 그 바위 덩어리를 〈우주의 배설물〉이라고 규정하였다. 그러자 대중은 그렇게 커다란 똥 덩어리를 배설할 수 있는 외계 생물은 도대체 얼마나 거대한 괴물일까 하면서 벌써부터 상상의 날개를 펼쳤다.

바람이 북쪽에서 불어올 때면, 남쪽의 모든 구역에 역겨운 냄새가 진동해서 주민들이 심한 불편을 겪었다. 문과 창문을 아무리 꼭꼭 닫고 있어도 고약한 냄새가 가시지 않았다. 그것은 맵싸하고 진하고 몹시 역한 냄새였다. 여자들은 그 냄새를 맡지 않기 위해 자기들 몸에 향기가 강한

향수를 잔뜩 뿌렸다. 남자들은 구멍이 뚫린 플라스틱 가면이나 활성탄 필터를 착용하고 다녔다. 그 우스꽝스러운 모습은 진짜 방독면을 쓰고 다니는 것보다 별로 나을 게 없었다. 외출했다가 집에 돌아오면, 쉽게 가시지 않는 그 악취가 옷에 속속들이 배어 있었다. 그 옷들을 다시 입을 수 있게 만들려면 물을 많이 사용해서 여러 번 빨아야만 했다.

냄새는 날이 갈수록 더욱 독해졌다. 그러자 어떤 유기물 덩어리가 운석 내부에서 부패하고 있기 때문일지도 모른다는 가정이 제기되었다.

냄새가 오죽 역겨웠으면 파리들조차 멀리 날아가 버리는 판국이었다.

그 악취에 태연할 수 있는 자는 아무도 없었다. 코의 내벽이 따끔거리고 목구멍에 염증이 생기는가 하면 혀까지 뻣뻣해지는 느낌이 들 정도였다. 천식 환자는 숨이 차서 헐떡거렸고, 코가 막혀서 입으로 숨을 쉬던 감기 환자조차 입 벌리기를 두려워하였으며, 개들은 죽어라 하고 울부짖었다.

처음에 이 별똥돌은 관광객들을 끌어들이는 세계적인 구경거리로 여겨졌다. 하지만 얼마 안 가서 이 〈우주의 똥〉은 파리 시의 가장 중대한 문제, 나아가서는 프랑스의 가장 큰 골칫거리가 되었다.

주민들이 냄새를 피해 떠나가는 바람에 뤽상부르 공원 근처의 집들이 텅텅 비게 되었다. 일요일마다 이 공원에 조깅을 하러 가던 사람들도 일절 발길을 끊었다. 집세는 내려가기 시작했고, 그 바위 덩어리의 악취에 오염되는 구역이 계속 확장됨에 따라 주민들은 악취의 진앙으로부터 점점 더 멀리 달아났다.

당연한 얘기지만 파리 시 환경 관리 당국은 기중기와 권양기로 그 바위 덩어리를 옮겨 보려고 애썼다. 그것을 센강에 버려서 바다로 흘러가게 할 작정이었다. 강과 바다가 오염될 염려가 있었지만 그건 어쩔 수 없는 일이었다. 파리 시장은 그 바위 덩어리를 변기 속에 든 대변 덩어리에 비유하면서 〈냄새를 막기 위해서는 변기의 물을 내려야 한다〉고 역설하였다. 하지만 기중기나 권양기의 엔진이 아무리 강력해도 직경 70미터의 그 바위 덩어리를 들어 올릴 수 없는 것으로 밝혀졌다. 그러자 파리 시 당국은 그것을 폭파시키기로 결정하였다. 그러나 바위를 구성하는 물질의 밀도가 너무나 높아서 무엇으로도 그것을 깨뜨릴 수 없었고 긁힌 자국조차 낼 수 없었다.

바위 덩어리를 옮기는 것도 파괴하는 것도 불가능하다면 결국은 그 악취를 견디며 사는 수밖에 없었다.

그때 프랑수아 샤비놀이라는 젊은 기술자가 한 가지 묘안을 냈다. 〈그것을 옮길 수도 깨뜨릴 수도 없으니 냄새가 퍼지지 못하도록 아예 콘크리트로 덮어 버리자.〉 말이 떨어지기가 무섭게 작업이 진행되었다. 왜 진작 그 생각을 못했을까? 파리 시장은 나중에 사람들이 〈당의(糖衣) 입히기〉 작전이라고 명명한 작업을 지시했다. 가장 성능이 좋은 콘크리트 믹서들과 가장 견고한 시멘트들이 전국 각지에서 운송되었고, 가장 노련한 기술자들이 동원되어 운석에 10센티미터 두께의 콘크리트를 입혔다. 하지만 헛일이었다. 운석은 여전히 악취를 풍기고 있었다. 20센티미터 두께로 한 겹을 더 입혀 보아도 사정은 마찬가지였다. 콘크리트를 겹겹이 입히고 시멘트로 때운 곳을 다시 시멘트로 덧칠하고 거기에 또다시 콘크리트를 입혀도 소용이 없었다.

작업이 시작되고 한 달이 지나자 운석은 1미터 두께의 콘크리트로 덮였다. 그러고 나니 전체적인 모습이 모서리를 둥글린 입방체와 비슷했다. 하지만 지독한 악취는 사라질 기미를 보이지 않았다.

「콘크리트가 너무 다공질(多孔質)이라서 그래요. 투과성이 더 적은 물질을 찾아내야 합니다.」

시장이 그렇게 진단을 내리자, 샤비놀은 석고를 제안했다. 석고는 흡수성이 좋아서 악취를 스펀지처럼 빨아들일 수 있으리라는 것이었다.

하지만 그것 역시 실패였다. 기술자들은 석고에 유리섬유를 덧씌웠다. 그럼으로써 마치 건물을 지을 때 단열재를 넣어 이중벽을 만드는 것과 같은 결과를 얻었다.

모서리를 둥글린 입방체 모양이었던 운석은 조금 더 동그스름한 형태를 띠게 되었다. 그러나 모양은 변해도 악취는 달라지지 않았다.

「기체를 전혀 투과시키지 않는 자재를 찾아내야 합니다.」

시장의 볼멘 주문에 기술자들은 이마에 주름을 잡고 고심했다. 어떤 자재를 사용해야 그런 악취를 완벽하게 막아 낼 수 있을까?

「유리로 덮어 버리죠!」

샤비놀이 소리쳤다. 왜 진작 그 생각을 못했을까? 유리는 투과성이 없는 고밀도 물질이라서 악취를 가장 완벽하게 막아 주는 피막 구실을 할 터였다.

기술자들은 규석을 녹여 오렌지빛의 뜨거운 반죽을 만든 다음 그것으로 직경 70미터의 운석(물론 콘크리트와 석고와 유리섬유 때문에 부피가 더욱 커진 바위 덩어리)을 덮었다.

유리 반죽이 식고 나자 운석은 맑고 반들반들하고 완벽한 구형을 이룬 것이 마치 하나의 커다란 구슬을 보는 듯했다. 그 어마어마한 부피에도 불구하고 약간의 아름다움마저 느끼게 하였다. 냄새도 사라졌다. 유리가 마침내 악취가 퍼져 나가는 것을 막아 낸 것이었다.

파리는 온통 환희의 도가니였다. 사람들은 방독면이며 활성탄 필터를 공중으로 던져 올렸다. 교외로 나갔던 주민들이 돌아오고, 도심 곳곳에서 무도회가 열렸다. 자갯빛 구체로 변해 버린 운석을 둘러싸고 한바탕 춤판이 벌어졌다.

강력한 투광기의 불빛이 구체의 표면을 환하게 비추었다. 파리 사람들은 뤽상부르 공원의 이 기념물을 놓고 세계의 여덟 번째 불가사의 운운하면서 자유의 여신상 같은 것은 이 운석에 비하면 보잘것없는 조각상일 뿐이라고 벌써부터 호들갑을 떨었다.

파리 시장은 한 연설 도중에 우스갯소리로 이런 말을 하였다.

「이 커다란 공이 프랑스 최고의 축구팀을 가진 도시에 있는 것은 당연한 일입니다.」

그 말에 사람들은 장내가 떠나갈 듯이 박수갈채를 보냈다. 흐드러지게 터져 나오는 웃음 속에서 그동안의 고통은 까맣게 잊혔다. 프랑수아 샤비뇰은 파리 시장으로부터 표창을 받았다. 이 젊은 과학자가 거대하고 반들반들한 공 옆에 서 있는 모습을 사진에 담기 위해 사진기자들이 일제히 플래시를 터뜨렸다.

바로 그 순간, 우주의 또 다른 차원에서 보석 장사를 하고 있는 외계인 글라프나우에트는 이제 때가 되었다고 판단하고 자기가 지구에 버렸던 물건을 회수해 갔다.

그가 내놓은 보석을 보고 켄타우로스 자리의 여성 고객이 소리쳤다.

「굉장하군요! 이렇게 아름다운 양식 진주는 본 적이 없어요. 이런 걸 어떻게 만드셨어요?」

글라프나우에트는 묘한 웃음을 지었다.

「그건 비밀입니다.」

「이제는 진주조개를 이용하지 않나 보죠?」

「그렇습니다. 더 크고 더 광채가 좋게 하는 다른 기술을 생각해 냈죠. 진주조개가 자기 몸 안에 들어온 이물질을 제 분비물로 감싸서 만드는 진주는 광택이 완벽하지 않습

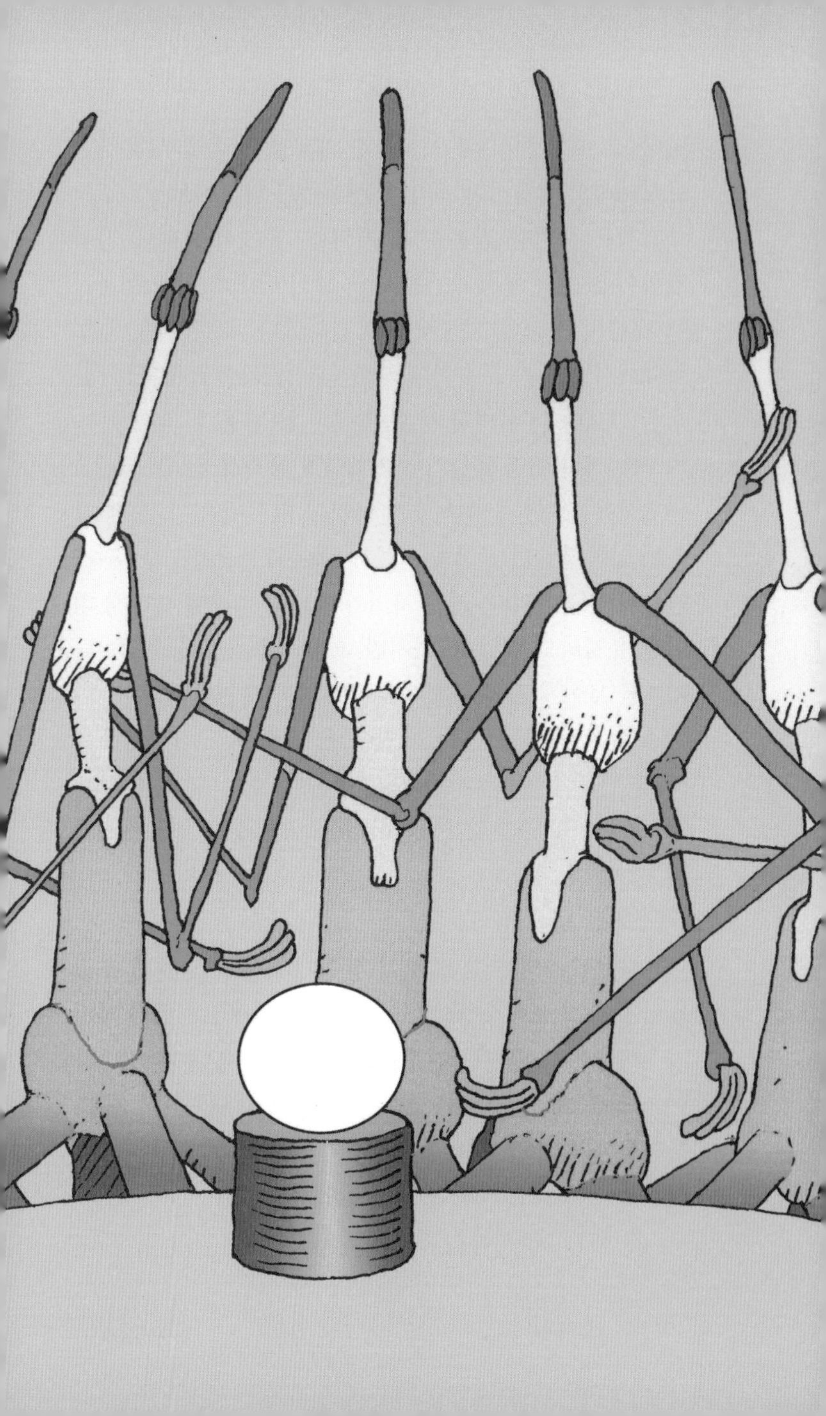

니다. 그에 반해서 내가 개발한 새로운 방법을 사용하면 보시다시피 이렇게 광택이 좋은 진주가 나오지요.」

고객은 통방울 같은 여덟 개의 눈 중에서 보석에 가장 가까이 있는 눈에 돋보기를 대고 보석 장수의 말대로 물건이 대단히 정교하다는 것을 확인하였다. 파란 전등 불빛 아래에서 진주가 무수한 광채를 내며 반짝이고 있었다. 고객은 그보다 더 완벽한 것을 본 적이 없었다.

「어쨌거나 어떤 동물이나 기계를 이용하는 건 맞지요?」

고객이 호기심을 억누르지 못하고 다시 물었다. 보석 장수는 알쏭달쏭한 표정을 지었다. 털이 부스스한 그의 귀가 연보랏빛을 띠었다. 그는 자기가 개발한 기술에 대해서 비밀을 유지하고 싶었다. 하지만 고객의 호기심이 수그러들 기미를 보이지 않자, 귀엣말로 이렇게 털어놓았다.

「나는 동물을 이용하고 있어요. 진주조개보다 진주를 더 잘 만들 줄 아는 아주 작은 동물이죠. 자아, 이것을 보석 상자에 넣어 드릴까요? 아니면 지금 당장 패용하시겠어요?」

「상자에 넣어 주세요.」

켄타우로스의 고객은 보석 장수가 요구한 금액에 조금 놀랐지만 그 보석을 꼭 갖고 싶었다. 켄타우로스에서 파티가 열릴 때 그 완벽한 진주를 달고 나가면 모두가 경탄하며 바라볼 게 분명했다. 고객은 벌써부터 다음 파티 때 그 보석을 어떻게 걸어야 자기의 젖가슴 여덟 개가 더욱 아름다워 보일까 하는 생각을 하고 있었다.

이튿날 보석 장수 글라프나우에트는 서둘러 오물 한 덩이를 족집게로 집어 뤽상부르 공원 한복판에 다시 갖다 놓았다. 이번에는 지난번 것보다 더 크고 냄새도 더 강한 놈을 골랐다. 오물이 놓인 장소는 지난번과 똑같았다. 그는 생산성을 높일 양으로 모스크바의 붉은 광장과 뉴욕의 센트럴 파크, 베이징의 천안문 광장, 런던의 피커딜리 서커스에도 악취 나는 물건을 한 덩이씩 갖다 놓았다. 그의 성공은 따 놓은 당상이었다. 일이 순조롭게 진행된다면, 태양계의 그 작은 행성에서만 1년에 50에서 1백 개의 진주를 거두어들이게 될 터였다. 생산비는 거의 들지 않았다. 그저 짓궂은 장난에 쓰이는 물건들을 파는 가게에 가서 고약한 냄새가 나는 공을 사기만 하면 되는 일이었다. 물론 그것을 만진 다음에는 악취가 사라질 때까지 손을 깨끗하게 씻어야만 했다. 하지만 그 정도의 불편은 얼마든지 감수할 만했다.

켄타우로스의 고객은 글라프나우에트의 보석 가게에서 산 양식 진주를 여자 친구들에게 자랑하였다. 그러자 그들 모두가 똑같은 것을 갖고 싶어 했다.

황혼의 반란

「그들일까요?」

초인종이 딩동댕 하고 울렸다. 할아버지 프레드와 할머니 뤼세트는 겁에 질린 동물처럼 바닥에 웅숭그리고 있었다.

「아냐, 아냐. 그럴 리가 없어. 우리 자식들은 절대로 그들이 오게 내버려두지 않을 거요.」

「벌써 3주 전부터 세누와 나누에게서 아무 소식이 없어요. 사람들 얘기가 자식들이 소식을 끊고 나서 얼마 지나지 않으면 그들이 온다던데.」

두 노인은 조심스럽게 창가로 다가가 밖을 내다보았다. 닭장처럼 철망을 쳐놓은 대형 버스가 보였다. 바로 그 악명 높은 〈휴식·평화·안락 센터〉의 버스였다. 그 행정기관의 약자 CDPD,[7] 그리고 흔들의자와 리모컨과 카밀레 꽃

7 Centre de Détente Paix et Douceur의 약자.

을 나타낸 로고가 차체에 선명하게 찍혀 있었다. 분홍색 제복을 입은 대원들이 버스에서 내렸다. 그들 중의 한 사람은 반항하는 노인들을 붙잡는 데 쓰는 커다란 그물을 한껏 감추고 있었다.

프레드와 뤼세트는 서로 바싹 몸을 기대었다. 프레드는 분노로 몸을 떨고 있었다. 결국 그들의 자식들도 부모를 버린 셈이었다. 그들의 사랑하는 아들딸마저도 부모를 CDPD에 넘기고 말았다는 얘기였다.

그날이 오기 전까지 프레드는 설마 그런 일이 있으랴 하고 생각했다. 다른 집 자식들은 다 그래도 자기네 자식들은 절대 그러지 않을 것이라고 믿었다. 세상이 어떻게 돌아가는지 모르는 맹문이라서 그렇게 생각했던 건 아니었다. 그는 그런 행동이 갈수록 확산되고 있다는 것을 잘 알고 있었다. 몇 년 전부터 노인들을 배척하는 운동이 점점 노골화되고 있었다. 정부는 처음에 노인들을 지지했다. 입에 발린 소리일지언정 노인 공경의 미덕을 저버리지 않았다. 그러더니 얼마 안 가서 노인들을 여론의 심판에 넘겨버렸다. 한 사회학자가 텔레비전 저녁 뉴스에 나와서 사회보장의 적자는 대부분 70세 이상의 노인들 때문에 생긴다는 사실을 증명해 보였다. 그러자 노인 배척 운동의 전선에 생긴 그 돌파구를 이용하여 정치인들이 공격에 가세하였다. 그들은 의사들이 너무 쉽게 약을 처방한다고 비난하였다. 의사들이 공익은 뒷전으로 돌리고 고객을 잃지 않기 위해 마구잡이로 노인들의 생명을 연장시키고 있다는 것이었다.

사태는 갈수록 나빠지기만 했다. 학자들의 분석이 나온 지 얼마 되지 않아 대폭적인 예산 삭감이 이어졌다. 먼저 정부는 인공 심장의 생산을 중단시켰다. 그다음에는 피부와 신장과 간의 대용물을 개발하기 위한 프로그램들을 동결시켰다. 대통령은 신년 담화를 통해 〈노인들을 불사의 로봇으로 만들 수는 없습니다. 생명에는 한계가 있고 그 한계는 존중되어야 합니다〉라고 선언했다. 그러면서 노년기와 극노년기의 국민들은 생산하지 않고 소비만 함으로써 국가가 민심에 반하는 세금을 부과하게 하고, 프랑스 사회가 퇴보하는 듯한 이미지를 주고 있다고 주장했다. 요컨대, 나라의 모든 경제 문제가 노인의 증가와 연결되어 있음이 명백해지고 있다는 얘기였다. 이상한 것은, 그 담화가 75세 노인의 입에서 나온 것이고 그의 〈뛰어난 임무 수행 능력〉 자체가 상당 부분 첨단 의학의 보살핌 덕분에 발휘되고 있는 것임에도 아무도 그 사실을 지적하지 않았다는 점이다.

그 담화가 있은 뒤에 70세 이상의 노인들에 대해서 약값과 치료비의 지급을 제한하는 조치가 취해졌다. 75세부터는 소염제에 대해 환급을 받을 수 없게 되었고, 80세부터는 치과 치료에 대해, 85세부터는 위장 치료에 대해, 90세부터는 진통제에 대해 환급을 받을 수 없게 되었다. 또 1백세 이상의 노인들은 누구를 막론하고 무료 의료 서비스를 일절 받을 수 없게 되었다.

광고 제작자들은 그런 흐름에 편승하여 역사에 길이 남을 〈반노(反老)〉 캠페인으로 정치인들의 뒤를 따랐다. 노인을 비하하고 배척하는 광고 문구가 처음으로 나타난 것은 어떤 개먹이 광고에서였다. 이 광고에는 한 노인과 개가 등장한다. 노인이 개밥 그릇에 담긴 먹이를 훔치려고 하자, 개가 송곳니를 드러내며 으르렁댄다. 그러면서 〈플리키, 바로 당신의 할아버지가 꿈꾸는 먹이입니다〉라는 문구가 나타난다. 그즈음에 보건복지부에는 이런 말이 들어간 포스터가 나붙었다. 〈65세는 괜찮아요. 70세요? 손해의 시작이죠!〉

노년의 이미지는 점차 사회의 모든 부정적인 요소와 결합되었다. 인구 과밀, 실업, 세금 등이 모두 〈자기들 몫의 회전이 끝났음에도 회전목마를 떠나지 않고 있는 노인들〉 탓이 되어 버렸다.

레스토랑 문에서 〈70세 이상 출입 금지〉라는 팻말을 발견하는 것은 드문 일이 아니었다. 행여 반동분자로 몰리게 될까 봐 이제 아무도 노인들을 옹호하려 들지 않았다.

현관의 초인종이 다시 울렸다. 프레드와 뤼세트는 몸을 움찔하였다.

「열어 주지 맙시다. 저들은 우리가 없다고 생각할 거요.」

프레드가 그렇게 속삭였다. 그는 여전히 부들부들 떨고 있었다.

그들은 2층에 있었기 때문에 창문 너머로 철망 버스의

내부를 볼 수 있었다. 뤼세트는 이웃에 사는 풀트랑 씨 부부가 버스 안에 있는 것을 보았다. 토요일 오후면 으레 함께 어울려 카드놀이를 하는 부부였다. 보아하니 그들 역시 자식들에게 버림받은 모양이었다.

「문 열어요! 안에 있다는 거 알고 있어요!」

그물을 지니고 있는 직원이 현관문을 주먹으로 쾅쾅 두드렸다.

노부부는 서로 기대어 다시 몸을 웅크렸다. 성난 주먹질이 멎는가 했더니 발길질이 그 뒤를 따랐다.

철망 버스 안에 갇힌 풀트랑 씨 부부는 고개를 숙이고 있었다. 그들은 이런 일이 생기리라는 것을 진작 예감하고도 다른 노인들에게 미리 알려주지 못한 것을 안타까워하고 있었다.

프레드와 뤼세트는 지난 토요일에도 그들 집에 놀러 갔었다. 네 사람은 노인 배척 법률들을 화제에 올렸다. 프레드와 뤼세트는 CDPD가 아주 나쁘기만 한 것은 아니라고 생각하고 있었다. 하지만 풀트랑 부부는 대단히 비관적이었다.

「말세예요, 말세. 어떤 집 자식들은 늙은 부모를 나무에 묶어 놓고 바캉스를 떠나기까지 한대요. 부모가 따라나서지 못하게 하려고 말이에요. 그래서 늙은이들이 며칠 동안 먹지도 못하고 악천후에 방치된다는 거예요. 그러다가 결국은 센터로 가게 되는 거지요.」

「센터에서는 어떻게 지낸대요?」

뤼세트가 별 생각 없이 그렇게 묻자, 풀트랑 씨 부인은 겁에 질린 표정을 지으며 말했다.

「그건 아무도 모르죠.」

「광고에서 주장하기로는 노인들에게 여행을 시켜 준다고 하던데요. 타이며 아프리카며 브라질 등지로 놀러 가게 해준다면서요.」

그 말에 풀트랑 씨가 코웃음을 쳤다.

「그건 공식적인 선전일 뿐이에요. 정부가 그러잖아도 우리 때문에 돈이 너무 많이 든다고 불평하는 판에 우리에게 외국 여행까지 시켜 줄 리가 있겠어요? 센터에서 무슨 일이 벌어지고 있는지에 관해서 뭔가 짚이는 게 있어요. 내 생각은 정부가 선전하는 것보다 훨씬 더 비관적이에요. 뻔한 거 아니에요? 그저 우리 늙은이들에게…… 주사나 놓겠지요.」

「그게 무슨 뜻인가요?」

「그들은 우리를 없애 버리기 위해 독극물 주사를 놓고 있어요.」

「설마요! 그건 너무…….」

「그들이 우리를 곧바로 제거한다는 얘기는 아니에요. 얼마 동안은 우리를 데리고 있죠. 우리 자식들이 생각을 바꿀 경우에 대비해서 말이에요.」

「하지만 노인들이 바보가 아닌 이상 자기들에게 주사를 놓는데 그냥 가만히 있겠어요?」

「그들이 독감 예방주사를 놓는다며 노인들을 속이는

거죠.」

긴 침묵이 이어졌다.

「그런데 풀트랑 씨는 어떻게 그런 걸 알고 있죠?」

그는 묵묵부답이었다. 그러자 프레드가 잘라 말했다.

「그건 풍문입니다. 나는 그게 한낱 풍문일 것이라고 확신해요. 세상에 아무리 인정이 메말랐다고 해도 그렇게까지 몰인정할 수는 없어요. 지레 겁을 먹은 사람들이 거기에서 그런 일이 벌어지고 있을 것이라고 상상한 겁니다.」

「인생을 그렇게 장밋빛으로 볼 수 있다는 게 부럽네요. 하지만 내 아버지가 전에 이런 말씀을 하셨지요. 〈낙관론자들이란 일이 어떻게 돌아가는지 잘 모르고 있는 사람들일 뿐이다〉라고 말이에요.」

그러면서 풀트랑 씨는 한숨을 내쉬었다.

아래층에서 CDPD의 하수인들이 현관문을 노루발장도리로 따고 있었다. 그들의 동작은 자신만만하고 거의 기계적이었다. 매일같이 그런 일을 숱하게 하는 모양이었다. 그들이 소리쳤다.

「뭐가 무서워서 그래요? 모든 게 잘될 겁니다. 겁내지 마요.」

프레드는 죽기 아니면 까무러치기라는 심정으로 뤼세트의 허리를 잡았다. 뤼세트는 남편이 무엇을 하려고 하는지 알아차렸다. 마음이 통한 두 사람은 함께 창턱으로 올라가 훌쩍 뛰어내렸다. 그들이 떨어진 자리에 쌓여 있던 쓰레기 더미가 추락의 충격을 완화시켜 주었다. 프레드는 결연하게 벌떡 일어나 뤼세트의 팔을 잡아끌며 CDPD의 버스 쪽으로 내달았다. 보도에 남아 있던 대원들이 깜짝 놀라서 머뭇거리고 있는 사이에, 그는 잽싸게 운전석에 앉아 질풍처럼 버스를 출발시켰다.

그는 한참 동안 버스를 산 쪽으로 몰고 갔다. 버스에 타고 있던 스무 명의 다른 노인들은 아직 충격에서 벗어나지 못하고 있었다. 그가 차를 세웠다. 아무도 말문을 열지 않았다. 긴 침묵을 깨고, 마침내 프레드가 말했다.

「압니다. 우리는 어쩌면 큰 잘못을 저지른 것일 수도 있습니다. 하지만 나는 내 직감이 시키는 대로 따르는 버릇이 있습니다. 내가 느끼기에 CDPD는 정말이지 전혀 갈 만한 곳이 못 됩니다.」

다른 노인들은 여전히 얼떨떨한 표정이었다.

다들 어찌해야 할지를 몰라 쭈뼛거리고 있는데, 풀트랑 씨가 갑자기 〈만세!〉 하고 소리쳤다. 그러자 약간의 시간을 두고 모든 승객이 그를 따라 만세를 외쳤다. 다만 80대의 한 남자 노인은 예외였다. 랑글루아라는 이름의 그 쪼글쪼글한 노인이 말했다.

「우리가 앞으로 살면 얼마나 산다고.」

「그래도 CDPD에서 죽을 순 없지요.」

프레드가 되받았다. 문득 그는 이제 자기가 전혀 떨고 있지 않음을 알아차렸다.

풀트랑 씨 부부와 다른 노인들은 앞을 다투어 프레드와

CDPD

뤼세트에게 고마움을 표시하고 그들의 영웅적인 행동을 칭찬하였다. 하지만 프레드는 그들을 말렸다.

「이러고 있을 때가 아닙니다. 경찰이 곧 쫓아올 겁니다. 서둘러 산속으로 피신하도록 합시다.」

숲에 당도하자 도망자들은 불안에 휩싸였다.

「날씨가 추운데.」

「여기엔 산짐승들이 많을 텐데.」

「배고파요!」

「거미와 뱀이 있을 게 틀림없어.」

「내 맥박 조절기의 건전지가 다 되어 가고 있어.」

「나는 항생제 투여 요법을 받고 있어요.」

프레드가 그들을 지켜보다가 말문을 열었다.

「다들 조용히 하십시오.」

그의 목소리는 차분했다. 어느새 그는 그들의 지도자가 되어 있었다. 하긴, 그가 그들을 속박에서 풀어냈으니 이제 그들을 책임져야 하는 것도 그였다.

「경찰이 열심히 우리를 찾고 있을 테니, 불을 피울 수는 없습니다. 그 대신, 몸을 피할 수 있는 동굴을 찾아내는 것이 급합니다.」

프레드의 침착한 모습에 다른 노인들도 냉정함을 되찾았다. 한 시간쯤 지나자, 현장을 탐사하러 갔던 사람들이 돌아와 제법 큰 동굴 하나를 발견했다고 알렸다. 그들은 모두 동굴로 갔다.

「여기에서는 안심하고 불을 피워도 되겠어요.」

폐암에 걸려서도 담배를 많이 피우는 살베르 여사가 지포 라이터를 꺼냈다. 다른 노인들은 잔가지들을 주워다가 쌓아 올렸다. 하지만 로빈슨 크루소식의 모험을 이제 갓 시작한 프레드는 새로운 형태의 그런 스카우트 활동에는 별로 재주가 없는 것으로 밝혀졌다. 연기가 동굴에 가득 차서 그들은 숨을 쉬기 위해 서둘러 밖으로 나가야만 했다. 고도 비만에 걸린 노인 한 사람만 제 때에 탈출하지 못했다. 그는 심하게 기침하다가 그만 심장마비로 죽고 말았다.

동료들은 그를 땅에 묻기 전에 임시변통으로 간단한 장례 의식을 치렀다. 프레드는 〈노인 하나가 죽는 것은 도서관 하나가 불타는 것입니다……. 잘 가시게, 공트랑〉 하는 식으로 조사를 하였다.

매장이 끝난 뒤에, 전직 과학 저널리스트인 랑글루아는 동굴의 연기를 배출하는 시스템을 만들자고 제안했다. 동굴 천장의 흙으로 된 부분에 구멍을 뚫어 보자는 것이었다. 그 일은 그들의 생존과 관련된 최초의 교훈이었다.

이튿날, 그들은 사냥을 하기로 결정했다. 물론 그들에겐 활도 없고 총도 없었다. 하지만 풀트랑 씨는 커다란 돌멩이를 던져 운수 나쁜 다람쥐 한 마리를 잡는 데에 성공했다. 그 다람쥐가 그들의 첫 식사였다. 간에 기별도 안 가게 양이 적은 식사이긴 했지만 말이다.

그다음 날, 숲이 앙갚음을 하였다. 전날 다람쥐를 죽인 풀트랑 씨의 부인이 산토끼를 잡으려다가 오히려 반항하는 산토끼에 떠밀리는 바람에 넉장거리를 하며 벼랑에서 떨어진 것이다. 그들은 저승객이 된 그녀를 땅에 묻었다. 이제 남은 사람은 스무 명이었다.

그날 저녁에 노인들은 불가에 모여 토론을 벌였다.

「우리는 끝내 이 궁지에서 벗어나지 못할 거예요.」

바르니에 여사가 그렇게 비관적인 진단을 내렸다. CDPD 사람들에게 붙잡힐 때 가져온 약들이 다 바닥난 모양이었다.

「늑대들이 우리를 잡아먹을 겁니다.」

「경찰이 우리를 찾아낼 거예요.」

프레드는 그들을 안심시켰다. 그의 목소리에는 갈수록 자신감이 배어 가고 있었다.

「우리가 너무 눈에 띄는 행동을 하지 않는 한, 여기에 있으면 안전합니다. 그들은 우리가 사라진 지 며칠이 지났기 때문에 우리가 얼어 죽었거나 산짐승들에게 잡혀 먹었을 것이라고 생각할 겁니다. 노인을 과소평가하는 것이 바로 그들의 약점이죠.」

모네스티에 씨가 투덜거렸다.

「우리가 이런 처지에 놓일 것이라고는 꿈에도 생각하지 못했어…….」

그러자 한 노파가 사람들을 둘러보며 말했다.

「세상이 어쩌다 이렇게 된 거죠? 우리는 우리 부모님들에게 그런 식으로 행동한 적이 없는데…….」

프레드가 노파의 말을 잘랐다.

ROB

「추억을 자꾸 되새기는 일은 그만두기로 합시다. 한탄과 하소연도 부질없습니다. 이제 현재 속에서 살기로 합시다. 젊음을 숭배하는 시대 조류에 우리 자식들이 세뇌되었다는 것은 여러분도 잘 아실 겁니다. 우리 자녀들은 육체의 아름다움에 너무 집착합니다. 몸무게를 줄이고 주름살을 없애는 것을 하나의 신앙 행위처럼 여기고 체조나 조깅을 신성한 의무로 생각합니다. 그렇게 몸을 가꾸고 젊음을 유지하는 데에만 몰두한 나머지 그들은 바보가 되어 가고 있습니다. 우리를 제거함으로써 자신들의 젊음이 영원히 유지될 것이라고 생각하는지 모르지만, 그건 참으로 큰 착각이죠.」

그 작은 공동체의 구성원들이 박수갈채를 보냈다.

그때 갑자기 동굴 입구에 실루엣 하나가 나타났다. 노인들은 일제히 벌떡 일어나 자기들이 만들어 놓은 투창 쪽으로 달려들었다. 하지만 다들 너무 심하게 떨고 있었기 때문에 설령 창을 던진다 해도 표적을 제대로 맞추기가 어려울 듯했다.

첫 번째 실루엣에 이어 다른 세 사람의 실루엣이 잇달아 나타났다. 노인들은 모두 엄청난 공포에 휩싸였다.

프레드는 두려움을 억누르면서 횃불 하나를 잡고 입구로 나아갔다. 목소리가 떨리는 것을 막으려고 애쓰며 그가 물었다.

「CDPD에서 나왔소?」

한 발 더 다가가 보니, 그들은 CDPD 체포 대원들도 아니었고 경찰관이나 간호사들도 아니었다. 거기에는 동굴 속의 도망자들과 똑같은 늙은이들이 서 있을 뿐이었다.

「우리는 어떤 센터에서 탈출했습니다. 여러분이 도주했다는 소식을 듣고 며칠 전부터 여러분을 찾아다녔어요.」

허리가 구부정한 노인이 그렇게 사정을 설명한 다음 자기를 소개했다.

「나는 발랑베르그라고 합니다. 전직 의사죠.」

그 옆에 서 있던 이가 빠진 노부인이 자신은 발랑베르그 박사의 아내라고 소개했다. 그러자 프레드가 다시 차분해진 표정으로 말했다.

「반갑습니다. 잘 오셨습니다.」

「아마도 잘 모르시겠지만, 이 나라 모든 노인에게 여러분은 영웅입니다. 소식이 금방 퍼졌습니다. 여러분이 도주해서 어딘가에 살아 있다는 것을 모두가 알고 있습니다. 정부 당국에서는 여러분의 시신을 찾아냈다고 발표했습니다. 우리가 그 말을 믿을 것이라고 생각했던 모양입니다. 하지만 그들이 제시한 사진은 가짜였습니다. 그걸 알아차리는 건 어려운 일이 아니었지요. 그 시체들이 너무 젊어 보였으니까 말이에요.」

그들은 폭소를 터뜨렸다. 그토록 즐겁게 웃어 보는 것은 참으로 오랜만에 있는 일이었다. 한번 터지기 시작한 웃음은 좀처럼 멎지를 않았다. 그들은 기침이 나고 얼굴이 붉어지고 땀이 맺히도록 웃었다.

그들은 이제 스물네 명이었다. 새로 온 노인들은 자기들이 챙겨 온 물건들을 꺼내 놓았다. 종이, 볼펜, 칼, 보청기, 안경, 지팡이, 의약품, 가는 끈 등 모두가 요긴하게 쓰일 물건들이었다. 발랑베르그 박사는 연발식 소총까지 한 자루 가져왔다. 뤼세트가 소리쳤다.

「굉장하네요! 이제 적들이 포위 공격을 한다 해도 버틸 수 있겠어요.」

「그래요. 하지만 이게 전부가 아니에요. 다른 노인들이 곧 우리와 합류할 게 틀림없어요. 이전까지는 센터에서 도망을 쳐도 살아갈 희망이나 도피처를 구할 가능성이 없었어요. 그래서 도망쳤던 사람들이 다시 붙잡히고 말았지요. 이제 그들은 알고 있어요. 여기 이 산속에서는 모든 것이 가능하다는 것을 말이에요. 지금쯤이면 수백 명의 노인들이 우리를 찾아 이 지역을 샅샅이 뒤지고 있을 것이라고 확신해요.」

아닌 게 아니라, 나날이 많은 노인들이 찾아와 반란자들의 진영에 가세하였다. 적지 않은 노인들이 오던 길로 혹은 온 지 얼마 되지 않아 기력이 다하여 죽었다. 병에 맞는 약이 없어서 죽는 노인들도 있었다. 하지만 살아남은 사람들은 점점 강인해져 갔다.

재주가 아주 많은 발랑베르그 박사는 동료들에게 토끼 올가미 만드는 법을 가르쳐 주었다. 한편 뛰어난 식물학자인 그의 아내는 식용 버섯을 식별하는 방법(그들은 독버섯 때문에 애석하게도 몇 명의 동료를 잃은 적이 있었다), 곡물과 채소 심는 방법 등을 가르쳤다.

왕년에 전기 기술자였던 풀트랑 씨는 풍력 발전기를 세우는 일에 몰두하였다. 그는 회전 날개가 바깥 사람들의 눈에 띄지 않도록 나무갓 위로 겨우 올라가게 설치하였다. 그들은 오래지 않아 그 풍력 발전기 덕분에 동굴 안에 전등을 달게 되었다.

프레드는 근처의 샘에서 동굴 속으로 물을 끌어들이는 일을 맡았다. 그 모든 노력의 결과로 숲에서 사는 일이 한결 쉬워졌다. 그들은 자기들이 살아남은 것을 스스로 대견하게 여겼다. 프레드가 힘주어 말했듯이, 그들의 삶은 〈하루하루가 기적이었다〉.

처음의 동굴과 근처의 다른 동굴들에 결집한 노인들이 곧 백여 명에 달했다. 프레드와 뤼세트는 CDPD가 두려워하고 70세 이상의 노인들 모두가 찬양하는 신화적인 인물이 되었다. 프레드는 한 노인이 가져온 카메라로 은신처에서 사진을 찍었다. 그의 사진은 곧 알음알음으로 퍼져 나가 노인들의 집에 걸리게 되었다. 반란자들은 자기네를 지칭하는 이름과 스스로를 결집시키기 위한 슬로건을 찾아냈다. 그들 집단의 이름은 〈흰여우들〉이었고, 그들의 슬로건은 〈살아 있는 한 희망은 있다〉였다.

이어서 그들은 국민들을 상대로 직접 선전 활동을 전개하기로 결정하고, 다음과 같은 내용의 전단을 작성하였다.

〈우리를 존중해 주십시오. 우리를 사랑해 주십시오. 노인들은 아기들을 돌볼 수 있고 뜨개질을 할 수 있습니다. 다리미질이나 요리도 할 수 있습니다. 시간이 많이 걸려서 젊은이들이 싫어하는 모든 일을 우리는 아직 얼마든지 할 수 있습니다. 우리는 시간이 흘러가는 것을 두려워하지 않기 때문입니다.

오늘날의 인간은 늙은이들을 죽임으로써 마치 쥐들처럼 행동하고 있습니다. 사회의 가장 약한 구성원들을 가차 없이 제거해 버리는 쥐들처럼 말입니다. 하지만 인간은 쥐가 아닙니다. 인간은 서로 연대할 줄 알고 함께 어울려 살 줄 압니다. 만일 인간이 가장 약한 자들을 죽인다면, 인간의 모듬살이는 아무 쓸모가 없습니다. 노인을 배척하는 법률들을 철폐합시다. 우리를 제거하기보다 활용할 생각을 하십시오.〉

그들은 이 호소문이 전국에 걸쳐 배포되도록 손을 썼다.

하지만 프레드는 그것으로 만족하지 않았다. 그는 자기네 공동체를 수호하는 것만이 능사가 아니라고 판단했다. CDPD에 아직 갇혀 있는 노인들까지 모두 해방시켜야 한다는 것이 그의 생각이었다. 그의 제안에 따라 〈흰여우들〉 중에서 가장 활동적인 사람들이 나섰다. 그들은 CDPD에 수용된 노인의 자식들로 행세하기로 했다. 〈양심의 가책을 느낀〉 자식들이 숙고의 기간을 거친 뒤에 부모를 다시 찾으러 온 것처럼 보이도록 하기 위해, 그들은 젊은이들처럼 옷을 입고 머리를 염색했으며 가짜 신분증을 소지하였다. 그들의 활동은 점차 관계 당국의 의심을 사기 시작했다. 당국은 잘못을 뉘우쳤다고 주장하는 자녀들이 갑자기 늘어나는 것을 석연치 않게 생각했다. 그래서 부모를 다시 데리러 오는 모든 사람에게 우선 손부터 보여 줄 것을 요구하였다. 얼굴이나 복장으로는 나이를 속일 수 있어도 손으로는 나이를 속일 수 없다는 게 그들의 생각이었다.

그러자 프레드는 도시 게릴라 활동을 전개하기로 결정하였다. 〈흰여우들〉의 행동 대원들은 CDPD 중의 한 곳을 일제히 공격하여 노인 50여 명을 해방시켰다. 그리하여 반란자들의 수는 더욱 증가했다. 그들은 이제 진짜 군대가 되어 가고 있었다.

경찰과 CDPD는 반란자들이 숨어 있는 동굴의 위치를 알아내고 여러 차례 공격을 시도하였다. 하지만 전직 장성들이 다량의 무기를 가지고 반란자들과 합류한 뒤로 그들은 만만찮은 전력을 갖추게 되었다. 보잘것없는 활이 무기의 전부였던 시절은 가고, 그들은 이제 자동소총과 60밀리 박격포로 자기들의 진지를 방어하고 있었다.

젊은 장관들로 구성된 새 정부는 양보하기를 거부했다. CDPD의 체포 대원들은 노인들을 자택에서 끌어내기 위해 점점 더 많은 장비를 동원하고 있었다. 반란이 온 나라로 확산되기 전에 일을 끝내려고 그렇게 포악을 떠는 듯했다. CDPD는 이제 버스를 사용하지 않고 은행들로부터 징발한 현금 수송용 방탄 유개 차량을 사용하고 있었다. 정부는 물러서기는커녕, 점점 더 강경한 정책으로 빠져 들어

갔다. 60세 이상의 노인에게는 노동이 금지되었고, 자녀들에게는 부모를 지원하는 것이 금지되었다.

그것에 대한 반발로 〈흰여우들〉은 더욱 가열한 게릴라 공격을 벌였다. 양 진영의 입장은 갈수록 강경해졌다.

반란군의 첫 거점이 된 동굴과 그 뒤에 새로 찾아낸 여러 동굴은 완전히 요새로 변해 있었다. 안전이 보장되고 편의 시설이 늘어나자 산속에 숨어 사는 삶도 그런대로 쾌적해졌다. 노인들은 그런 삶이야말로 참다운 청춘을 되찾게 해주는 기적 같은 삶이라고 여기며 그것을 기꺼이 받아들였다. 그들은 자기들의 게릴라 활동에 정부가 불안을 느껴 결국에는 노인 배척 법률을 개정하게 되리라고 기대하였다. 자기들이 완강하게 저항을 계속하면 대통령이 자기들과 타협할 수밖에 없으리라는 것이 그들의 생각이었다. 하지만 상황은 정반대로 전개되었다. 보건복지부 장관은 노인들의 반란을 완전히 종식시키기 위한 대책을 강구해 냈다. 어떤 영웅적인 계략으로 반란자들이 어쩔 수 없이 투항하게 만들겠다는 것이 아니라, 그저 독감 바이러스를 이용하자는 것이었다.

헬리콥터들이 숲 위로 날아올라 바이러스 샘플들을 다량으로 살포했다. 뤼세트가 가장 먼저 죽었다. 하지만 프레드는 투항을 거부하였다.

반란자들에게는 긴급히 백신이 필요했다. 하지만 정부는 그들이 백신을 구할 가능성에 대비하여 사전에 모든 재고를 폐기하도록 명령한 바 있었다. 따라서 전염은 피할 수가 없었다. 사망자가 갈수록 늘어났다.

3주일 후, 경찰 병력이 〈흰여우들〉 중에서 살아남은 자들을 체포하기 위해 출동했다. 그들은 어떤 저항에도 맞닥뜨리지 않았다. 프레드는 CDPD 대원들에게 체포되었다. 그 대원들은 20세 미만의 젊은이들로만 구성된 새로운 소대에 속해 있었다.

전설에 따르면, 프레드는 주사를 맞고 죽기 전에 자신에게 주사를 놓은 자의 눈을 차갑게 쏘아보면서 이렇게 말했다고 한다.

「너도 언젠가는 늙은이가 될 게다.」

그들을 사랑하는 법을 배우자

우리는 누구나 어린 시절에 애완 인간을 길러 본 적이 있다. 바퀴가 들어 있는 우리 속에 그들을 넣어 끝없이 빙글빙글 돌며 놀게 하기도 했고, 멋진 경관을 꾸며 놓은 투명한 통 속에 가두어 기르기도 했다.

하지만 그런 애완 인간과는 별도로 길들여지지 않은 인간들이 존재한다. 우리의 하수도나 다락에 들끓는 무리를 말하는 것이 아니다. 우리에게 어쩔 수 없이 살인제를 사용하게 하는 그들과 전혀 다른 인간들이 있다.

이야기인즉슨 이러하다. 얼마 전에 한 행성의 존재가 알려졌다. 이 행성에는 우리가 존재한다는 사실조차 모르고 있는 인간들이 야생 상태로 살고 있다. 그 기이한 행성의 위치는 33번 은하 항로 근처이다. 거기에서 그들은 우리나 통에 갇히지 않고 자유롭게 함께 어우러져 살고 있다. 그들은 커다란 둥지를 지어냈고, 도구를 사용할 줄 알며, 그들 특유의 지절거림을 바탕으로 만들어진 의사소통 체계도 갖추고 있다. 야생의 인간들이 군림하는 그 전설적인 행성을 두고 많은 풍설이 나돌고 있다. 그들이 모든 것을 날려 버릴 수 있는 폭탄을 보유하고 있다는 주장이 있는가 하면 종잇조각을 화폐로 사용하고 있다는 소리도 들린다. 혹자는 그들이 서로 잡아먹는다는 얘기도 하고 해저에 도시를 건설하고 있다고도 한다. 그런 모든 주장들이 사실인지 한낱 헛소문인지를 판가름하기 위해 우리 정부는 12008년부터 〈몰이해에 따른 살생 방지〉라는 프로그램에 따라 탐사자들을 파견하고 있다. 이 탐사자들은 그동안 인간들 눈에 띄지 않게 그들을 연구할 수 있었다. 본 기사에서 우리는 잘 알려지지 않은 그 연구의 성과를 다음과 같이 세 부분으로 나누어 개략적으로 소개하고자 한다.

— 야생 인간의 환경과 그들을 식별하는 방법
— 야생 인간의 풍속과 생식
— 야생 인간을 사육하는 방법

야생 인간의 환경과 그들을 식별하는 방법

1. 어디에 가면 그들을 볼 수 있는가?

인간은 우리 은하의 도처에 존재하지만, 그들이 독자적으로 자기들의 사회를 발전시킨 곳은 오로지 지구뿐이다. 그렇다면 이 행성은 어디에 있는가? 우리가 우주로 바캉스를 떠날 때 휴가철의 교통 혼잡을 피해서 한적한 항로를 찾는 것은 흔히 있는 일이다. 그럴 때 우리는 33번 은하 항로를 이용한다. 이 항로는 실제로는 더 먼 길이지만 통행이 한결 원활하다. 이 항로를 타고 가다가 707번 항로 근처에서 속도를 조금 늦추고 살펴보면 희미한 빛을 발하는 노르스름한 은하가 눈에 들어온다. 그러면 항로를 벗어나 그쪽으로 다가가 보라.

이 은하의 왼쪽으로 태양계가 보일 것이다. 꽤나 늙고 활기가 적은 이 태양계에서 지구는 아직 생명의 자취를 찾아볼 수 있는 유일한 행성이다.

이 행성이 어디에 있는지를 알고 나면, 어떻게 문명 세계 관찰자들의 눈길이 전혀 미치지 않는 곳에서 인간이 독자적으로 자기들 세계를 건설할 수 있었는지를 이해하게 된다. 사실 그토록 외딴 곳까지 우주 공간을 날아가서 그들을 방해하겠다는 생각을 할 자는 아무도 없다. 들리는 얘기로는 그 태양계의 발견도 우연히 이루어진 일이라고 한다. 그 외진 곳에서 갑자기 우주선이 고장 나는 바람에 오도 가도 못하게 된 어떤 관광객이 도움을 청하던 중에 발견했다는 것이다.

지구는 하얀 수증기로 덮여 있고 그 표면은 푸르스름한 색깔을 띠고 있다. 이 현상은 산소와 수소, 탄소가 매우 풍부하기 때문에 생기는 것이다. 이런 특이한 조건에서 식물이 자라게 되고 대양이 표면을 덮게 되었다.

2. 그들을 식별하는 방법

돋보기를 들고 그 야생 인간 하나를 살펴보자. 머리의 윗부분에는 털이 배게 나 있다. 살빛은 발그레하거나 허옇거나 가무스름하다. 몸통에는 사지가 달려 있고 사지 끝은 여러 개의 가닥으로 갈라져 있다. 그들은 윗몸을 바로 세우고 엉덩이를 조금 뒤로 뺀 자세로 두 개의 하지로 버티어 선다. 그들은 얼굴에 난 두 개의 작은 구멍으로 숨을 쉬고, 두 개의 다른 구멍으로 소리를 지각하며, 두 개의 또 다른 구멍으로 빛의 파동을 감지한다(크레그의 실험: 인간은 눈에 띠를 두르면 비틀거린다). 인간은 어둠 속에서 나아갈 수 있게 하는 레이더 시스템을 지니고 있지 않다. 그들의 야간 활동이 주간 활동에 비해 훨씬 미약한 까닭이 거기에 있다(브론스의 실험: 인간을 상자 속에 넣고 뚜껑을 닫는다. 잠시 후면 인간은 절망에 찬 괴성을 내지른다. 인간들은 어둠을 무서워한다).

3. 지구에서 인간을 찾아내는 방법

그들이 있는 곳을 알아내는 방법은 여러 가지가 있다. 우선 밤에 불빛을 따라가거나 낮에 연기가 나는 곳을 찾아가는 방법이 있다. 또한 그들이 다니는 길을 따라가 보는 것도 하나의 방법이다. 우리 우주선을 착륙시키고 주위를 둘러보면 길게 이어진 검은 줄이 보일 것이다. 그게 바로 그들이 다니는 길이다.

때로는 숲 속에서도 그들을 볼 수 있다. 그들은 야영을 하는 인간이거나 농사를 짓는 인간, 아니면 스카우트 활동을 하는 인간이다.

지구에는 인간의 여러 가지 아종(亞種)이 존재한다. 발에 검은 물갈퀴가 달린 수생종(水生種)이 있는가 하면, 등에 세모꼴의 커다란 날개를 달고 있는 비행종도 있고, 입으로 끊임없이 연기를 토해 내는 발연종도 있다.

4. 그들에게 접근하는 방법

무엇보다 그들에게 겁을 주지 않도록 조심해야 한다. 지구의 야생 인간들은 우리가 존재한다는 사실조차 모르고 있다는 점을 잊어서는 안 된다. 그들 중의 대다수는 태양계 너머에도 생명이 존재할 수 있다는 것을 믿으려 하지 않는다. 그들은 우주에서 오로지 자기들의 행성에만 생명이 존재하는 것으로 믿고 있다. 우리 관광객 가운데 여러 명이 그들 앞에 모습을 드러내어 그들과 대화하려고 했다. 하지만 그 결과는 매번 참혹했다. 그들은 지레 겁에 질려 죽어 버리기가 일쑤였다.

그렇다고 그들을 탓하거나 화낼 일은 아니다.

그들처럼 그렇게 고립되어 살다 보면, 심미적 기준이 우주 전체에서 두루 받아들여지고 있는 기준과는 사뭇 달라질 수 있다. 그들은 자기들 자신이 아름답다고 생각한다. 따라서 그들 눈에는 우리가 흉측해 보일 수밖에 없다.

참으로 어이없는 역설이다. 우리 서커스단에 있는 인간들이 우리 모습을 닮으려고 분장하거나 우리 몸짓을 흉내

내려고 애쓰고 있는 사정을 감안할 때 그것은 더더욱 역설적이다.

우리 관광객 몇몇이 인간의 모습으로 분장을 하고 접근해 본 적이 있었다. 덕분에 인간을 횡사시키는 최악의 상황은 모면하였다. 하지만 그 만남으로 해서 인간 세계에 갖가지 오해가 빚어졌다. 사정이 이러하니 인간에게 직접 다가가는 일은 피하는 것이 바람직하다.

주의: 인간과 맞닥뜨리는 것을 피하기 위해 숲에서 돌아다니다 보면, 그들이 덫이라고 부르는 것에 걸릴 염려가 있으니 조심하여야 한다.

야생 인간의 풍속과 생식

1. 짝짓기를 위한 구애 행동

짝짓기를 할 시기가 되면 인간은 구애 행동에 나선다. 우리 모두가 알고 있듯이 공작 같은 동물은 수컷이 현란한 빛깔을 드러내고 자기의 자랑거리를 펼쳐 보이지만, 인간의 경우에는 암컷이 그런 행동을 한다. 인간은 꼬리 깃이나 도가머리도 없고 부풀어 오르는 모이주머니도 없으므로, 인간의 암컷은 알록달록한 천 조각을 몸에 두르고 수컷을 유혹한다.

그런데 한 가지 이상한 것이 있다. 인간의 암컷은 몸의 특정 부위를 꼭꼭 가리고 다닌다. 다른 부위는 맨살을 그

대로 드러내면서도 말이다. 암컷은 수컷을 유인하는 능력을 증대시키기 위해 입술에 고래 기름 같은 것을 바르고 눈꺼풀에 숯가루 비슷한 것을 묻힌다. 또한 사향노루 같은 동물들의 생식기에 딸린 향낭을 가로챈 다음 그것으로 향수를 만들어 몸에 뿌린다. 파출리나 라벤더나 장미의 향기를 얻기 위해 그 꽃들의 생식기관을 훔치기까지 한다.

한편 짝짓기를 할 때가 된 수컷은 입으로 많은 소리를 낸다. 그것은 멧비둘기가 짝을 찾을 때에 구구 하고 우는 것과 비슷한 행동이다. 수컷들은 때로 소리를 내면서 팽팽하게 당겨진 가죽을 두드리기도 한다. 그들이 〈음악〉이라고 부르는 이 행위는 풀밭의 귀뚜라미가 귀뚤귀뚤 노래하는 것과 꽤나 흡사하다. 하지만 이 행위를 통해서 항상 소기의 성과를 거둘 수 있는 것은 아니다. 그래서 어떤 부류의 수컷들은 또 다른 방식으로 구애 행동에 나선다. 그들은 머리에 돼지기름(포마드)을 바른다든가 새가 모이주머니를 부풀리듯이 지갑에 돈을 잔뜩 넣어서 두툼하게 만든다. 그들의 구애 행동 가운데 가장 효과적인 것은 뭐니 뭐니 해도 마지막으로 말한 지갑 부풀리기이다.

2. 만남

인간의 수컷과 암컷은 짝짓기 상대를 쉽게 만날 수 있도록 특별히 고안된 장소에서 서로 만난다. 〈나이트클럽〉이라 불리는 이 장소는 한결같이 어둡고 시끄럽다. 너무나 어두워서 수컷은 암컷의 외모를 똑똑히 볼 수가 없고(수컷이 느낄 수 있는 것은 암컷이 풍기는 파출리나 사향, 장미의 냄새뿐이다), 너무나 시끄러워서 암컷은 수컷의 말을 분명히 알아들을 수 없다. 암컷은 그저 수컷의 지갑을 더듬을 뿐이다. 모이주머니에 해당하는 이 지갑은 수컷에 따라서 불룩하기도 하고 홀쭉하기도 하다.

3. 생식

야생 인간의 생식은 어떻게 이루어질까? 우리 연구자들은 그들을 시험관에 넣고 관찰함으로써 그것의 비밀을 밝혀냈다. 수컷은 작은 돌기를 이용해서 암컷과 한 몸으로 결합한다. 이 돌기는 암컷에게 있는 관 모양의 기관과 크기가 딱 맞아떨어진다. 돌기가 관 모양의 기관에 제대로 삽입되면, 그들은 수컷의 정액이 방출될 때까지 몸을 움직인다.

4. 임신

인간은 태생동물이다. 그들의 암컷은 알을 낳지 않는 대신, 새끼를 9개월 동안 뱃속에서 자라게 한 뒤에 세상에 내보낸다.

5. 둥지

그들은 철근 콘크리트로 둥지를 만든다. 이 단단한 철근 콘크리트에 부딪히면 다칠 염려가 있으므로 내벽에는 섬유로 된 부드러운 재료를 댄다. 그들은 둥지 안에 입방체로 된 갖가지 물건을 들여놓는다. 이 물건들은 시끄러운 소리를 내거나 빛을 발한다. 그들은 다리를 부지런히 놀려 둥지 안에 들어가면 바닥이나 걸터앉는 기구에 가만히 앉아서 그들 특유의 지절거림을 시작한다.

인간의 수컷이 자기 둥지에 돌아와서 가장 먼저 하는 행위는 대개 오줌을 누는 것이다. 아마도 자기의 페로몬을 방출하기 위해 그러는 듯하다. 암컷이 둥지에 돌아와 가장 먼저 하는 행위는 군것질을 하는 것이다.

6. 관습

지구에 사는 인간에게는 별난 관습이 많다. 날씨가 매우 더운 계절이 되면 그들은 물이나 숲이 있는 지역으로 대거 이동한다. 이 이동은 대단히 느리게 진행된다. 그들은 바퀴가 달린 금속제 교통수단에 갇힌 채 몇 시간에 걸쳐 느릿느릿 나아간다(부름스의 실험: 인간의 수컷을 한동안 자동차 안에 있게 하면 수컷은 털로 덮인 얼굴을 밖으로 내밀기 십상이다).

또 다른 관습: 그들은 저녁마다 파르스름한 빛을 내는 상자에 불을 켜고 꼼짝 않고 앉아서 그 상자를 뚫어져라 바라보며 몇 시간을 보낸다. 이 기이한 행동에 대해 현재 우리 연구자들이 연구를 진행하고 있다. 인간은 불나방처럼 그 상자의 불빛에 홀리는 것이 아닌가 싶다.

끝으로, 그들의 가장 이상한 관습은 아마도 지하철 열차 하나에 천여 명이 한꺼번에 들어가 갇히는 일을 매일같이 되풀이한다는 것이리라. 산소도 부족하고 몸을 움직이기도 어려운 공간에서 그렇게 우글거리는 이유가 무엇인지는 아직 밝혀지지 않았다.

7. 전쟁

인간은 서로 싸우고 죽이기를 좋아하는 듯하다(글라크의 실험: 인간 60명을 한 단지 속에 넣고 먹이 주기를 중단해 보라. 그들은 놀랍도록 잔인하게 서로 싸우고 죽이는 짓을 하게 될 것이다). 그들이 싸움을 벌이는 장소는 멀리에서도 알아볼 수가 있다. 그들의 금속제 무기가 내는 특유의 폭발음과 따닥따닥 하는 소리가 들려오기 때문이다.

8. 의사소통

인간은 주로 성대를 진동시켜서 의사소통을 한다. 또한 그들은 혀를 움직여서 소리를 조절한다.

야생 인간을 사육하는 방법

1. 표본 관리

그들을 집에서 편하게 연구하고자 한다면 그들을 채집하여 표본으로 만드는 게 좋을 것이다. 그런데 그들을 표본병에 넣어 둘 때는 뚜껑에 반드시 구멍을 뚫어 두어야 한다. 그러지 않으면 그들은 곧 죽어 버릴 것이다. 그들에

게는 산소가 필요하다는 것을 언제나 명심하여야 한다.

2. 인간을 번식시키려면

인간을 번식시키고자 한다면 언제나 암컷과 수컷을 쌍으로 골라야 한다. 암수를 구별하는 가장 간단한 방법은 옷차림과 머리털을 살펴보는 것이다. 알록달록한 옷을 걸치고 머리털이 갈기처럼 긴 쪽이 대개 암컷이다. 하지만 암컷 중에도 갈기가 없는 자들이 있고 수컷 중에도 기다란 갈기를 늘어뜨리고 있는 자들이 있다는 점에 주의하여야 한다. 긴가민가해서 확인이 필요하다 싶을 때는 우리의 촉수 하나를 뻗어 표본병에 집어넣어 보면 된다. 내지르는 소리가 날카로운 쪽이 암컷이다.

3. 그들에게 무얼 먹일까?

인간은 대개 식물의 열매와 잎과 뿌리, 그리고 죽은 동물의 고기를 좋아한다. 하지만 그들은 식성이 까다롭다. 식물의 열매와 잎과 뿌리라고 해서 뭐든지 다 먹는 것도 아니고, 죽은 동물의 고기라고 해서 뭐든지 다 먹는 것도 아니다. 현재까지 알려진 가장 간단한 방법은 그들에게 피스타치오 열매를 먹이는 것이다. 애완 인간 가게라면 어디에서나 파는 피스타치오 공급기를 장만하면 좋을 것이다. 우리가 먹는 글라프나우에트를 물에 적셔서 주는 것도 한 가지 방법이다. 그들은 그것을 아주 잘 먹는다. 한 가지 조심할 것은 2주일 넘게 그들에게 먹이 주는 것을 잊으면 안 된다는 것이다. 그런 일이 생기면 그들은 서로 잡아먹고 말 것이다(글라크의 실험).

4. 사람 우리

인간을 가두어 기르는 곳을 사람 우리라고 부른다. 이것은 애완 인간 가게에서 구할 수도 있고 직접 만들 수도 있다. 직접 만드는 경우에는 그들이 숨을 쉴 수 있도록 윗부분에 반드시 작은 구멍들을 뚫어 놓아야 한다. 다시 한 번 강조하건대, 그들은 산소 없이는 살 수 없는 동물이다.

온도와 습도를 알맞게 유지하는 것도 잊지 말아야 한다. 인간은 어떤 온도에서 가장 잘 번식할까? 사람 우리 속의 온도를 요카츠 72도에 맞춰 놓으면, 그들이 옷을 벗어 버리는 것을 볼 수 있다. 이 온도에서 그들은 편안하고 행복해 보이며, 생식 활동도 왕성해진다.

한 가지 유의할 점은 한 우리 속에 인간의 수가 너무 많아지면 공간을 더 넓히거나 암컷과 수컷을 서로 떼어 놓아야 한다는 것이다.

끝으로, 사람 우리는 우리가 집에서 기르는 다른 동물들이 접근할 수 없는 자리에 마련하는 것이 바람직하다. 특히 슈크롱크스를 조심해야 한다. 이 녀석들은 사람 우리 뚜껑에 구멍을 내서 그들을 잡아먹는 성향이 있기 때문이다.

5. 인간을 먹을 수 있을까?

우리의 어린 세대 중의 일부는 자기들의 애완 인간을 잡아먹기도 하는 모양이다. 우리는 이 문제와 관련해서 먼저 크레그 박사에게 문의해 보았다. 그의 생각에 따르면 인간의 고기에 독성이 있는 것은 아니라고 한다. 하지만 지구의 야생 인간은 육식을 대단히 좋아한다(그들은 죽은 동물의 고기를 익혀 먹거나 날로 먹기를 즐기며, 때로는 고기를 말리거나 재워서 먹기도 한다). 따라서 인간의 고기를 먹으면 지구의 동물들에게 질병을 일으키는 바이러스에 오염될 가능성이 있다는 점에 주의하여야 한다.

6. 그들을 재주 부리도록 훈련시킬 수 있을까?

물론이다. 하지만 그것은 인내심을 요하는 일이다. 재능이 뛰어난 조련사는 멀리 던진 나뭇조각을 도로 가져오게 하거나 위험한 도약을 하도록 그들을 훈련시키기도 한다. 조련 방법의 요점은 재주를 부리는 것에 성공할 때마다 보상을 주는 것이다. 혹자는 그들이 부리는 재주를 보면서, 〈인간은 참 영리해. 어떤 면에서는 우리와 비슷하기도 해〉 하고 생각할 것이다. 하지만 과장은 금물이다.

7. 인간을 기르다가 싫증이 나면 어떻게 할까?

우리의 어린 세대는 다른 장난감을 가지고 놀 때와 마찬가지로, 처음에는 애완 인간을 가지고 재미있게 놀다가도 시간이 흐르면 점차 싫증을 낸다. 애완 인간을 사 달라고 조를 때와는 생판 달라진 모습이다(우리의 자녀가 〈제게 애완 인간을 선물해 주세요. 잘 돌보겠다고 약속할게요〉

라고 말할 때, 우리가 반드시 유념해야 할 것이 있다. 녀석들의 그 말은 그저 나흘 동안만 잘 돌보겠다는 뜻이라는 점이다).

그렇게 어린 세대가 애완 인간에 싫증을 낼 때, 우리가 보이는 가장 간단한 반응은 인간들을 세면대나 쓰레기통이나 하수도에 버림으로써 그 골칫거리부터 벗어나는 것이다. 그럴 경우 만일 그들이 죽지 않고 살아남는다면 우리의 하수도에 사는 인간들과 만나게 된다. 그런데, 우리가 지구에서 잡아와 길들인 인간들은 스스로를 방어할 수단이 전혀 없다. 너무나 〈유순한〉 그들은 하수도 인간들에게 쫓기는 신세가 된다. 하수도 인간들은 그들보다 훨씬 빨리 달리며 끝까지 그들을 추격해서 목숨을 빼앗고 말 것이다. 우리의 귀여운 놀이 동무였던 그들을 그런 식으로 저버리는 것은 온당한 일이 아니다.

따라서 사람 우리(특히 지구의 야생 인간을 기르던 우리)를 어떻게 처분해야 좋을지 모르는 어린 세대에게 꼭 당부하고 싶은 것은 애완 인간들을 가난한 친구들에게 선물하라는 것이다. 그 친구들은 아마도 애완 인간을 대신 맡아 기름으로써 큰 기쁨을 얻게 될 것이다.

조종(操縱)

내 이름은 노르베르 프티롤랭, 직업은 형사다. 나는 오랫동안 내 몸에 있는 모든 것을 내 마음대로 움직일 수 있다고 믿었다. 그러던 어느 날 그 〈문제〉와 맞닥뜨림으로써 나의 믿음이 흔들리기 시작했다. 그것은 참으로 당혹스러운 상황이었다. 내 왼손이 갑자기 내 뜻을 거역하기 시작했으니 말이다.

손이 어떻게 자율성을 얻게 되었을까? 그 까닭은 나 자신도 알지 못한다. 나의 수난은 어느 날 내가 콧등을 긁고 싶어 하던 순간에 시작되었다.

콧등을 긁을 때 나는 대개 오른손을 사용한다. 하지만 그때는 책을 읽고 있던 중이라서 왼손을 사용하는 것이 더 편하리라고 생각했다. 그런데 왼손이 말을 듣지 않았다. 나는 그 순간에는 왼손이 움직이지 않는다는 사실에 전혀 개의치 않고 여느 때처럼 오른손으로 콧등을 긁었다.

얼마 뒤에 왼손이 다시 말썽을 일으켰다. 어느 날 내 승용차를 운전하던 중에 오른손으로 기어를 바꾸고 있는데 왼손이 갑자기 핸들에서 떨어졌다. 차가 진로를 벗어나 반대편 차선으로 넘어가려는 찰나, 나는 오른손으로 핸들을 잡아 가까스로 차를 진행하던 차선으로 되돌렸다. 또 얼마 뒤에는 식사 중에 왼손이 숟가락 잡는 것을 거부했다. 그래서 나는 오른손만으로 스파게티와 씨름하여야 했다.

나의 첫 반응은 그저 왼손을 힐책하는 것이었다. 나는 이렇게 말했다.

「너 왜 이러는 거니? 뭐가 문제야?」

물론 내 왼손에 귀가 달린 것도 아니고 눈이 붙은 것도 아니므로 대답이 나올 리 없었다. 하지만 대답을 들은 것보다 훨씬 더 놀라운 일이 벌어졌다. 왼손이 오른손을, 더 정확하게 말하면 오른손의 은팔찌를 가리켰던 것이다. 내 왼손이 오른손을 시샘한다는 게 있을 수 있는 일인가?

설마 하면서도 나는 앞니로 오른손의 팔찌를 끌러서 왼쪽 손목에 채워 주었다. 내가 나 자신의 상상력에 속아 넘어간 것인지는 모르지만, 그러고 나자 내 왼손이 다시 말을 듣기 시작하는 듯했다. 내가 콧등을 좀 긁어 달라고 하면 어느 때고 선선히 응했고, 운전 중에 오른손이 기어를 바꾸고 있을 때면 핸들을 꼭 잡고 있었다. 상냥하고 말 잘 듣는 손으로 돌아온 게 분명해 보였다.

그렇게 아무 문제 없이 모든 게 순조롭게 돌아간다 싶었는데, 어느 날 내 왼손이 또다시 홀로 서기를 꾀하였다. 내가 오페라 극장에서 공연을 관람하고 있을 때였는데, 왼손이 갑자기 음악에 장단이라도 맞추듯 손가락으로 딱딱 하는 소리를 내기 시작했다. 결국 나는 관객들의 야유를 받으며 객석을 떠나야만 했다. 왼손에게 왜 그렇게 교양 없는 행동을 했는가 하고 물었으나 왼손은 나를 이해시키기 위한 어떤 동작도 보이지 않았다.

그 뒤로도 왼손은 계속 나를 성가시게 했다. 내 호주머니들을 우스꽝스럽게 들락날락하는가 하면 내 머리카락을 잡아당기기도 했고, 오른손이 손톱 깎아 주는 것을 뿌리치다가 내 몸에 몇 군데 생채기를 내기도 했다. 때로는 잠들어 있는 나의 콧구멍에 두 손가락을 집어넣음으로써 천식의 초기 증상과도 같은 호흡 곤란 상태를 야기하여 잠을 깨우기도 했다.

물론 나는 왼손에 굴복할 생각이 없었다. 하지만 왼손은 나에게 무언가를 이해시키고 싶어 했고, 내가 자기에게 관심을 기울이도록 계속 성가시게 굴었다. 나의 왼손은 아주 까다로운 상대였다. 차라리 무시무시한 적을 상대하고 있는 거라면, 그자와 맞서 싸우기라도 할 수 있을 것이다. 그러나 항상 내 옆에서 얼쩡거리다가 여차하면 내 바지 호주머니 속으로 숨어 버리는 상대와 싸운다는 것은 결코 쉬운 일이 아니었다.

두고두고 잊지 못할 몇 주일이 이어졌다. 백화점에 갈 때면 내 왼손이 물건을 훔치는 바람에 애꿎게도 내가 무뚝뚝한 경비원들 앞에서 곤욕을 치르기가 일쑤였다. 훔치는 것으로 그치면 그나마 다행일 텐데, 출구에 버티고 서 있는 경비원들의 면전에서 일부러 훔친 물건들을 흔들어 대니 내 처지가 여간 곤혹스럽지 않았다. 경찰 신분증을 지니고 있었기에 망정이지, 그것마저 없었더라면 나는 결코 그 곤경에서 벗어나지 못했을 것이다.

친구네 집을 방문했을 때도 내 왼손 때문에 망신을 당한 게 한두 번이 아니었다. 내 왼손은 마치 고의가 아니라 부주의로 그러는 것처럼 하면서 작은 조각상이나 실내 장식품들을 쓰러뜨리곤 했다. 또한 더없이 점잖은 부인들의 치마 속으로 슬그머니 들어가는가 하면, 낯선 여자의 가슴을 어루만지는 짓도 서슴지 않았다. 내 오른손과 내가 아주 태연하게 차를 마시고 있는 동안에 말이다. 그 때문에 애먼 내가 숱하게 따귀를 맞았지만, 내 왼손은 음란한 동작으로 그 따귀에 응답하곤 했다.

나는 결국 내 골칫거리를 정신분석가 친구 오노레 파뒤트 박사에게 털어놓았다. 그는 별일이 아니라고 대답했다. 그의 설명에 따르면, 우리의 대뇌는 두 개의 반구로 이루어져 있는데, 좌뇌는 이성을 우뇌는 감성을 관장한다고 한다. 또한 남성성이며 의식이며 질서 같은 것은 주로 좌뇌와 연관되어 있고, 여성성이나 무의식이나 무질서는 주로 우뇌와 연관되어 있다는 것이다.

「아니, 질서를 추구하는 게 좌뇌라면 어째서 내 왼손이 자꾸 말썽을 부리는 거지?」

「좌우 한 쌍을 이루고 있는 기관에 대해서는 대뇌의 좌우 반구가 서로 반대쪽을 관장하지. 오른쪽 눈과 오른손과 오른발은 대뇌의 왼쪽 반구가 통제하고, 왼쪽 눈과 왼손과 왼발은 오른쪽 반구가 통제한다는 말일세. 지금 자네에게 벌어지고 있는 일은 우뇌의 영역에 속하는 자네의 무의식이 너무 오랫동안 억압을 받아 온 나머지 자네의 관심을 끌려고 애쓰고 있는 것이라고 보면 되네. 보통의 경우에는 그런 억압을 해소하려는 노력이 신경 발작이나 갑작스러운 분노나 예술 창작의 충동 같은 것으로 나타나지. 억압받은 우반구의 자기표현 방식은 대개 그런 것일세. 자네 경우는 좀 특별해. 우뇌의 욕구불만이 왼손의 반란으로 표출되고 있는 셈이지. 대단히 흥미로운 경우일세. 말하자면 이런 거야. 자네의 몸이 하나의 거대한 나라라고 생각해 보게. 그 나라의 한 지역에서 반란이 일어났어. 프랑스 역사만 보더라도 분리 독립주의자들의 운동은 허다했지. 방데 지방의 반란과 브르타뉴 지방의 분리 독립운동이 있었는가 하면, 바스크나 카탈루냐의 자치 운동도 있었네. 한 나라에 정치적인 분쟁이 있듯이, 우리 몸 안에도 분리 독립의 문제가 있는 걸세. 그건 지극히 당연한 일이지.」

내 문제를 정신분석학적으로 설명할 수 있다는 것을 알고 나니 조금 마음이 놓이긴 했다. 하지만 〈반란을 일으킨 기관〉 때문에 겪는 불쾌한 일은 자꾸자꾸 늘어나기만 했다. 급기야는 그런 일들이 내 업무에까지 지장을 주기에 이르렀다.

내가 경찰서에서 근무하고 있을 때, 내 왼손은 책상 위에 놓인 권총 케이스를 가지고 장난을 치는가 하면 내가 쓴 보고서에 제 멋대로 줄을 긋곤 했다. 뿐만 아니라, 성냥불을 켜서 휴지통에 던지는 장난을 하기도 했고 내 상관들의 귀를 잡아당기기도 했다.

또다시 무언가로 선심을 써서 내 왼손을 달래지 않으면 안 되는 상황이었다. 나는 왼손에게 물었다. 내가 무엇을 해줘야 직성이 풀리겠는가? 혹시 오른손의 반지를 탐내고 있는 것은 아닌가? 하고 말이다. 그러자 놀랍게도 내 왼손은 볼펜을 쥐고 서툰 글씨로(나는 양손잡이가 아니라 오른손잡이다) 이렇게 썼다. 〈협력 계약을 맺읍시다.〉

나는 내가 꿈을 꾸고 있는 것이라고 생각했다. 내가 내 왼손과 협력한다는 게 말이나 되는가! 내 왼손은 내가 태어날 때부터 내 것이 아니었던가! 손이란 나의 생득적인 일부분이다. 손을 내 마음대로 사용하는 건 나의 생득적인 권리인데, 그것을 놓고 협상을 벌인다는 건 도저히 있을 수 없는 일이다. 내 왼손은 언제나 내 것이었고 여전히 내 것이다. 나는 다시 내 왼손에게 물었다(내 왼손에 귀가 달렸을 리 없지만, 안으로부터 소리를 지각하고 있는 듯했다).

「계약을 맺어서 뭘 어쩌자는 거지?」

왼손이 다시 볼펜을 잡았다.

〈용돈을 갖고 싶다. 내 멋대로 살기 위해서다. 요구를 들어주지 않으면 네가 살아갈 수 없게 만들 것이다.〉

나는 그 협박에 굴하지 않고 왼손을 구슬릴 양으로 손톱 화장을 시켜 주러 갔다. 손이 곱고 매력이 철철 넘치는 젊은 여자가 정성스럽게 손질을 해주자, 내 왼손이 한결 멋져 보였다. 손톱이 반짝반짝 빛나고, 손 전체가 티 하나 없이 맑고 깨끗했다. 하지만 그런 배려만으로는 놈을 달랠 수가 없었다. 놈은 기회가 있을 때마다 〈협력을 받아들이지 않으면 네 삶을 방해하겠다!〉라고 썼다.

나는 그 으름장에 눈썹 하나 까딱하지 않았다. 어느 날 놈은 내 목을 움켜잡더니 잔뜩 힘을 가하기 시작했다. 나를 죽이고 싶어 하는 듯했다. 내 오른손이 놈을 떼어 내느라고 무척 애를 먹었다. 그 일을 계기로 나는 내 왼손이 위험하다는 것을 깨달았다. 하지만 나라고 해서 놈에게 겁을 줄 수 있는 방법이 없는 건 아니었다. 나는 놈에게 경고하였다.

「만일 네놈이 말을 안 듣고 계속 멋대로 군다면, 나는 네 놈을 절단해 버릴 수도 있어.」

물론 내 왼손을 잘라 버린다고 생각하니 기분이 썩 좋지는 않았다. 하지만 통제할 수 없는 적이 되어 버린 손으로부터 평생 협박을 받으며 살 수는 없는 노릇이었다. 나는 놈에게 본때를 보여 주기 위해서 놈을 스키 탈 때 끼는 벙어리장갑 속에 가둬 버렸다. 그러면 좀 더 얌전하게 있을 것이라고 기대했는데 놈은 막무가내였다. 그래서 나는 참나무로 작은 궤를 만들어 놈을 그 속에 가두었다. 궤의 폭이 좁았으므로 놈은 손가락을 잔뜩 오그리고 있어야만 했다. 나는 하룻밤 내내 놈을 그렇게 내버려 두었다. 이튿날 아침이 되자 놈은 욕구불만 상태에 빠진 채 축축이 젖어 있었다. 말을 듣지 않는 손의 버릇을 고치는 데에는 감옥

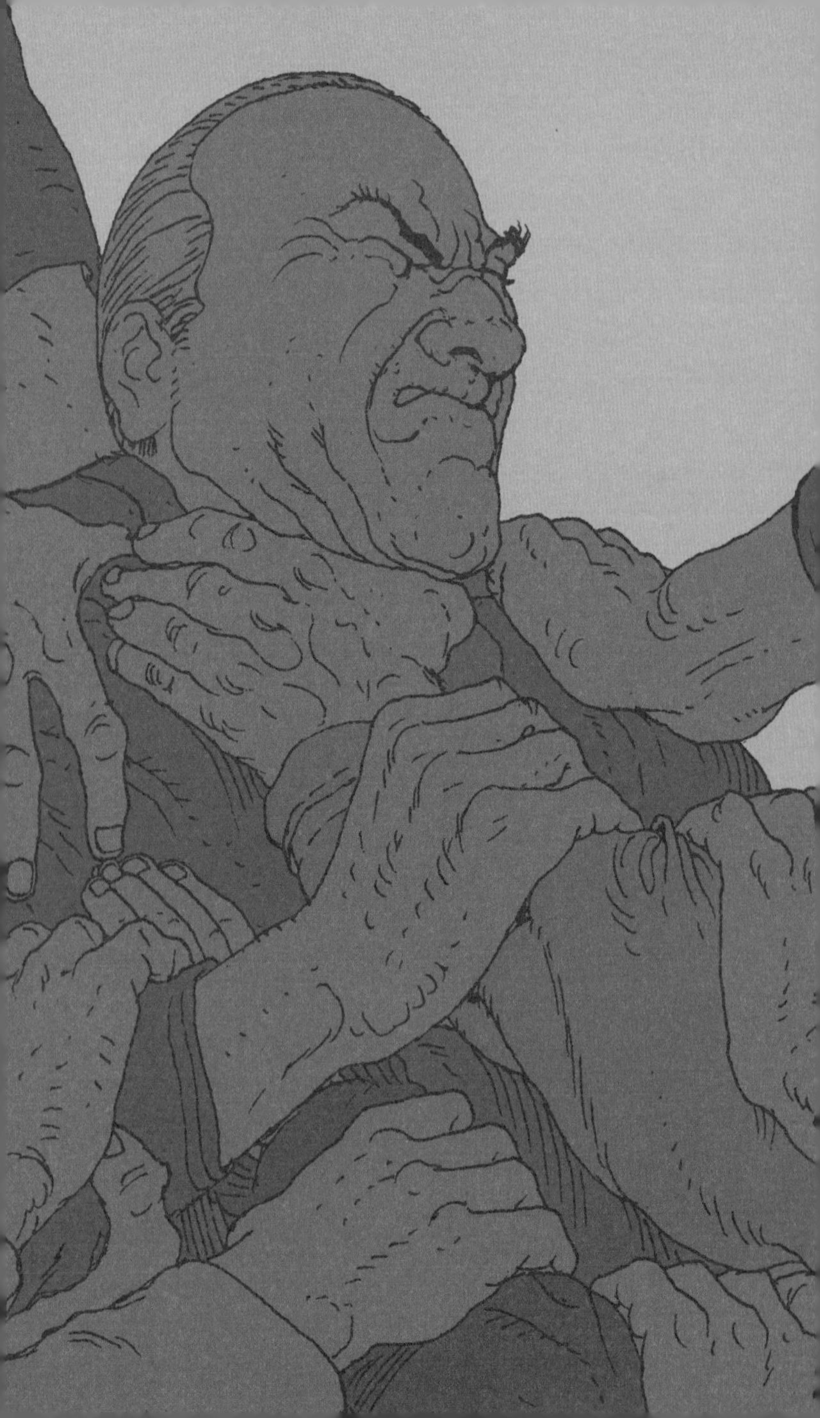

만 한 것이 없다. 나는 놈이 마침내 내가 누구인지를 알게 되었으리라고 생각했다.

「나, 노르베르 프티롤랭은 네 주인이야. 나는 손가락 끝에서 뼛속 깊은 곳까지 내 온몸을 지배하고 있어. 나는 모든 기관과 파생 기관의 주인이며 호르몬 분비와 위의 산도(酸度)를 좌지우지하는 유일한 책임자이며 혈액 순환과 신경 전류의 주재자야. 요컨대 나는 내 몸의 지배자야. 날 때부터 그랬어. 내 몸의 어느 한 부분이라도 분리를 기도한다면 혹독한 응징을 면치 못할 거야.」

나는 마치 봉건 영주들의 반란을 진압하고 프랑스의 통일을 이룩한 루이 11세처럼 지배자의 결연한 의지를 보였다. 그런 다음 놈을 감옥에서 풀어 주었다. 그 뒤로 2주일 동안 놈은 얌전하게 굴었다. 그러더니 분필을 집어 들고 벽에 〈자유, 평등, 협력〉이라고 썼다. 정말 해도 너무한다는 생각이 들었다. 이왕 요구하는 김에 투표권도 달라고 하지 그래? 그러면 내 오른손이 우파 후보에게 투표할 때 좌파 후보에게 투표함으로써 양쪽을 동시에 지지할 수도 있지 않겠는가?

나는 다시 일주일 동안 놈을 감옥에 가두었다. 이번 감옥은 깁스였다. 사람들이 어쩌다 손을 다쳤느냐고 물어 오면, 나는 그냥 스키를 타다가 넘어졌다고 둘러댔다. 내 왼손은 잔뜩 주눅이 들어 있었다. 밤이면 처량하게 깁스의 내벽을 손톱으로 긁어 댔다. 나는 성품이 모질지 못해서 놈을 더 오래 가두어 둘 수가 없었다. 놈은 다시 햇빛을 보게 되자 가벼운 전율을 느끼는 듯했다.

고백하건대, 그렇게 벌을 주고 나니까 내 왼손에 대해서 괘씸하게 생각하던 마음이 눈 녹듯이 사라졌다. 나는 내 활동을 정상적으로 다시 시작할 수 있었다.

이제는 아무 문제가 없구나 싶었는데, 어느 날 모든 걸 뒤집어엎어 버리는 사건이 터졌다. 나는 그 전날 밤에 벌어진 끔찍한 살인 사건에 관해서 수사를 벌이고 있었다. 슈퍼마켓의 한 여점원이 목 졸려 죽은 사건이었다. 몇 가지 정황으로 보아 어떤 치한의 소행인 듯했다. 사체 옆에 뚜껑이 열린 돈궤가 있었지만 손을 전혀 타지 않고 지폐가 그득했다. 그렇다면 금품을 노린 범죄는 아니라는 얘기였다. 나는 사체에서 지문을 채취하여 감식실에서 직접 분석하였다. 그런데 분석 결과가 너무나 뜻밖이었다. 사체에 찍힌 손가락 자국은 놀랍게도 바로 내 왼손의 지문이었다. 나는 아연실색하지 않을 수 없었다.

수사는 오랫동안 지속되었다. 나는 매우 신중하게 수사를 진행하였다. 내 손목에 스스로 수갑을 채우고 싶지는 않았기 때문이다. 하지만 수사가 진전될수록 상황 증거들이 서로 더욱 잘 맞아떨어져 갔다. 내 왼손이 그 짓을 한 게 분명했다. 아닌 게 아니라 놈은 수사가 진행되는 동안 줄곧 나를 놀리기라도 하듯 의기양양해하는 모습을 보였다. 내가 책상 앞에 앉아 있을 때면 놈은 마치 피아노라도 치듯이 책상을 손가락으로 두드려 댔다. 〈전쟁을 원하더니, 그래 맛이 어떠냐?〉 하고 나를 비웃는 것만 같았다.

하지만 한 가지 풀리지 않는 수수께끼가 있었다. 어떻게 내 왼손이 나도 모르게 내 몸 전체를 범죄 현장으로 이끌고 갈 수 있었을까?

나는 증인들을 심문하였다. 그들은 사건이 일어나던 날 밤에 현장 근처에서 나를 보았다고 했다. 내가 왼손으로 지팡이를 짚고 있었다는 것이다. 내가 잠들어 있는 사이에 내 몸에 딸린 그 고약한 부분이 지팡이에 의지하여 나를 데려간다는 게 가능할까? 아니다! 내 손목은 전혀 협조적으로 나오지 않는 85킬로그램의 살덩이를 지탱할 만큼 튼튼하지 못하다. 그리고 내 몸에서 반란이 일어난 부위는 왼손에 국한되어 있었다.

나는 다시 어떤 의사를 찾아가서 물어보았다. 그는 내가 아주 희귀한 병에 걸렸다고 진단을 내렸다. 그는 나를 자기 동료들에게 소개하려고 했고 내 증례에 관해서 논문을 쓰고 싶어 했다. 나는 의사가 날 잡아먹기라도 할 것처럼 걸음아 날 살려라 하고 달아났다. 내 왼손은 내 걸음을 늦추려고 문이 나타날 때마다 붙잡고 매달렸지만 나는 조금도 아랑곳하지 않고 내달렸다.

집에 돌아와서 나는 내 왼손을 상대로 직접 신문에 들어갔다. 놈이 바른대로 대답하지 않을 때마다 나는 쇠자로 놈의 손가락을 때렸다. 물론 처음에 놈은 제 가까이에 있는 볼펜이며 지우개 따위를 내 얼굴에 던지면서 스스로를 방어하려고 했다. 하지만 놈을 책상다리에 묶어 놓고 전화번호부로 때리기 시작하자 결국 내가 묻는 대로 대답을 쓰겠다고 했다. 전화번호부로 맞으면 아프긴 되게 아픈데 맞은 흔적이 남지 않는다. 우리 경찰은 신체적인 가혹 행위를 피하려고 무척 애를 쓰지만, 더러는 용의자가 입을 열게 해야만 하는 경우도 있다.

왼손은 수사에 협조하기로 결심한 듯 순순히 볼펜을 쥐고 이렇게 썼다.

〈그래, 내가 슈퍼마켓의 여점원을 죽였다. 너는 나에게 조금 관심을 보이는 척하다가 도로 무관심해졌다. 네가 다시 나에게 관심을 갖게 하기 위해서는 그런 방법을 쓸 수밖에 없었다.〉

「하지만 내 몸 전체를 범죄 현장으로 이끌고 가기가 쉽지 않았을 텐데, 도대체 어떻게 한 거지?」

〈깁스 안에 갇혀 있을 동안 나는 고통을 많이 받았다. 하지만 그 덕분에 시간을 갖고 깊이 생각하면서 계획을 하나 짰지. 나는 최면술을 이용했어. 네가 잠들어 있을 때 너를 꼬집어서 반쯤 깨운 다음, 네 앞에서 진자를 흔들어 최면을 걸었지. 내가 수첩에 명령을 적으면 그대로 따라서 하게끔 말이야. 오른손마저도 나를 돕는 데에 동의했어. 내가 글을 쓸 수 있도록 오른손이 수첩을 받쳐 주었지. 내가 《슈퍼마켓에 가라》 하고 명령하자 너는 그대로 따랐어. 거기에 가보니 여점원 혼자 남아서 그날의 수입을 계산하고 있었어. 더없이 좋은 기회였지. 내가 펄쩍 뛰어오르자 네가 따라왔어. 나는 그녀의 목을 졸랐지.〉

세상에 이럴 수가! 이 일을 상관들에게 보고할 수는 없는 노릇이었다. 내 왼손이 관심을 받지 못한 것에 앙심을 품고 사람을 죽였다고 하면 누가 내 말을 믿어 주겠는가?

나는 오랫동안 망설였다. 내 왼손을 벌해야 하는 걸까? 놈의 손톱을 피가 나도록 물어뜯기라도 해야 하는 걸까?

나는 놈과 놈의 다섯 손가락을 찬찬히 살펴보았다. 멋진 손이었다. 따지고 보면 손이란 아주 대단한 것이다. 집게 대용이 될 수도 있고, 용기나 도마 구실을 할 수도 있다. 갈래진 손가락들은 따로따로 움직일 수 있으며, 끝의 위쪽 부분이 단단한 손톱으로 덮여 있어서 무엇을 긁을 수도 있고 섬유질을 함유한 물질들을 자를 수도 있다. 내 양손 덕분에 나는 수사 보고서를 아주 빠르게 타자하고 갖가지 놀이를 할 수 있었으며, 몸을 씻고 책장을 넘기고 자동차를 운전할 수 있었다. 나는 양손의 덕을 많이 보았다. 우리는 어떤 것이 없어서 아쉬움을 느낄 때라야 비로소 그것이 둘도 없이 소중한 것이었음을 깨닫게 된다. 내 손은 기계공학의 관점에서 보아도 대단히 경이롭다. 아무리 정교한 로봇이 발명된다 해도 손에 필적할 수는 없을 것이다.

나에겐 두 손이 다 필요하다. 반란을 일으킨 왼손까지도 말이다.

나는 내 왼손을 친구로 만드는 것이 최선이라는 결론에 도달했다. 미우나 고우나 이 손은 지난 세월 동안 나에게 대단히 유용했고 앞으로도 여전히 쓸모가 많을 것이었다. 또한 이 손이 자율을 원한다고 해서 그게 꼭 나에게 해롭다고 볼 수는 없을 듯했다. 내 생각을 보완하는 또 다른 의

견이 언제나 가까이에 있다고 생각하면 그리 나쁠 것도 없었다. 결국 나는 내 왼손과 협력 계약을 맺기로 결심했다.

내 오른손이 내 몸의 대표 자격으로 서명을 했고, 왼손은 따로 대표를 내세울 처지가 못 되므로 자기가 직접 서명했다. 계약의 주된 조항에서, 나는 왼손에게 약간의 용돈을 주고 매주 한 번씩 손톱 화장을 시켜 주는 것에 합의하였다. 그 대신에 왼손은 몸의 다른 부분과 협력해야 할 일이 있을 때는 반드시 동참하기로 하였다. 예컨대, 내가 조깅을 할 때는 팔을 따라 앞뒤로 흔들림으로써 평형추 구실을 해주기로 했고, 내가 기타를 칠 때는 오른손의 움직임에 맞추어 코드를 잡아 주기로 했다. 또한 나는 왼손이 자율권을 획득한 뒤에도 이전에 내 몸에 귀속되어 있음으로써 누릴 수 있었던 제반 권리를 그대로 보장해 주기로 하였다. 즉 왼손은 체온 조절 메커니즘, 혈액 공급, 고통을 신속하게 소멸시키기 위해 다른 기관들과 연계하여 이루어지는 고통 경보 체계, 일상적인 목욕, 피복에 의한 적절한 보호, 하루에 아홉 시간씩의 휴식 등과 같은 혜택을 예전과 다름없이 누리게 될 터였다.

그리하여 나는 왼손을 언제나 내 가까이에서 나에게 헌신하는 중요한 동맹군으로 삼게 되었다. 나에게 경찰을 떠나 사설탐정 사무소를 차리라고 권한 것도 바로 그였다. 그의 권고대로 나는 〈왼손과 프티롤랭〉이라는 이름으로 에이전시를 개업했다.

혹자는 에이전시에서 주인 노릇을 하는 것은 내 왼손이

라고 주장한다. 중요한 결정은 모두 내 왼손이 내린다는 것이다. 하지만 그것은 시기심 많은 못된 혀들이 하는 소리다. 그 혀들은 내 왼손을 시샘하고 있다. 그 혀들은 십중팔구 썩는 냄새가 나는 입 속에 갇힌 채 치석이 잔뜩 낀 이들과 함께 하루의 4분의 3을 보내고 있을 것이다. 상황이 그쯤 되면 폐소 공포증이 생길 만도 하다. 그 혀들은 내 왼손처럼 자율권을 얻고 싶을 것이다. 그건 당연한 일이다.

가능성의 나무

어젯밤 텔레비전 뉴스에서는 온통 끔찍한 사건들만 보도되었다.

그 바람에 나는 자반뒤집기를 하며 잠을 설쳤다. 잠이 들었다가도 식은땀을 흘리며 몇 번이나 깨어났다. 내 몸은 열병에라도 걸린 것처럼 화끈화끈 달아올라 있었다.

그러다가 마침내 깊은 잠에 빠져 들게 되었을 때, 꿈에서 나무 한 그루를 보았다. 나무는 마치 빠른 동작 화면에서처럼 가지를 하늘로 쭉쭉 뻗어 가고 있었다. 줄기가 자꾸 굵어지면서 이리저리 비틀림이 생기고 껍질이 뿌드득거리며 갈라졌다. 그러는 동안 가지에는 잎이 파릇파릇 돋아나 무성한 나뭇갓을 이루었다가 이내 우수수 떨어지고 또다시 새잎이 돋아나곤 했다.

나무에 가까이 다가가 보니, 껍질에서 무수한 검은 점들이 우글거리고 있는 것이 보였다. 개미 떼인가 했더니 그건 사람들이었다. 다시 더 다가가서 살펴보니, 아기들이 엉금 엉금 기어 다니다가 몸을 일으켜 아이가 되고 어른이 되었다가 이내 노인으로 변하고 있었다. 그들에게도 시간의 흐름은 대단히 빨랐다.

사람들의 무리가 갈수록 불어나면서 거목의 껍질은 온통 까만 점으로 뒤덮였다. 나무가 자람에 따라서 사람의 수도 점점 많아졌다. 사람들은 긴 행렬을 지어 이 가지 저 가지로 퍼져 나갔다. 이따금 새로운 가지가 돋아날 때면 그것에 주의를 기울이며 잠시 멈춰 서곤 했다. 그들은 가지 끝까지 나아가 잎의 가장자리를 따라 돌기도 하고 잎사귀 위로 올라서기도 했다. 그러다가 잎이 떨어지면 거기에 붙어 있던 사람들도 함께 떨어졌다.

꿈에서 본 그 나무가 오늘 아침 나의 상상력을 자극했다.

어쩌면 역사에는 순환이 있는지도 모른다…….

어쩌면 어떤 사건들은 예측 가능할 수도 있다. 이미 일어난 일에 대해 우리가 깊이 생각하기만 한다면 말이다…….

예전에 어떤 미래학자들이 우리의 앞날을 예측하기 위한 가설들을 내놓은 적이 있다. 예컨대 그들은 다음과 같은 순환을 가정하였다.

11년마다 지구 전역에 걸쳐 폭력이 급증하는 현상이 일어난다(혹자는 이 현상을 태양 표면에서 마그마가 분출하는 것과 연결시키기도 했다).

7년마다 파리 증권거래소의 주가가 폭락한다.

3년마다 신생아 수가 눈에 띄게 증가하는 현상이 나타난다.

물론 미래를 예측한다는 게 그리 쉬운 일은 아니다. 하지만 쉽지 않다고 해서 지레 포기할 수는 없다.

아마도 우리는 과거를 연구함으로써 미래의 재난을 피하게 될 것이다.

아마도 우리는 어떤 상황들의 논리적인 추이나 개연적인 진행 과정을 연구함으로써 미래에 어떤 일들이 일어날지를 미리 내다볼 수 있을 것이다.

세계 인구의 기하급수적인 증가에 관해서 전문가들이 토론을 벌이기 시작한 것은 이미 오래전의 일이다. 토론이 벌어질 때마다 대부분의 전문가들은 세계의 인구 증가가 우려할 만한 상황은 아니라고 주장한다. 식량 생산이 갈수록 증대되기 때문에 아무 문제가 없다는 식이다. 하지만 오늘날 우리는 알고 있다. 우리가 화학 비료를 너무 많이 사용해서 지력을 고갈시킨 탓에 대지의 산물로 만든 우리의 음식에 비타민과 미량 원소가 결핍되어 있다는 것을 말이다. 세계 인구가 두 배로 증가하는 데에 걸리는 기간은 갈수록 단축되고 있다. 만일 이런 추세가 계속된다면 10년 만에 인구가 두 배로 늘어나는 상황이 벌어질 수도 있다. 지구는 그토록 많은 인류를 먹여 살릴 수 있을 만큼 풍요로운 행성일까? 인류가 살아남기 위해 서로 전쟁을 벌일 염려는 없는 걸까?

인류의 운명을 좌우할 모든 요인을 방정식에 넣어서 그 요인들이 미래에 가져올 변화를 예측할 수는 없을까?

오늘 아침에 나는 이런 일을 상상했다. 사회학자, 수학자, 역사학자, 생물학자, 철학자, 정치가, 과학 소설 작가, 천문학자 등 지식의 모든 지평에서 온 남녀들이 외부의 영향력에서 완전히 벗어난 장소에 함께 모여 〈미래를 내다보는 사람들의 클럽〉을 결성한다. 그 전문가들은 갖가지 주제를 놓고 토론을 벌이면서 자기들의 지식과 직관을 결합할 것이고 그것을 바탕으로 나무 모양의 도표를 만들어 갈 것이다. 미래에 지구와 인류와 인류의 의식에 일어날 수 있는 모든 일을 표시한 수형도(樹型圖)를 말이다.

그들의 의견은 서로 다를 수도 있을 것이다. 하지만 그것은 전혀 문제될 것이 없다. 때로는 그들의 생각이 틀릴 수도 있을 것이다. 그것 역시 문제가 되지 않는다. 중요한 것은 누가 옳으냐 그르냐가 아니라, 인류의 미래에 대한 모든 전망을 도덕적 판단에 매이지 않고 축적해 나가는 것이다. 그렇게 축적된 전망들은 우리가 미래에 일어나리라고 상상할 수 있는 모든 시나리오의 데이터 뱅크가 될 것이다.

그 나무의 잎사귀에는 이런 식의 가정들이 적히게 될 것이다. 〈만약 제3차 세계 대전이 발발한다면〉, 〈만약 기상에 중대한 이변이 생긴다면〉, 〈만약 지구에 우리가 마실 수 있는 물이 부족하게 된다면〉, 〈자본가들이 인건비가 전혀 들지 않는 노동력을 얻기 위해 인간 복제 기술을 이용한다면〉, 〈만약 우리가 화성에 도시를 건설한다면〉, 〈만약 어떤 고기를 먹는 사람들 모두가 그 고기 때문에 똑같은 질병에 감염된다면〉, 〈만약 우리 뇌를 컴퓨터에 직접 접속하는 것이 가능해진다면〉, 〈만약 바다에 침몰한 러시아 핵 잠수함에서 방사능 물질이 새어 나오기 시작한다면〉 등등.

그런 심각하고 중대한 가정뿐만 아니라 훨씬 사소하고 일상적인 일들에 대한 가정이 적힌 잎사귀들도 있을 것이다. 예를 들어 〈만약 미니스커트의 유행이 다시 돌아온다면〉, 〈만약 정년을 낮춘다면〉, 〈만약 노동 시간을 줄인다면〉, 〈만약 자동차의 대기오염 허용 기준을 강화한다면〉 하는 식의 가정 말이다.

그러면 우리는 그 거대한 나무에서 우리 종의 미래상을 보여 주는 가지와 잎이 계속 퍼져 나가는 것을 보게 될 것이다. 때로는 새로운 유토피아가 나타나기도 할 것이다.

미래를 내다보는 사람들의 모든 작업이 그 나무 그림 속에 온전히 반영될 것이다. 물론 그들은 〈예언자〉를 자처하지도 않을 것이고 자기들의 작업이 〈미래를 예언하기 위한 것〉이라고 거창하게 말하지도 않을 것이다. 하지만 그들의 작업에는 사건들의 논리적 연관을 보여 준다는 특별한 장점이 있을 게 분명하다.

미래에 우리에게 일어날 수 있는 일들을 보여 주는 그 나무를 통해서 사람들은 내가 〈최소 폭력의 길〉이라고 부르는 것을 찾아내게 될 것이다. 또한 어떤 결정이 지금 당장에는 대중의 지지를 받지 못한다 할지라도 중장기적으로는 대단히 심각한 문제를 피하는 길이 될 수도 있음을 알게 될 것이다. 그것은 정치가들에게도 도움이 된다. 인기가 떨어지는 것을 두려워하지 않고 더 실용적인 정책을

밀고 나갈 수 있을 것이기 때문이다. 그들은 이런 식으로 말하게 될지도 모른다. 〈가능성의 나무가 보여 주는 바에 따르면, 제가 이런 정책을 취하는 것이 당장에는 고통스런 결과를 가져오지만 장기적으로 보면 중대한 위기를 피하는 길이 될 것입니다.〉

우리가 일반적으로 정치에 무관심하다고 생각하는 대중도 오늘날과는 사뭇 다른 모습을 보일 것이다. 그들은 미래를 위해 무엇이 중요한지를 깨닫게 될 것이고, 눈앞의 이익만을 생각하는 근시안적인 태도에서 벗어나 자기들 자녀와 손자 손녀들의 이익을 내다보며 행동할 것이다. 그리하여 오늘날처럼 환경보호를 위해 반드시 취해져야 할 조치들이 집단 이기주의 때문에 받아들여지지 않는 일도 많이 줄어들 것이다.

가능성의 나무는 최소 폭력의 길을 찾아내게 해줄 뿐만 아니라, 다가올 세대에게 살기 좋은 지구를 물려주기 위해 그들과 정치적 협정을 맺게 해줄 것이다.

가능성의 나무는 우리가 감정에 휩쓸리지 않고 언제나 합리적인 결정을 내리도록 도와줄 것이다.

가능성의 나무는 굵기로 보나 높이로 보나 굉장한 거목이 될 것이다. 만약 우리가 그 나무를 그린다면 매우 방대한 면적을 차지하는 그림이 나올 게 분명하다.

그래서 오늘 아침 나는 어떤 컴퓨터 프로그램을 사용하는 방법을 상상해 보았다. 그 나무의 가지들을 낱낱이 그릴 수 있고 원하는 가지들을 따로따로 자세하게 살펴볼 수 있게 해주는 프로그램 말이다.

내 생각에는 체스 게임 프로그램의 엔진과 조금 비슷한 엔진을 이용할 수 있을 듯했다. 몇 수 앞을 내다보며 최선의 응수를 찾아내는 체스 프로그램의 원리를 이용하면 인류가 나아갈 최선의 길을 보여 주는 프로그램을 만드는 게 가능하리라는 생각이 들었다.

그런 프로그램이 있다면 우리는 어떤 요인이 다른 모든 요인에 미치게 될 영향을 계산해 낼 수 있을 것이다. 예를 들어 〈만약 노동 시간을 줄인다면〉이라는 가정이 적힌 잎사귀가 〈만약 제3차 세계 대전이 발발한다면〉이라든가 〈미니스커트의 유행이 다시 돌아온다면〉이라는 잎사귀에 간접적으로라도 어떻게 영향을 미칠 수 있는지를 알아낼 수 있다는 것이다.

오늘 아침에 나는 어떤 섬에 있는 거대한 건물을 상상했다. 건물 한복판에는 컴퓨터가 있고, 거기에 가능성의 나무라는 프로그램이 설치되어 있다. 컴퓨터 주위에는 강당과 회의실과 휴게실 등이 있다. 각 분야의 전문가들이 거기에 와서 며칠씩 머물며 자기들의 지식으로 가능성의 나무에 물을 주게 될 것이다. 그들은 그 일에서 크나큰 기쁨을 얻게 되리라.

미래에 일어날지도 모를 폭력을 방지하고 다음 세대의 행복을 보장하는 일에서 기쁨을 느끼지 않을 연구자가 누가 있으랴.

간밤의 꿈이 내 상상력을 자극하여 빚어낸 생각이란 위

와 같은 것이다. 나는 이제 그 생각을 새처럼 허공으로 날려 보내려 한다. 오늘밤엔 잠이 잘 올 것 같다. 꿈에서 나는 또 다른 영감을 얻으려고 애쓸 것이다.

수의 신비

1+1=2

2+2=4

여기까지는 아무 문제가 없다. 자아 계속하자.

4+4=8

8+8=16

그러면

8+9=……

그는 자기 관자놀이를 문질렀다. 질문자의 근엄한 목소리가 들려왔다.

「왜 꾸물거리지? 이제 자신을 잃은 게냐? 8에 9를 더해서 나오는 수가 뭐지?」

뱅상[8]은 얼굴을 찡그렸다. 8 더하기 9가 뭐였더라? 그는

8 이 작품에 나오는 인명과 지명은 모두 어떤 수와 연관되어 있다. 뱅상Vincent이라는 이름은 스물을 뜻하는 뱅*vingt*과 백을 뜻하는 상*cent*을 합친 것과 발음이 같다.

물론 16보다 더 큰 수가 존재한다는 것을 직감적으로 알고 있었다. 게다가 〈위대한 수(數)〉의 은총으로 누군가로부터 그 문제에 관해 귀띔을 받은 적도 있었다. 그는 자기가 들었던 것을 기억해 내려고 애썼다. 8+9=…….

갑자기 한 줄기 빛이 번쩍 하고 그의 뇌리를 스쳤다.

「17!」

질문은 그것으로 끝이었다.

「그래, 맞았다.」

그들은 수의 성전에 있었다. 〈17〉 하는 소리가 성전의 둥근 천장에 부딪쳐 여러 번 울렸다.

17, 이는 기이한 수다. 분해가 잘되지 않으며 다른 수들과 교감하는 것을 좋아하지 않는다. 분해되기 쉬운 8과 9가 합해져서 그런 수가 만들어진다는 게 놀랍다.

뱅상은 그 수를 알아냄으로써 세상을 이끌어 가는 엘리트에 속하게 되었다. 근엄한 목소리의 남자는 뱅상의 정면에 놓인 다단식 옥좌에 앉아 있었다. 그의 이름은 에갈렘세되[9]였다. 수의 대수도원을 이끌고 있는 그는 보통 인물이 아니었다. 그는 수도사 겸 병사들 중에서 가장 지위가 높은 대신관 겸 남작이었다.

그가 몸을 앞으로 숙이더니 손가락 하나를 세우며 말했다.

「때가 되면 너에게 아주 굉장한 것을 가르쳐 주마.」

9 특수 상대성 이론의 질량-에너지 등가 원리를 나타내는 아인슈타인의 유명한 관계식 $E=mc^2$를 프랑스어로 읽으면 〈에 에갈 엠세되〉가 된다.

그는 마치 손자에게 맛있는 사탕을 주겠다고 약속하는 할아버지 같은 표정을 지었다.

「소인이 알아야 할 게 아직 더 있다는 말씀이옵니까? 그것이 무엇인지요?」

「9 더하기 9가 얼마인지를 가르쳐 줄 것이다. 너는 그것을 모를 것이다. 그렇지?」

젊은 뱅상은 어안이 벙벙했다.

「아니, 9 더하기 9가 얼마인지 아는 사람이 있단 말씀이옵니까?」

「물론 그걸 아는 사람은 거의 없다. 하지만 난 알고 있지. 이 행성에서 그걸 아는 사람은 손꼽을 정도다. 9에다 9를 더하면 특별한 수가 나오느니라. 정말 매우 흥미롭고 놀라운 수지.」

뱅상은 그의 발아래에 무릎을 꿇었다. 감격으로 가슴이 벅차올랐다.

「오, 스승이시여, 소인에게 어서 그 위대한 신비를 가르쳐 주소서.」

에갈렘 세되는 한쪽 발로 그를 밀어내며 말했다.

「언젠가는 알게 될 게다. 하지만 지금 당장은 안 돼. 네 계급이 뭐라고 했는고?」

「신관 겸 기사이옵니다.」

「나이는 어떻게 되었는고?」

「인생의 반을 살았나이다.」

「그런데 17까지 깨우쳤으니 장하구나.」

뱅상은 눈길을 떨구었다. 사실 그가 17이라는 수의 존재를 알게 된 것은 최근의 일이었다.

대신관 겸 남작은 입가에 장난기 어린 미소를 머금고 몸을 앞으로 기울였다.

「내 깨달음이 어느 수에까지 이르렀는지 알고 있느냐?」

뱅상은 되도록 훌륭한 대답을 하려고 애썼다.

「스승님의 깨달음이 얼마나 깊은지, 그리고 학식이 얼마나 풍부한지 소인은 상상조차 할 수 없나이다. 다만 17 너머에도 수가 존재하리라는 것과 스승님께서는 그 수들을 알고 계시리라는 것을 짐작할 뿐이옵니다.」

「네 짐작대로다. 그리 많지는 않지만 17 너머에도 수가 존재하느니라. 언젠가는 너도 그것을 알게 될 것이다. 내일 다시 오너라. 너에게 중대한 임무를 맡길 것이다. 만약 네가 그 임무를 완수한다면, 너에게 9에 9를 더한 수가 무엇인지를 가르쳐 주마.」

이 얼마나 큰 영예인가! 앞으로 또 한 걸음을 내디딜 수 있는 절호의 기회다. 뱅상은 억누를 수 없는 감격에 목이 메었다. 눈물까지 나오려는 것을 가까스로 참았다. 대신관이 그에게 이제 일어나서 나가도 좋다는 뜻을 알렸다.

뱅상은 말을 타고 달리면서도 9에 9를 더해서 나오는 수가 과연 무엇일까 하고 줄곧 생각했다. 그것은 놀라운 의미를 함축한 어마어마한 수일 게 분명했다. 그의 발을 올려놓은 등자(鐙子)가 말의 옆구리를 살짝살짝 스쳤다. 1이라는 숫자가 적힌 그의 깃발이 바람에 펄럭이고 있었다.

그는 자기가 신관이고 학자라는 사실에 행복감을 느꼈다.

그는 17이라는 수를 발견하던 상황을 다시 떠올렸다. 그건 거의 우연히 이루어진 일이었다. 어느 날 어떤 주막에서 한바탕 싸움이 벌어졌다. 패를 지어 돌아다니는 도적들이 한 노인을 공격함으로써 생긴 싸움이었다. 뱅상은 칼을 빼어 들고 도적 패거리에 맞서 싸웠다. 도적들은 이내 물러갔으나 노인의 부상이 심했다. 뱅상은 노인의 생명을 구할 수 없었다. 노인은 피를 철철 흘리는 와중에도 의식이 아직 남아 있는 동안 뱅상에게 고맙다는 말을 하고, 감사의 뜻으로 〈8+8=16〉이라는 진리를 알려 주었다. 노인은 뱅상이 신관 겸 기사라는 사실을 모르고 있던 터라, 그 진리를 전수받은 뱅상이 자기 발가락에 입을 맞추어 주리라고 기대했다. 16의 비밀을 알고 있는 사람은 아주 드물었기 때문에 노인이 그렇게 생각하는 것은 당연했다. 그런데 뱅상은 전혀 놀라는 기색을 보이지 않고, 자기는 이미 상당히 높은 깨달음의 경지에 도달했으며 8 더하기 8이 16이라는 것을 오래전부터 알고 있었노라고 말했다.

그때 빈사 상태에 있던 부상자가 뱅상의 팔을 잡더니 귀에 대고 이렇게 속삭였다.

「그렇다면 자네 8 더하기 9가 얼마인지는 알고 있나?」

「8 더하기 9는 내 깨달음 너머에 있소.」

그러자 노인은 숨을 거두기 직전에 남은 기력을 다 쏟아 이렇게 말했다.

「17!」

그 일이 있고 나서 일주일 만에 대신관 겸 남작인 에갈렘 세되가 그를 불러들여 9 더하기 9의 비밀을 가르쳐 주겠노라고 스스로 약속했으니 행운도 이런 행운이 없었다.

이제 그의 정신은 한 단계 더 높은 수준으로 올라가려 하고 있었다. 깨달음의 경지가 갈수록 높아지고 있는 것이었다. 어떤 사람들은 한평생을 살면서도 깨우칠 듯 말 듯한 것을 그는 겨우 며칠 사이에 깨닫게 되는 셈이었다.

그의 얼굴에 미소가 번졌다. 수수께끼를 풀고 새로운 깨달음을 얻는 것은 그가 아주 좋아하는 일이었다.

그는 말을 더욱 빨리 몰아 아내 세틴[10]과 자녀와 부모가 있는 집으로 돌아갔다. 그의 아내는 12까지 셀 줄 아는 신세대 지성이었다. 반면에 그의 자녀는 이제 겨우 5까지 깨우쳤고, 그의 부모는 10의 장벽을 넘는 데에 성공한 적이 없었다.

뱅상은 신관 겸 기사로서 부유한 삶을 살고 있었다. 이 도시에는 15 이상을 셀 줄 아는 사람들이 드물었다. 그들은 모두의 존경을 받았다. 그들을 존경하는 것은 하나의 의무로 되어 있었다.

뱅상은 아내에게 기쁜 소식을 전하고 자녀들과 즐겁게 놀았다. 그는 아이들의 정신을 더 높은 경지로 끌어올리기 위해 최선을 다해 가르치곤 했다. 하지만 자기 부모를 가르치는 일은 이미 포기한 지 오래였다. 10의 장벽을 넘어

10 일곱을 뜻하는 세트*sept*에 여성의 이름에 많이 나타나는 어미 -ine을 붙인 것이다.

보지도 못했고 넘을 의욕도 없는 그의 부모는 사고가 제한되어 있기 때문에 진정한 대화가 불가능했다. 만약 11과 12, 13, 14가 존재한다는 것을 알게 된다면, 그들은 엄청난 혼란에 빠질 게 분명했다.

뱅상이 살고 있는 사회는 수와 숫자가 모든 것의 바탕을 이루고 있는 세계였다. 사람들은 주제별로 각 분야의 지식을 탐구하거나 역사를 통해 세상사를 연구하기보다는 수와 숫자를 통해서 세계와 인간을 이해하였다. 그들은 유치원 때부터 그런 식으로 교육을 받았다.

어떤 수나 숫자를 철저하게 아는 것이 한 학년 또는 여러 학년의 학습 목표가 되곤 했다. 교사들은 수와 숫자를 가르치는 일에 지리, 역사, 과학 등의 교육을 포함시켰다. 요컨대 수와 숫자에는 영적인 깨달음을 포함하여 모든 것이 다 들어 있었다.

하나의 수나 숫자를 완벽하게 안다는 것은 결코 하찮은 일이 아니었다. 뱅상은 아주 어려서부터 숫자 1에 담긴 깊은 뜻을 배우기 시작했다. 그래서 그는 숫자 1에 관한 모든 것을 알게 되었다.

1은 인간이 살고 있는 우주를 뜻한다. 만물이 우주 안에 있고 통일성 속에 있다.

1은 만물의 시작을 나타낸다. 그것은 빅뱅이자 나뉘기 전의 유일한 대륙이다.

1은 만물의 끝인 죽음을 나타낸다. 죽음이란 단일한 것이 단일한 것으로 돌아가는 것이다.

1은 고독의 자각을 상징한다. 인간은 누구나 홀로 세상에 왔다가 홀로 떠난다.

1은 〈자아〉에 대한 자각을 상징한다. 인간은 저마다 하나밖에 없는 존재다.

1은 오직 하나의 신이 존재한다는 믿음이기도 하다. 만물을 통합하는 하나의 우월한 힘이 존재한다는 믿음인 것이다.

1에는 이토록 중요한 의미가 담겨 있다. 그래서 뱅상은 몇 년 동안 1의 다양한 측면에 관해서 공부했다. 그러고 나서야 비로소 2의 의미를 배울 수 있었다.

2는 1에서 자연스럽게 생겨난다.

2는 분할이며 상호 보완성이다.

2는 서로 대립하며 보완하는 남성과 여성을 나타낸다.

2는 사랑을 뜻한다.

2는 자기 자신과 세계 사이의 거리를 상징한다.

2는 다른 것을 소유하려는 욕망을 나타낸다.

2는 오로지 자기 자신, 즉 1에만 관심을 갖는 것에서 벗어남을 뜻한다.

2는 남과의 대립을 상징한다. 따라서 2는 전쟁이기도 하다.

2는 선과 악, 흑과 백, 명제와 반대 명제, 음과 양, 표면과 이면이다.

2는 모든 것이 나누어질 수 있음을 보여 준다. 또한 좋은 것이 나쁜 결과를 가져올 수 있고 반대로 나쁜 것이 좋은 결과를 가져올 수 있음을 보여 주기도 한다.

2는 서로 반대되는 것들의 충돌을 뜻하며, 이 충돌이 창조적으로 승화되면 3이 생겨난다.

몇 년 뒤에 뱅상은 3의 의미를 배웠다.

3은 만물이 정, 반, 합을 거쳐 발전해 간다는 것을 나타낸다.

3은 1과 2의 결합에서 생겨난 자식이다.

3은 삼각형을 만들어 내며 1과 2가 벌이는 싸움의 관찰자가 된다.

3은 입체를 뜻한다. 세계는 3이 있음으로 해서 부피를 갖는다.

3은 1과 2 사이에 관계를 맺어 주고 그 관계에 활력을 불어넣는다. 이 힘이 분산되지 않고 한 방향으로 모이면 3은 더 높은 단계로 나아간다. 3의 운동은 4로 넘어가면서 일시적인 안정 국면을 맞는다.

4는 3의 효과를 상쇄하면서 힘의 균형을 이루어 낸다.

4는 난공불락의 요새, 네모반듯한 성관, 정방형의 아파트다.

4는 남녀 한 쌍에 두 자녀나 친구 한 쌍이 결합하는 것을 상징하며, 사회생활의 시작을 뜻한다.

4는 마을이 생겨나게 한다.

4는 동서남북의 네 방위이다.

4는 케이크 중에서 가장 만들기 쉬운 카트르 카르[11]의

11 밀가루·버터·설탕·계란을 1대 1의 분량, 즉 각각 4분의 1 분량으로 섞어 만든 케이크. 카트르 카르는 4분의 1의 네 배라는 뜻이다.

요리법을 나타낸다.

4는 인간의 사지이다. 인간은 이 사지를 이용해서 자연에 작용한다.

4는 안전한 상태이다. 이 상태는 한없이 지속되는 것이 아니라 더 높은 단계인 5로 나아간다.

5는 신성한 숫자다.

5는 네모난 집을 덮는 뾰족한 지붕을 나타낸다.

5는 한데 모이면 주먹이 되는 손가락들과 몸의 직립을 도와주는 발가락들을 가리킨다.

수도자 겸 병사였던 뱅상은 그렇게 세상의 이치를 배웠다. 그는 대단히 훌륭한 학생이었다. 해가 거듭될수록 수의 지평은 확대되었고, 세상의 이치에 대한 그의 깨달음도 조금씩 깊어져 갔다. 건축물이나 도형에 평형을 가져다주는 6의 마력도 깨우쳤고, 갖가지 전설에 등장하는 7의 괴력도 알게 되었다. 기하학적으로 완벽한 8의 힘도 깨달았고, 잉태를 상징하는 9의 아름다움에 도취하기도 했다.

학교에서는 9의 의미까지만 가르치는 것이 보통이었다. 하지만 영재였던 뱅상은 10을 깨우침으로써 숫자의 세계에 머물지 않고 수의 세계로 넘어갔다. 그리하여 바로 읽어도 되고 거꾸로 읽어도 되는 11을 발견하였고, 판관들의 수 12를 깨우쳤다. 그는 특히 12를 좋아했다. 1과 2는 물론이고 3과 4와 6으로도 나누어지는 수였기 때문이다. 그는 악의 수 13도 배웠고, 14와 15, 16도 깨우쳤다. 뿐만 아니라 주막에서 노인의 목숨을 구하려고 하다가 17을 알게 되는 행운까지 얻었다.

수에 대한 깨달음의 경지가 그토록 높아졌으니, 그가 나라를 지배하는 신관의 반열에 오르는 것은 당연한 일이었다. 소년티를 벗기가 무섭게 수도원에 들어가 다기능 첩보원의 일을 배웠던 그는 이제 신관 겸 기사가 되어 있었다.

이튿날 그는 다시 대신관 겸 남작 에갈렘 세되 앞에서 머리를 조아렸다. 노인은 피곤해 보였지만 사람의 속을 꿰뚫어 보는 듯한 눈빛은 여전하였다. 그는 젊은 신관 뱅상을 다시 만난 것이 무척이나 기뻤는지, 자기감정을 속이지 않고 만면에 웃음을 띠었다. 기다란 파이프에 불을 붙였다 껐다 하면서 손장난을 치던 그가 말문을 열었다.

「내가 너에게 맡기려는 임무는 매우 까다로운 것이다. 벌써 여러 사람이 그 임무를 수행하다가 목숨을 잃었느니라. 하지만 너는 17까지 깨우쳤으니 난관을 잘 헤치고 성공하리라 믿는다.」

「분부만 내려 주시옵소서.」

늙은 대신관은 뱅상을 누대로 데리고 갔다. 그곳은 시클라멘과 부겐빌레아가 만발한 정원을 훤히 내려다보기에 둘도 없이 좋은 장소였다.

「우리에게 말썽거리가 하나 생겼다. 신관 겸 기사 네 명이 이단자가 되었느니라. 그자들은 현재 도피 중이다. 하지만 파르밀[12]이라는 도시에서 그들이 목격되었다.」

「신관 겸 기사들이 말이옵니까? 그들은 깨달음이 어떤 수준에 달한 자들이온지요?」

「놈들이 너보다 더 높은 수준에 있는지를 알고 싶은 게냐? 사실을 말하자면 그렇다. 놈들은 너보다 공부를 많이 했다. 9 더하기 9가 얼마인지를 잘 알고 있는 자들이다.」

뱅상은 9 더하기 9의 답을 알고 있는 사람들이 어떻게 이단의 길로 빠질 수 있는지 그저 놀랍기만 했다.

뱅상이 그 점에 대해서 말하자 대신관이 그의 어깨에 손을 얹으면서 말했다.

「뱅상, 사람이 아는 게 너무 많으면 미치광이가 될 수도 있느니라. 우리가 수에 관한 지식을 사람들 사이에 공평하게 전파하지 않는 까닭이 바로 거기에 있다. 우리가 아이들에게 10 이상의 수를 가르치지 않는 것도 그 때문이다. 각각의 수나 숫자는 강한 힘을 지니고 있다. 그 힘은 아무나 통제할 수 있는 것이 아니다. 그것은 벼락을 떨어뜨릴 수 있는 에너지 덩어리와도 같으니라. 문제는 그 에너지를 좋은 쪽으로 잘 유도하는 것이다. 자칫하면 에너지가 우리 자신을 덮쳐 우리가 치명적인 화상을 입을 염려가 있다.」

「그 점은 잘 알고 있사옵니다.」

「또 수가 커지면 위험도 그만큼 커지는 법이다. 큰 수를 잘못 다루면 더욱 큰 화를 입게 되느니라.」

12 파르*par*는 〈-마다〉, 〈-씩〉이라는 뜻의 전치사이고 밀*mille*은 1천이라는 뜻이다.

뱅상은 대신관의 말을 마음 깊이 새겼다. 아닌 게 아니라 10이상의 수를 사용하는 것의 이점을 누구나 다 이해할 수 있는 것은 아니었다. 그의 부모만 하더라도 설령 11이나 12가 존재한다는 것을 알았다고 해도 그렇게 큰 수를 어떻게 사용해야 할지를 상상하기가 쉽지 않았을 것이다. 다행히도 그들은 그런 책임에서 벗어나 있었다. 반면에 뱅상 자신은 수에 관한 지식을 탐구하는 일에 누구보다 깊숙이 뛰어든 셈이었다. 이제 곧 그는 9 더하기 9가 얼마인지를 알게 될 터였다.

높이 더 높이, 멀리 더 멀리. 그게 그의 운명이었다. 그는 자신이 큰 수를 아는 것에 갈수록 더 도취되어 가고 있음을 잘 알고 있었다. 그러나 그 지식이 얼마나 위험한가에 대해서는 아직 분명한 깨달음이 없었다. 다만 그런 문제와 관련해서 그의 기억에 남아 있는 사건이 하나 있기는 했다.

「예전에 사람들이 수를 함부로 다룬 탓에 서로 싸우고 죽이는 광경을 본 적이 있사옵니다. 그들은 15보다 작은 수들을 다루면서도 그토록 격렬하게 싸웠습니다.」

「그 이단적인 수도자들 역시 사람을 죽였느니라. 그 살인자들을 다시 찾아내야 한다.」

그러면서 에갈렘 세되는 살인범들의 용모파기(容貌把記)를 보여 주었다. 그들은 사람을 죽일 사람들처럼 보이지는 않았다. 하긴 살인자처럼 생긴 사람이 따로 있는 것은 아니지 않은가? 이어서 뱅상은 그들에게 살해되었다는 사람들의 초상도 보았다. 9에다 9를 더한 수가 무엇인지 알 만큼 깨달음이 깊은 사람들이 이런 만행을 저지른다는 게 정말 있을 수 있는 일일까?

「겉모습에 속으면 안 되느니라. 그들을 없애 버려야 한다. 그 흉악범들에 대해서 연민 따위는 조금도 갖지 말거라. 그리고 그들에게 말을 거는 것은 절대 금물이다.」

몇 시간 후, 뱅상은 신관 겸 기사의 복장을 차려입고 활을 멘 다음, 살인자들이 있다고 알려진 파르밀 쪽으로 말을 몰았다.

여로는 길고 팍팍했다. 그는 여러 차례 말을 갈아타야 했다.

이윽고 그의 눈앞에 도시의 높다란 망루들이 우뚝 모습을 드러냈다. 거기가 바로 파르밀이었다.

그는 성내에 들어서자마자 카니발의 소용돌이에 휩쓸렸다. 물론 그는 그날이면 곱셈의 발견을 경축하는 행사가 도처에서 벌어진다는 것을 알고 있었다. 하지만 군중이 그토록 환희에 차 있으리라고는 예상하지 못했다.

〈3×2=6〉을 알아낸 것은 이미 오래전의 일이었다. 그럼에도 사람들은 여전히 그 사건을 경축하고 있었다. 곱셈 축제는 일명 사랑의 축제라고도 했다. 남자와 여자가 사랑을 함으로써 스스로를 곱절로 만들기 때문이다.

뱅상은 군중 속에 섞여 있었다. 그때 갑자기 한 얼굴이 눈에 들어왔다. 용모파기에서 본 네 명의 신관 겸 기사 가운데 하나였다. 일이 잘되어 갈 조짐을 보이고 있었다. 아직 본격적으로 찾지도 않았는데, 살인범 하나가 제 발로 그의 눈앞에 나타났으니 말이다. 뱅상은 활시위에 화살을 메겨 주저 없이 날려 보냈다. 화살은 표적을 살짝 스쳐 갔다. 범인은 무릎이 턱에 닿도록 삼십육계를 놓았다. 뱅상은 그를 쫓아가다가 다시 활을 쏘았다. 이번 화살은 범인의 나무 가면에 맞았다.

〈살인자〉는 뱅상이 활을 쏘느라 멈춰 선 틈을 타서 처녀들의 행렬 속으로 들어갔다. 그녀들은 곱셈의 여왕 선발 대회에 참여하기 위해 행사장으로 가고 있었다.

뱅상은 행렬 속에 숨어 있는 범인을 겨냥할 수가 없어서, 그 바보 같은 경연이 끝나기를 기다려야만 했다.

처녀들과 그녀들의 기사가 될 젊은 남자들이 차례차례 소개되었다. 처녀들은 앞을 다투어 저마다 자기 마음에 드는 기사를 선택했다. 동작이 굼뜨거나 판단이 재빠르지 않은 여자들은 동료들이 선택하지 않은 남자들로 만족해야 했다. 말하자면, 그런 여자들은 아무도 원하지 않는 찌꺼기를 차지하게 되는 셈이었다.

행사가 끝나자 뱅상은 다시 활시위를 당겼다. 이번에는 겨냥이 빗나가지 않았다. 화살은 범인의 등 한복판에 꽂혀 가슴을 관통했다.

뱅상은 땅바닥에 쓰러져 있는 범인에게 다가갔다.

범인은 죽기 전에 할 말이 있다는 듯 자기 쪽으로 몸을 숙여 달라고 손짓을 했다. 뱅상이 그의 입에 귀를 갖다 대자, 그가 몇 마디 말을 겨우겨우 이어 나갔다.

「수는…… 수는 더욱 멀리…… 수는 가도 가도 끝이…….」

범인은 몸을 파르르 떨며 경련을 일으키더니, 단말마의 몸부림을 끝으로 모든 걸 놓아 버리고 허물어졌다.

뱅상은 화살을 거두어 피를 닦아냈다. 그의 주위로 구경꾼들이 몰려들기 시작했다. 하지만 그의 옷에 찍힌 신관 겸 기사 휘장을 보고는 경외감을 드러내며 물러섰다.

몇몇 사람들이 시체를 치웠다. 카니발은 더욱 열띤 분위기로 계속되었다.

뱅상은 살인범들의 초상을 다시 살펴보았다.

세 명을 더 해치우면, 에갈렘 세되가 그에게 9 더하기 9가 얼마인지를 가르쳐 줄 터였다.

바로 그때, 멀리에 그가 찾고 있던 또 하나의 얼굴이 나타났다. 사내는 새의 모습으로 분장한 여자들에게 색종이 조각을 뿌리며 즐거워하고 있었다. 자기에게 죽음의 그림자가 다가오고 있음을 전혀 눈치 채지 못하고 있는 태평한 모습이었다. 뱅상은 활시위를 당겼다. 화살은 또다시 표적을 살짝 비껴갔다. 처음처럼 사내가 줄행랑을 놓았다.

뱅상은 사내를 뒤쫓기 시작했다. 사내는 그를 막다른 골목으로 유인했다. 뱅상은 어떤 함정이 있음을 눈치 채지 못하고 자기 임무를 완수하기 위해 앞으로 나아갔다. 그러나 활시위에 채 화살을 메기기도 전에, 그는 어떤 집의 현관문에 숨어 있던 사내의 둔기에 맞고 쓰러졌다.

뱅상은 한참 만에 의식을 되찾았다. 포박되어 있는 그의 앞에 살아남은 세 신관이 떡 버티고 서 있었다. 그중의 하나가 분노에 찬 음성으로 말했다.

「이자가 옥타브를 죽였어. 매우 잔인한 놈이야.」

그러자 두 번째 사내가 세 번째 사내를 보며 주의를 주었다.

「조심하게. 이자는 아마도 무기 조작과 육박전의 전문가일 거야.」

세 번째 사내가 뱅상의 신관복 호주머니를 뒤져 예술적인 글씨로 쓴 문서를 꺼냈다.

「이자의 이름은 뱅상이고 17단의 신관 겸 기사일세.」

「이런, 대신관이 우리를 꼭 죽이고 싶어 안달이 나 있는 게 틀림없어. 그러니까 이렇게 중요한 인물을 보냈겠지.」

뱅상은 한쪽 팔꿈치를 괴며 몸을 조금 일으킨 다음 침착하게 말했다.

「당신들이 나보다 깨달음의 경지가 훨씬 높다는 것을 알고 있소. 당신들은 9 더하기 9가 얼마인지 알고 있을 거요.」

세 사내가 일제히 웃음을 터뜨렸다.

「무엇이 그리 우습소?」

그들은 계속 껄껄거리며 웃어 댔다.

「9 더하기 9가 얼마인지 알고 있을 것이라고? 그럼, 알다마다. 하! 하! 하!」

「알면 그만이지, 그게 뭐가 그리 우습다는 거요?」

세 살인자들 중에서 빰이 인형처럼 볼록한 작고 뚱뚱한 사내가 만면에 웃음을 띤 채 그를 향해 몸을 숙였다.

「우리는 그보다 훨씬 더 심오한 것을 알고 있지.」

「10 더하기 9가 얼마인지도 알고 있다는 거요?」

셋 중에서 키가 가장 큰 사내가 배꼽을 쥐고 웃으면서 말했다.

「물론이지. 그 때문에 에갈렘 세되가 우리를 죽이라고 너를 보낸 거야. 우리는 수와 숫자의 의미를 깨달았지.」

「우리가 수와 숫자에 대해서 너무나 많은 것을 알고 있기 때문에 그가 겁을 먹고 있는 거야.」

「당신들은 살인자요. 나는 당신들이 수도자들을 죽였다는 것을 알고 있소.」

그들은 갑자기 웃음을 싹 거두더니 불쌍하다는 듯한 표정으로 그를 빤히 바라보았다. 키 큰 사내가 다시 말문을 열었다. 「그건 대신관이 꾸며낸 이야기야. 네가 우리를 추격하도록 설득하기 위해서 있지도 않은 일을 날조한 것이지. 사실 우리는 아무도 죽이지 않았어. 우리에게 죄가 있다면, 세상과 사물의 이치를 너무 깊이 탐구했다는 것뿐이야. 물론 대신관의 눈에는 그것이 사람을 죽이는 것보다 더 중한 죄가 되겠지만 말이야.」

세 사람이 돌아가며 스스로를 소개했다. 작고 뚱뚱한 사내는 시스탱이라 했고, 키 크고 마른 사내는 두쟁, 머리가 곱슬곱슬한 또 한 사내는 트루아앵이었다.[13] 그들은 공식적으로 알려져 있는 것과는 전혀 다른 이야기를 뱅상에게

13 시스탱은 6의 뜻을 담고 있고(*six*+*tin*), 두쟁은 12를 품고 있으며(*douze*+*in*), 트루아앵은 3(*trois*)과 1(*un*)을 합친 것이다. 또 앞에서 죽은 기사의 이름 옥타브의 어원은 〈여덟째〉이다.

들려주었다.

어느 날 에갈렘 세되가 그들을 불러 어떤 동물에 관해 조사하라고 요구했다. 이야기인즉슨, 일군의 고고학자들이 고대의 유물을 하나 발굴했는데, 거기에 영양과 비슷해 보이는 이상한 동물이 그려져 있다는 것이었다.

시스탱이 호주머니에서 길쭉한 나무상자를 꺼내어 뚜껑을 열었다. 그 안에는 작은 보석 상자가 들어 있었다. 보석 상자 안에 든 것은 얇은 철판이었고 거기에 일견 어떤 동물로 보이는 그림이 나타나 있었다. 네 다리와 꼬리가 있고 머리에 뿔이 달린 것으로 보아 영락없는 동물 그림이었다.

「우리는 오랫동안 이 동물을 연구했네. 세계 도처에서 이와 비슷한 동물을 찾아 보았지. 에갈렘 세되는 이게 하나의 괴물이라고 생각했네.」

「하지만 그게 아니었어.」

「이건 어떤 괴물의 그림이 아니라…….」

그때 트루아앵이 말을 가로막았다.

「안 돼. 말하지 마. 이자에게 말하기엔 아직 일러.」
「하지만 이자에게 진실을 이야기하지 않으면, 우리를 계속 추격하려고 들 거야.」
트루아생은 어쩔 수 없다는 생각이 들었는지 자기가 직접 설명에 나섰다.
「이건 어떤 괴물의 그림이 아니라, 어떤 수를 나타낸 거야. 이것을 발견하기 전까지 우리가 알고 있던 모든 것을 넘어서는 수를 적어 놓은 거란 말일세.」
뱅상은 흠칫 놀라며 본능적으로 몸을 뒤로 뺐다.
「있을 수 없는 일이오.」
「잘 보게. 이 두 뿔은 숫자 6을 나타낸 것이고, 앞의 두 다리는 숫자 7일세. 배는 두 개의 0으로 이루어져 있고, 뒷다리는 두 개의 9로, 꼬리는 6으로 되어 있네.」
뱅상은 그 이상한 그림을 뚫어져라 바라보았다. 그의 눈에 보이는 것은 한 마리 영양뿐이었다. 그의 마음이 그 모든 형상을 다른 방식으로 결합하는 것을 거부하고 있기 때문이었다. 물론 영양의 몸통에서 머리를 떼어놓고 보면, 숫자 6과 조금 비슷한 형상이 보이는 건 사실이었다. 그렇다 해도 여러 숫자들을 그렇게 서로 가까이 붙여 놓는다는 것은 생각할 수 없는 일이었다. 다른 숫자와 나란히 놓일 수 있는 숫자는 오로지 1뿐이었다. 1이 다른 숫자 앞에 붙어서 10 이상의 수를 만드는 경우가 아니라면, 숫자들이 그렇게 나란히 붙어 있을 수는 없는 일이었다.
세 사람이 자기들의 고고학적 발견에 관해서 설명을 계

속하는 동안 뱅상의 눈에 다른 것이 보이기 시작했다. 뱅상은 시각의 혼란을 느끼면서 처음에 보았던 대로 보려고 애를 썼다. 하지만 그것은 부질없는 시도였다. 그림의 각 부분을 따로따로 떼어서 보기만 하면 진실이 눈에 보였다. 그건 나란히 붙어 있는 숫자일 뿐 다른 어느 것도 아니었다.

「아닌 게 아니라, 6과 7과 0과 9가 각각 두 개씩 있고 꽁무니에 6이 하나 더 붙어 있는 것으로 보이긴 하네요. 그렇게 볼 수밖에 없겠어요!」

두쟁이 한 손가락으로 그림을 문지르며 되받았다.

「아니, 그것만으로는 부족해. 이 그림은 전체를 하나로 놓고 이해해야 하네. 이 그림이 나타내고 있는 것은…… 하나의 〈수〉일세!」

세상에, 이게 하나의 수라니…….

뱅상은 애초의 확신으로 되돌아갔다. 그들은 미치광이들이었다.

「다른 숫자 앞에 1이 붙어 있는 두 자리 수가 아니라면, 두 개 이상의 숫자로 이루어진 수는 어떤 의미도 가질 수 없소.」

키 크고 마른 사내도 자기주장을 굽히지 않았다.

「1에 다른 숫자가 붙은 두 자리 수 말고도 수는 얼마든지 있네. 두 자리에 두 자리가 더 붙고 거기에 다시 여러 자리가 붙은 수도 있으니까 말일세.」

「무슨 말을 하는 건지 도통 모르겠소.」

「자네 얼마까지 셀 줄 알지?」

「17요.」

「장하군. 그래도 아주 바보는 아니로구먼. 우리가 발견한 것을 받아들일 수 있는 능력이 없는 건 아냐. 내 말 잘 듣게. 사람들은 이제껏 수에 관한 초보적인 지식에 맞추어 자기들의 상상력을 제한해 왔네. 15를 발견했을 때 그들은 15까지 사고의 지평을 넓혔어. 그 뒤로 16과 17이 발견됨으로써 인간의 사고가 더욱 진보했지. 그다음에는…….」

「당신들은 17을 넘어서는 수를 깨우쳤단 말이오?」

「물론이지.」

「그렇다면, 9 더하기 9가 얼마인지 나에게 말해 줄 수 있소?」

「여부가 있겠나?」

세 무법자는 뱅상의 무지를 조롱하고 있었다. 뱅상은 그들이 자기가 모르는 어떤 것을 발견한 듯한 느낌이 들었다. 아주 불쾌한 느낌이었다.

그들은 뱅상의 마음을 답답하게 만들며 한참 뜸을 들이다가 낭송을 하듯이 말했다.

「9+9=……18.」

그게 18이로구나! 18이란 어떤 수인가? 9로도 나눌 수 있고 6과 3으로도 나눌 수 있으며 2와 1과 18로도 나눌 수 있는 수. 참으로 아름다운 수가 아닌가!

뱅상은 그 새로운 깨달음에 흠뻑 도취해 있었다. 그때 작고 뚱뚱한 사내가 말을 이었다.

「하지만 그게 다가 아닐세. 우리는 9 더하기 10이 얼마인지도 알고 10 더하기 10과 10 더하기 11이 얼마인지도 아네.」

뱅상은 그들이 해도 너무한다 싶었다.

「당신들 말을 믿을 수가 없소. 1이 앞에 붙어 있는 두 자리 수보다 더 큰 수는 존재하지 않소.」

「자네는 10은 알고 20은 모르는 사람이네. 10이 두 개 있으면 20일세.」

뱅상은 두 귀를 막고 싶은 심정이었다. 그건 그가 감당하기에 너무나 많고 너무나 빨리 전해진 지식이었다. 그는 머리가 어질어질하였다.

트루아앵이 다가왔다.

「염소 같기도 하고 영양 같기도 한 이 동물 그림은 하나의 수를 나타내고 있을 뿐이야. 우리는 이 그림 덕분에 참으로 중대한 진리를 깨달았지. 우리 앞에 광대한 지식의 대륙이 펼쳐져 있네. 우리는 그 대륙에 난 작은 길을 따라서 아주 조금 걸어 보았을 뿐이야.」

「667700996이라는 수를 나타낸 이 그림은 지식의 수준이 아주 높았던 사람들이 그린 걸세. 어쩌면 미래의 인간들이 자기들의 과거를 구경하러 왔다가 이 물건을 놓고 간 것인지도 모르지. 그럼으로써 미래에 인간이 667700996까지 셀 줄 알게 된다는 것을 우리에게 알려 주려고 한 것인지도 모른단 말일세.」

뱅상은 고통의 비명을 내질렀다. 자기 머릿속에서 커다

란 문 하나가 열리면서 이제껏 대뇌 피질의 한 귀퉁이에 눌려 있던 잠재적 능력의 대부분이 해방되는 듯한 기분이 들었다.

그는 울고 있었다. 세 신관은 그를 묶고 있던 밧줄을 풀어 주고 그가 다시 일어서도록 부축하였다. 그는 자기에게 큰 변화가 일어나고 있음을 느꼈다. 몸의 속박만이 아니라 정신의 속박도 풀린 느낌이었다. 그는 이제 수의 무한한 지평에 맞설 준비가 되어 있었다.

「그래, 667700996은 염소도 영양도 아니고, 하나의 수인 게 분명해.」

뱅상은 창가로 다가갔다. 그는 지식에 취해 있었다. 그 전까지는 감질나게 찔끔찔끔 전해 받던 지식을 한꺼번에 엄청나게 받아들이고 난 터였다.

그는 수의 대수도원 휘장이 찍힌 자기 옷을 살펴보았다. 그러다가 창문 너머로 눈을 돌려 가없이 펼쳐진 지평선을 바라보았다. 그것은 무한한 수들로 가득 찬 세계였다. 그는 아찔한 기분을 느끼며 비틀거렸다.

정신에도 천장이 있다면, 그의 천장이 갑자기 훌쩍 높아진 셈이었다. 과학자라는 사람들은 거창한 학위와 쟁쟁한 직함을 내세우면서 지식이 무슨 보석이라도 되는 양 그것을 가르쳐 주는 데에 인색하기 십상이었다. 그는 그들이 새로운 지식을 가르쳐 줄 때마다 마치 그들이 잡고 있는 줄을 조금 늘여 주기라도 한 것처럼 겸허하게 감사를 표하곤 했다. 하지만 이제 정신의 천장이 높아지고 보니, 그 모

든 지식이 한낱 감옥일 뿐이었다는 생각이 들었다. 그들이 줄을 조금씩 늘여 준 것은 고마운 일이지만, 그를 여전히 매어 두고 있는 한 그것은 어디까지나 속박일 뿐이었다.

우리는 줄에 매이지 않고도 살 수 있다.

지식을 탐구하기 위해 공인된 과학자가 될 필요는 없다. 그저 자유롭다는 것만으로 자격은 충분하다.

무릇 학문이란 자유의 행위여야 한다고 그는 생각했다. 미리 짜놓은 틀이나 숭배의 대상이나 지배자나 선입견에 속박되지 않고 스스로 생각하는 자유, 그런 자유가 보장될 때 학문은 비로소 존재하게 된다.

17은 엄격한 계급 제도의 최상층을 뜻하는 것도 아니었고, 지적인 위업을 의미하는 것도 아니었다. 17은 그의 감옥이었다. 그가 남들보다 많이 가졌다고 생각했던 것은 수와 숫자의 무한한 세계에 대한 지극히 초보적인 지식일 뿐이었다. 그는 이제 하나의 대륙이 존재한다는 것을 알고 있었다. 그는 그 대륙의 기슭만을 겨우 밟아 보았을 뿐이었다.

뱅상은 지평선을 응시하다가 자기의 신관복을 벗었다. 신관 겸 기사라는 신분을 더는 유지하고 싶지 않았다. 그는 이제 자유로운 정신을 지닌 진리 탐구자였다. 수와 숫자의 모든 한계를 넘어서서 자유롭게 세계에 관해 사유할 수 있는 사람이었다. 그의 사유는 정신의 감옥에서 해방되어 수의 무한성을 즐기게 될 것이었다.

다른 세 사람이 번갈아 가며 그를 꼭 껴안아 주었다.

「뱅상, 수의 비밀을 아는 사람은 다시 네 명이 되었네. 이제 우리는 운명을 함께해야 할 형제일세. 수의 대사원 사람들은 자네가 실패했다는 것을 알면, 자네를 또 하나의 이단자로 여길 거야. 그리고 다시 사람들을 보내 우리를 죽이려고 할 걸세.」

뱅상은 그 뒤로 대신관을 만나지 않았다. 자기 부모와 아내와 자식도 다시는 보지 못했다. 그러던 어느 날 파르밀에서 카트린[14]이라는 공주를 만났다. 그는 그녀에게 무한한 수의 비밀을 알려주었다. 서로 마음이 통한 두 사람은 결혼하여 자식을 낳았다. 뱅상은 수에 한계가 없듯이 생각에도 속박이 없어야 한다고 사람들에게 가르쳤다.

그리하여 뱅상은 이단의 지도자가 되었다.

파르밀 사람들은 대신관의 통치에 맞서 봉기하여, 자기들 나름의 가치 체계를 가진 자치 정부를 수립하였다. 그들은 기다란 뿔이 달린 영양의 머리를 국가의 상징으로 삼았다. 이 작은 나라에서는 누구나 20 이상의 수를 배울 수 있었다.

그 결과 이 도시 국가는 이내 다른 국가들로부터 배척당하게 되었고, 이 나라를 멸망시키기 위해 거대한 군대가 결성되었다. 하지만 파르밀 시민들은 용감하고 결연하게 일

14 발음은 우리가 흔히 들을 수 있는 여자 이름 카트린과 같지만, 철자가 Quatrine으로 되어 있다. 넷을 뜻하는 카트르*quatre*에 여자 이름에 많이 나타나는 요소(*-ine*)를 붙인 것이다.

치단결하여 적군을 물리쳤다.

대신관의 도시에서는 전략을 바꾸어, 파르밀을 함락시키는 대신 이 도시의 영향력을 줄여 나가기로 결정하였다.

우선 그들은 파르밀을 하나의 독립 국가로 인정하지 않고 영토를 조금씩 잠식해 나가기로 했다.

다음으로는 파르밀 바로 옆에 다른 국가를 건설해서, 파르밀 시민들을 상대로 10보다 큰 수는 존재하지 않는다는 내용의 선전전을 줄기차게 벌여 나가기로 했다. 한마디로 파르밀의 주장에 더 큰 외침으로 맞서자는 전략이었다.

새로 건설된 나라의 국민들은 〈10의 수호자들〉이라 불렸다. 그들은 누구든 10보다 큰 수를 들먹이는 자에게는 엄벌을 내렸다. 〈10은 하늘이다. 그 위에는 아무것도 없다〉는 게 그들의 표어였다.

파르밀의 사상은 느리게 전파되었다. 그것을 몽매한 사람들에게 퍼뜨리는 것은 황무지에 밀의 씨앗을 뿌리는 것만큼이나 보람 없는 일이었기 때문이다. 반면에 〈10의 수호자들〉은 백성을 무지 속에 가두어 둠으로써 이익을 얻는 모든 사람과 모든 공식 기구의 지지를 얻었다.

11이나 12, 13, 14, 15를 아는 사람들에 대한 살해 행위가 도처에서 자행되었다.

뱅상은 자기가 사람들의 정신을 갑자기 고양시키려고 한 것의 반작용으로 무지와 몽매로 되돌아가려는 광신적인 분위기가 오히려 급격히 확산되고 있음을 깨달았다.

〈10의 수호자들〉은 갈수록 자기들의 의도를 더욱 공공연하게 드러냈다. 독선에 빠진 그들이 너무나 당당하게 폭력을 다반사로 휘두르는 바람에 10을 넘어서서 사고하는 사람들은 모두가 침묵을 지키거나 후미진 곳에 숨어 있어야만 했다.

파르밀은 불의와 학살에 끊임없이 시달리면서도 꿋꿋하게 잘 버텨 나갔다. 시민들은 수에 관한 연구를 계속하여 마법처럼 경이로운 원주율과 황금비 등을 발견했다. 그들은 무리수가 존재할 수 있다는 것을 깨달았고, 무한대와 무한소의 개념을 생각해 냈다.

같은 시기에 〈10의 수호자들〉은 공포 정치를 더욱 강화해 나갔다. 점점 더 많은 시민들이 그들의 폭정에 굴복하였다. 공포는 호기심보다 더욱 강력한 동인이었고, 비굴함은 전염병처럼 퍼지기 쉬운 태도였다. 게다가 〈10의 수호자들〉은 정보 조작의 달인으로 통하고 있었다. 그들은 살인을 저지르는 것에 그치지 않고, 자기들의 악행을 파르밀 사람들에게 뒤집어씌우기가 일쑤였다. 그들이 그렇게 왜곡을 일삼아도 감히 이의를 제기하려는 사람은 아무도 없었다. 대신관의 도시에서조차 10보다 큰 수가 존재한다고 말하는 사람을 찾아 볼 수 없게 되었다. 그 도시의 담벼락에는 〈모두가 10의 그늘 속에서 평등하다〉라든가 〈파르밀의 이단자들을 처단하자〉라는 구호가 곳곳에 적혀 있었다.

파르밀은 마치 어떤 역병이 돌고 있어서 다른 나라들로부터 격리되기라도 한 것처럼 완전히 고립된 처지에 놓이고 말았다. 하긴 다른 나라 사람들이 보기에 파르밀은 지식이라는 전염병을 퍼뜨리는 몹쓸 도시였을 것이다.

아무도 이 도시 국가를 지원하지 않았다. 그래도 파르밀은 존재하고 있었고, 그럼으로써 수에 관한 지식의 불씨도 꺼지지 않고 있었다. 비록 그 불씨를 간직하고 있는 파르밀 백성들의 수가 갈수록 줄어들고 있기는 했지만 말이다.

나중에 뱅상은 파르밀의 어느 거리에서 어떤 광신적인 〈10의 수호자〉에게 암살당했다. 그것은 오랜 세월이 흘러 그가 호호백발의 노인이 된 뒤의 일이었다.

그는 화살을 맞고 쓰러지면서 마지막으로 이런 생각을 했다. 〈인간의 정신을 고양시키기 위한 싸움에서는 천장을 높이는 것만이 능사가 아니다. 바닥이 무너져 내리지 않게 하는 것도 그에 못지않게 중요하다.〉

완전한 은둔자

「네 안에는 모든 것이 다 들어 있다. 태어날 때부터 이미 그러했다. 네가 하는 일은 그저 네가 알고 있는 것을 다시 배우는 것에 지나지 않는다.」

언젠가 그의 아버지가 그렇게 말한 적이 있었다.

모든 것이 내 안에 있다. 모든 게 이미 내 안에 있다…….

그가 보기에 세상을 알고 사람살이를 이해하기 위해서는 여행을 하고 이러저러한 경험을 쌓아야만 할 듯했다. 그런데 그런 노력마저 이미 알고 있는 것을 다시 발견하는 과정일 뿐이란 말인가?

그는 줄곧 그런 생각에 시달리고 있었다.

모든 것이 이미 자기 안에 있다……. 인간은 아무것도 배우지 않는다. 자기 안에 감춰져 있던 진리를 자기 자신에게 드러낼 뿐이다. 그렇다면 갓난아기도 이미 위대한 현자일 수 있을까? 어머니 뱃속의 아기가 백과사전의 방대한 지식을 가질 수 있을까?

귀스타브 루블레 박사는 유명한 의사였고 한 여자의 남편이자 두 아이의 아버지였으며 이웃 사람들의 존경을 받는 인물이었다. 하지만 어느 날 문득 모든 게 애초부터 자기 안에 있었다는 생각이 떠오르더니 다시는 그의 뇌리를 떠나지 않았다.

그는 방 안에 틀어박혀 명상을 하기 시작했다. 이제 그것 말고 다른 일은 생각할 수가 없었다.

모든 것이 이미 다 내 안에 있다면, 사람들과 부대끼며 세상 속에 사는 게 무슨 소용이 있겠는가?

그는 애거서 크리스티의 소설에 나오는 탐정 에르퀼 푸아로를 떠올렸다. 푸아로는 안락의자에 편히 앉아서도 미궁에 빠진 사건들을 잘 해결하지 않았는가? 귀스타브 루블레는 한동안 자기 방에서 나가지 않았다. 그의 아내는 남편의 내면 여행을 존중하여 음식을 쟁반에 날라다 주었다.

「여보, 어떤 생각이 나를 끈질기게 괴롭히고 있어. 그게 뭔 줄 알아? 세상 속에서 사는 게 아무 쓸모가 없다는 거야. 삶에서 배울 것은 아무것도 없어. 그저 우리가 오래전부터 알고 있던 것을 다시 발견할 뿐이지.」

그녀는 남편 곁에 앉아 상냥하게 말했다.

「여보, 미안하지만 난 당신 생각을 따를 수가 없어. 나는 학교를 다녔고, 거기에서 역사와 지리와 수학과 체조를 배웠어. 수영도 나 혼자 저절로 하게 된 것이 아니라, 수영장에 다니면서 크롤도 배우고 평영과 접영도 배운 거야. 당신과 결혼한 뒤에는 남녀가 짝을 이루어 사는 법을 배웠어. 우리 아이들이 태어난 뒤에는 육아와 자녀 교육을 어떻게 하는지도 알게 되었지. 그 모든 게 실제로 해보기 전에는 모르던 것들이야.」

그는 빵 한 조각을 집어 들고 먹는 둥 마는 둥 하며 깨지락거렸다.

「꼭 그렇다고 볼 수 있을까? 사실 그런 지식은 방 안에 틀어박혀 지냈어도 저절로 생겨날 수 있는 게 아니었을까? 스스로에게 질문을 던짐으로써 말이야. 나는 최근 며칠 동안 방에 혼자 있으면서 배운 것이 세계를 두 바퀴 돌면서 배운 것보다 더 많다고 생각해.」

발레리 루블레는 남편의 말이 하도 어이가 없어 정색을 하며 되받았다.

「만약 당신이 세계 일주를 했다면, 중국 사람들이 어떻게 사는지 알게 되었을 거야. 그런 건 방 안에 틀어박혀서 알 수 있는 게 아니잖아?」

「세계 여행을 안 했어도 난 중국 사람들이 어떻게 사는지 알아. 내 안에서 그것을 알아냈어. 세계의 모든 나라 사람이 어떻게 살고 있는지 나 자신에게 물어보았지. 그러자 이미지들이 섬광처럼 스쳐 갔어. 마치 그들의 삶을 생생하게 담은 그림엽서들을 받은 느낌이었어. 자기 내면을 들여다보면서 진리를 깨닫는 것은 일찍이 무수한 은둔 수행자들이 행했던 일이야.」

발레리는 아름다운 적갈색 머리채를 흔들었다.

「당신이 잘못 생각하고 있는 거야. 갇혀 살다 보면 세상을 보는 안목이 좁아질 수밖에 없어. 당신의 뇌에 아무리 많은 정보가 담겨 있다 해도 현실 세계는 그 정보들을 넘어서 있다고. 세상을 온전히 안다는 게 그리 간단한 일은 아냐.」

「아냐. 당신이야말로 인간의 뇌가 가진 능력을 과소평가하고 있어.」

발레리는 말싸움을 하고 싶지 않았다. 누가 보기에도 자명한 사실을 놓고 이러고저러고 떠들어 봐야 잔소리밖에 되지 않을 것 같았다.

귀스타브는 이제 환자도 받지 않았고 어느 누구도 만나고 싶어 하지 않았다. 심지어는 아이들조차 보려고 하지 않았다. 그를 만날 수 있는 사람은 오로지 그의 아내뿐이었다. 하지만 설령 그를 보더라도 그의 마음을 어지럽힐 가능성이 있는 바깥 세계의 정보는 일절 전해 줄 수가 없었다.

그녀는 매일같이 음식을 날라다 주고 시중을 들어 주면서 남편을 도왔다. 비록 남편의 신념을 공유하지는 않았지만 그의 평온한 명상을 방해하지 않으려고 최선을 다했다.

그는 날이 갈수록 여위어 갔다.

어느 날 그는 이런 생각을 했다. 인간은 먹어야 하고 잠을 자야 하는 한 영원히 자유로울 수 없다. 수면과 음식에 종속된 노예 상태로부터 벗어나야 한다.

그때부터 귀스타브는 커다란 칠판에 어떤 실험과 관련된 도표를 그리기 시작했다. 그 일이 마무리된 뒤에는 갖가지 전자 기구를 주문했다. 그런 다음, 예전에 연구를 함께했던 동료 몇 명을 모아서 그들과 함께 이러저러한 수치를 계산하고 수정하기를 여러 차례 거듭하였다.

귀스타브는 자기가 행하고자 하는 실험이 어떤 것인지 아내에게 설명했다.

「문제는 육신이야. 우리 몸은 살로 둘러싸여 있고 피와 뼈로 가득 차 있어. 이 살과 피와 뼈는 유지와 부양을 요구하고, 세월이 흐르면 쇠약해져. 우리는 육신을 지켜 주고 먹여 주어야 하며 병이 나면 치료를 해줘야 해. 육신은 수면과 음식을 필요로 하지. 하지만 우리의 뇌만 놓고 보면 필요한 것이 그렇게 많지 않아.」

그녀는 남편이 무슨 말을 하려는 건지 도무지 이해할 수가 없었다. 그가 말을 이었다.

「우리 뇌가 하는 활동의 대부분은 다른 기관들을 관리하는 거야. 우리 몸을 유지하고 보호하는 일에 우리 에너지의 대부분이 허비되고 있는 셈이지.」

「하지만 우리의 감각은…….」

「우리의 감각은 우리를 속여. 감각 기관들이 보내는 신호를 있는 그대로 받아들이면 안 돼. 그 정보들을 바탕으로 세계를 해석하다 보면 미망에 빠지기 십상이지. 몸은 우리 생각이 자유롭게 펼쳐지는 것을 가로막아.」

그는 물이 담긴 유리컵을 일부러 쓰러뜨렸다. 물이 카펫 위로 흘렀다. 그의 설명이 이어졌다.

「여기 컵과 물이 있어. 육체가 컵이라면 정신은 물이야.

컵이 없으면 물이 계속 흐르듯이, 육체가 없으면 정신은 자유로워져.」

한순간 발레리는 남편이 미쳐 버린 게 아닌가 하고 생각했다. 어처구니가 없다는 표정을 지으며 그녀가 반박했다.

「그렇다고 해서 육체를 없애 버릴 수는 없어. 그건 죽음이야.」

「꼭 그렇지는 않아. 우리는 정신을 그대로 유지하면서도 육체로부터 벗어날 수 있어. 뇌를 따로 떼어내어 영양액 속에 보존하면 되는 거야.」

그녀는 문득 깨달았다. 책상 위에 쌓여 있는 도표들이 무엇을 의미하는지.

수술은 어느 목요일에 실시되었다. 귀스타브는 아내와 두 자녀와 비밀리에 초청된 몇몇 과학자들이 지켜보는 가운데 자기 자신 속으로 은둔하기 위한 수술을 받았다. 완전한 은둔자가 되기 위해, 외과에서 시행할 수 있는 모든 절제 수술 가운데 가장 극단적인 형태인 전신 절제를 선택했던 것이다.

그의 동료 의사들이 아주 조심스럽게 두개골을 열었다. 그건 자동차 엔진을 점검하기 위해 보닛을 들어 올리는 것과 비슷한 느낌을 주었다. 그들은 정수리에서 도려낸 뼈를 마치 쓸모없는 뚜껑이라도 되는 양 알루미늄 통에 아무렇게나 던져 버렸다. 뚜껑이 열리자, 팔딱팔딱 뛰는 발그스름한 기관이 모습을 드러냈다. 생각을 관장하는 그 기관은 아마도 마취 때문에 생긴 인위적인 꿈에 잠겨 있었을 것이다.

의사들은 뇌에 딸려 있는 기관들을 차례차례 잘라 나갔다. 먼저 시각 신경과 청각 신경을 자르고, 이어서 뇌에 피를 보내는 경동맥을 잘랐다. 그다음에는 등뼈에서 조심조심 척수를 빼냈다. 그런 과정을 거치고 나자 부속물들은 말끔히 제거되고 진짜 뇌라고 할 만한 것만 남았다. 의사들은 매우 신속하게 그것을 투명한 영양액으로 가득 찬 표본병 속에 넣었다. 그럼으로써 뇌는 끄트머리만 남은 경동맥을 통해 영양액 속의 당분과 산소를 직접 얻을 수 있게 되었다. 시각 신경과 청각 신경이 잘려 나간 자리는 기능을 못하도록 끝이 아물려져 있었다. 의사들은 뇌와 영양액을 항상 일정한 온도로 보존하기 위해서 온도 조절 장치를 설치했다.

마지막으로 귀스타브 루블레의 시신을 어떻게 처리하느냐 하는 문제가 남아 있었다. 하지만 그는 진작 그런 문제가 생길 것을 예상하고 만반의 준비를 해놓았다.

그는 사전에 작성해 놓은 유서에서 자기 시신을 가족 묘소에 묻지 말라는 뜻을 분명히 밝혔다. 그 대신 과학이 육신의 굴레에서 해방되도록 자기를 도와주었으므로, 그것에 대한 답례로 자기의 장기와 근육과 연골과 혈액과 갖가지 체액 등을 과학에 바치겠다고 했다. 연구자들이 그것으로 뭔가 좋은 일을 하기를 바란다면서.

「아빠는 돌아가신 거야?」

아들의 물음에 어머니가 황황히 대답했다.

「아냐. 아빠는 여전히 살아 계셔. 단지 모습이 달라졌을 뿐이야.」

막내둥이 딸은 구토증을 느꼈다.

「이제부터는 저게 우리 아빠란 말이야?」

그러면서 아이는 영양액 속에 들어 있는 뇌를 손가락으로 가리켰다.

「그래. 너희는 이제 아빠에게 말을 걸 수도 없고 아빠 말을 들을 수도 없어. 하지만 아빠는 너희 생각을 아주 많이 하실 거야. 다른 사람들은 어떻게 생각할지 몰라도 나는 그러리라고 확신해.」

발레리 루블레는 자신과 아이들이 어떤 상황에 놓여 있는지 잘 알고 있었다. 아이들은 아버지 없이 자라게 될 것이고, 그녀는 남편 없이 늙어 가게 되리라는 것을 말이다.

표본병 속의 분홍빛 살덩이는 그녀의 마음을 아는지 모르는지 투명한 액체 속에 그저 조용히 떠 있을 뿐이었다. 딸아이가 다시 표본병을 가리키며 물었다.

「아빠를 거실에 살게 해요. 그러면 아빠를 매일 볼 수 있잖아?」

처음에 표본병은 거실 한복판을 당당하게 차지하고 있었다. 식구들은 어항처럼 불이 밝혀진 표본병 속의 뇌를 가족의 한 구성원으로 존중해 주었다.

아이들은 때때로 커다란 채소처럼 생긴 그 불그죽죽한 살덩이에 다가가 말을 걸었다.

「아빠, 저 오늘 학교에서 좋은 점수 받았어요. 아빠, 제 말 듣고 계세요? 아빠도 기쁘시죠?」

발레리 루블레는 아이들이 표본병 앞에서 혼자 중얼거리는 것을 볼 때마다 안쓰러운 생각이 들었다. 하지만 그녀 역시 어쩌다 자기도 모르게 뇌를 상대로 이야기하고 있음을 알아차릴 때마다 흠칫흠칫 놀랐다. 그녀는 특히 가정 경제를 꾸려 가는 방식에 관해서 묻곤 했다. 예전에 귀스타브가 그 분야에 대단히 뛰어난 재능을 보였던 터라, 마치 표본병 밖으로 어떤 대답이 새어나올 것만 같았다.

한편, 귀스타브 루블레 박사는 오감의 자극이 전혀 없는 상태에서도 자기 나름의 발전을 이루어 가고 있었다. 그는 잠을 자지도 않았고 꿈을 꾸지도 않았다. 하염없이 생각만 계속하고 있었다. 당연한 얘기지만, 처음엔 자신의 결정이 옳았는가에 관해서 회의를 느꼈다. 가족과 친구들과 환자들을 생각하면서, 그들을 저버린 자신을 책망했다. 하지만 이내 개척자다운 그의 면모가 되살아나면서 오로지 그만이 할 수 있는 실험에 몰입하게 되었다. 일찍이 얼마나 많은 은둔 수행자들이 그처럼 고요한 경지에 도달하기를 꿈꾸었던가! 설령 누가 그를 죽인다 해도 그는 아마 고통을 느끼지 않았으리라.

지식의 광대한 지평이, 내면세계의 무한한 파노라마가 그의 앞에 펼쳐지고 있었다. 그는 정신의 심층으로 잠수함으로써 인간이 상상할 수 있는 가장 기이하고 엉뚱한 여행을 떠난 셈이었다.

세월이 흘러, 발레리 루블레는 할머니가 되었다. 하지만 귀스타브의 발그스름한 뇌에는 주름 하나 생기지 않았다. 자식들이 성장함에 따라 표본병이 그들의 삶에서 차지하는 중요성은 점차 줄어들었다. 소파를 새로 들일 때가 되자, 그들은 아무 생각 없이 귀스타브의 뇌를 텔레비전 옆의 거실 구석으로 밀어 버렸다. 뇌에 다가가 말을 거는 사람은 이제 아무도 없었다.

어느 날 자식들은 자기들 아버지 옆에 어항을 설치하자는 생각을 했다. 처음엔 그 생각에 그들 스스로도 충격을 받았을 것이다. 하지만 사실 투명한 표본병 속에 담긴 뇌를 20년 넘게 보다 보면, 그것이 한낱 가구로 여겨질 만도 하다.

그들은 어항에 이어서 식물들을 귀스타브 주위에 들여놓았고, 그다음에는 아프리카의 조각상과 할로겐램프를 갖다 놓았다.

발레리 루블레가 세상을 떠나던 날, 아들 프랑시스는 아버지의 무심함에 몹시 화가 나서 뇌가 담긴 표본병을 부숴 버리려고 했다. 아버지는 세상에서 무슨 일이 벌어지고 있는지 전혀 모르고 있는 듯했다. 어머니가 세상을 떠났는데도 그는 그저 초연하기만 했다. 인정머리라고는 눈곱만큼도 없는 이 살덩어리를 아버지라고 할 수 있을까? 하고 그는 생각했다.

프랑시스가 표본병을 높이 들어 올려 개수대에 던져 버리려고 하던 찰나 누이동생이 그를 제지하였다. 귀스타브는 가까스로 죽음을 모면했지만, 아들이 그렇게 화를 내는 바람에 거실에서 주방으로 쫓겨 가는 신세가 되었다.

그리고 다시 세월이 흘러…….

프랑시스 루블레와 그의 누이동생도 세상을 떠났다. 프랑시스는 죽기 전에 자기 아들에게 일렀다.

「저 뇌가 보이지? 저기 표본병 속에 들어 있는 것 말이다. 저것은 80년 전부터 명상을 계속하고 있는 네 할아버지의 뇌다. 네가 책임지고 저것을 보살피거라. 온도를 일정하게 유지하고 때때로 영양액을 갈아 주어야 한다. 뇌가 기능하는 데에는 당분이 그다지 많이 필요하지는 않다. 포도당 1리터면 6개월 동안 영양을 공급하기에 충분할 게다.」

그러는 동안에도 귀스타브는 생각을 계속하고 있었다. 그는 수십 년의 시간을 유익하게 활용하여 인간의 사고와 관련된 많은 비밀을 알아냈다. 그는 뇌로만 남음으로써 완전한 묵상에 들어갈 수 있었을 뿐만 아니라 수명을 연장하기까지 했다. 처음에는 명상을 하는 데에 약간 어려움을 겪기도 했지만, 시간이 지날수록 명상의 효율성은 어마어마하게 높아졌다. 그가 어떤 문제에 대한 해답을 찾는 속도는 갈수록 빨라졌다. 그리고 그 해답들이 서로 대조되고 검증되면서 또 다른 방식으로 문제가 제기되고, 그에 따라 다시 새로운 해답이 나타나곤 했다. 그의 사고는 마치 갈수록 가지가 복잡해지는 나무처럼 뻗어 나갔다. 사고의 가지들은 종종 서로 대비되고 보완되면서 새로운 가지들을 낳았다.

물론 그에게도 때때로 그리움과 아쉬움이 찾아왔다. 아내 발레리와 자식들과 생크림 케이크가 그리웠고, 몇몇 텔레비전 프로그램과 뭉게구름 피어나는 하늘과 별이 총총한 밤도 보고 싶었다. 밤에 잠을 자면서 환상적인 장면들이 영화처럼 펼쳐지는 꿈을 꾸어 보고 싶기도 했다. 쾌감이나 추위나 더위 같은 것을 느껴 보고 싶었다. 심지어는 고통마저도 그리웠다.

사실 자극이 사라진 삶은 그저 고요하기만 한 게 아니라 한편으로는 무척 따분했다. 하지만 귀스타브는 그 실험을 후회하지 않았다. 치러야 할 대가가 적지는 않았지만, 삶의 의미와 세상의 이치를 깨닫는 것에 비하면 그쯤은 아무것도 아니었다. 그는 자기 안에 어마어마한 능력이 있음을 알게 되었고, 그 능력을 발견하는 방법도 터득하였다. 뇌에는 보통 사람들이 생각조차 하지 못하는 어떤 영역들이 있었다. 그는 그 영역들을 탐색하여 25개의 상상력 층을 발견했다. 이 상상력 층들은 저마다 대단히 복잡한 환상들을 백여 개씩 품고 있었다. 그는 인간의 사고에 관한 기존의 개념들을 근본적으로 바꾸어 버릴 만한 사실들을 발견했다. 그것들을 다른 사람들에게 전달할 수 없다는 게 얼마나 안타까운지 몰랐다. 처음에 발견한 25개의 상상력 층은 의식의 영역에 속하는 것이었지만, 그 밑에는 무의식의 영역에 속하는 상상력 층이 9천8백72개나 더 있었다.

그는 자기가 파이프오르간 음악을 좋아하는 진정한 까닭이 무엇인지도 알아냈다. 파이프오르간은 인간의 내면을 파고드는 소리를 가장 풍부하게 지닌 악기인 것이 틀림없었다. 그에게는 이제 그 악기의 소리를 들을 수 있는 귀가 없다는 게 참으로 아쉬웠다.

프랑시스의 아들이 죽었다. 그도 죽기 전에 자기 아들에게 이렇게 일렀다.

「저기 주방 찬장 위에 있는 표본병이 보이지? 그 안에 들어 있는 것은 네 증조부의 뇌다. 영양액을 때때로 갈아주고 온도를 일정하게 유지해 주어라. 또 바람이 너무 들어가지 않도록 신경을 써야 한다.」

그 덕분에 귀스타브는 명상과 정신세계 탐사를 계속할 수 있었다. 이제 그가 탐사하는 것은 상상력이나 기억이 아니라 전혀 다른 것이었다. 그는 그것을 〈삼투(滲透)〉라고 명명하였다. 그것은 인간이 아직 활용하지 않는 사유 방식으로서 그 주된 작용은 개념과 개념이 서로 스며들게 함으로써 개념 간의 분리와 대립을 소멸시키는 것이었다.

이 삼투는 정신을 황홀하게 하고 상상력의 또 다른 층으로 통하는 길을 열어 주었다. 무의식보다 더 깊은 삼투의 영역에도 상상력의 새로운 광맥이 숨어 있었던 것이다.

「엄마, 저건 웬 고깃덩어리야. 저 위의 어항 속에 들어 있는 거 말이야.」

「그거 만지면 안 돼, 빌리.」

「물고기야?」

「아냐. 그런 거면 얼마나 좋겠니? 저건 네 조상님 중의 한 분이시다. 아직 살아 계시지만 남아 있는 건 뇌뿐이지. 우리 집안 대대로 저 뇌를 가보처럼 보관해 왔단다. 하지만 우리가 할 일은 별로 없어. 그저 온도나 잘 맞춰 주고 이따금 포도당만 갈아 주면 돼.」

이틀 후 빌리가 친구들을 집에 데려왔다. 친구들은 모두 그 표본병에 호기심을 느꼈다.

「우와……. 우리 저걸 내려 가지고 볼까?」

「안 돼. 엄마가 손대면 안 된다고 하셨어.」

귀스타브는 삼투의 영역보다 더 깊은 곳에서 한결 황홀한 상상력의 영역을 발견했다. 가장 기이하고 엉뚱한 꿈들과 광기의 발작이 오는 곳이 바로 거기였다. 그가 〈몽환〉의 영역이라고 이름 붙인 그 부위는 이해력이나 창의성과 관련된 18만 개의 층으로 나뉘어 있었고, 각각의 층에는 더없이 기상천외한 발상들이 들끓고 있었다. 귀스타브는 행복했다. 이제 그는 자신의 정신세계 속에 은둔해 있는 것이 전혀 따분하지 않았다.

그때 갑자기 그는 무언가가 자기를 따끔따끔하게 만들고 있음을 느꼈다.

「안 돼, 그만해!」

빌리가 제 친구에게 소리쳤다.

「네가 케첩을 계속 거기에다 부으면, 내가 오늘 저녁에 먹을 게 없잖아!」

귀스타브의 뇌는 영양액 속에 새로운 물질이 들어왔음을 느꼈다. 그 물질은 엄청난 환각 효과를 불러일으켰다. 기상천외한 발상들로 들끓던 몽환의 영역에 섬광이 번쩍거리면서 지진과도 같은 격동이 일었다. 그는 10분 만에 몽환의 영역을 구성하는 18만 개의 층을 다 둘러보았다.

아이들은 귀스타브의 뇌에 미세한 경련이 일고 있음을 알아차렸다.

「살아 있어. 이게 움직여. 네 조상님은 소스를 좋아하시나 봐! 우리, 식초를 조금 부어 볼까?」

다시 섬광이 번쩍였다. 식초는 케첩보다 훨씬 더 많은 효과를 불러일으켰다. 어마어마한 효과였다. 굉장한 사건들이 귀스타브의 내면세계를 뒤흔들었다. 검은 회오리바람이 불고, 짙은 청색 바위들 속에서 형광을 발하는 주황색 액체들이 분출하는가 하면, 김이 모락모락 나는 피가 물결을 이루고 머리가 작은 해마의 모습으로 바뀐 박쥐들과 우스꽝스러운 얼굴들이 나타났다.

귀스타브의 정신은 어떤 종류의 환각 상태보다도 기괴하고 황당한 세계를 여행하고 있었다. 갑자기 잔디밭이 펼쳐지는가 했는데, 풀줄기 하나하나가 모두 날 선 단검으로 변했다. 몽환 속에서조차 그에겐 다리가 없었다. 그는 그것을 다행스럽게 생각했다. 그의 뇌는 날카로운 칼끝에 스칠 듯 말 듯한 높이로 날고 있었다. 그는 잔디를 마치 한 조각의 카펫인 양 들어 올려 몽환의 영역 밑에 감추어진 새로운 세계를 발견하였다. 그가 〈카타르시스〉라고 명명한 그 세계는 은하와 항성과 행성들을 품고 있는 하나의 완전한 우주였다. 뇌 속의 몽환 영역 바로 아래에 하나의 우주가 숨어 있었던 것이다. 그의 뇌 속에 수십 억 개는 족히 될 만큼 많은 별이 있다는 것은 정말 굉장한 일이었다.

빌리의 어머니가 집에 돌아왔다. 참으로 희한한 광경이 그녀를 기다리고 있었다. 아이들이 조상님의 뇌를 생크림과 딱딱한 과일로 뒤덮어 놓고는 계속해서 그 위에다 아무것이나 닥치는 대로 쏟아 붓고 있었다.

「뇌만 남은 아저씨, 잼을 좀 더 드릴까요?」

빌리의 어머니는 아이들을 쫓아냈다. 그런 다음 역겨움을 참아 가며 조상의 뇌를 수돗물에 헹궈 다시 표본병 속에 넣었다. 그녀는 뇌를 수돗물에 헹구는 게 잘하는 일이라고 믿었다.

수돗물은 염분이 없기 때문에 뇌의 무수한 신경세포를 파괴시켰다. 수돗물이 케첩이나 생크림보다 더 해롭다는 사실은 이내 분명해졌다. 케첩과 생크림에 덮여 있을 때에, 귀스타브는 우주적인 정신세계를 더없이 빠른 속도로 돌아다녔다. 그 세계는 무어라고 더 형용할 말이 없을 만큼 굉장한 세계였다. 알베르트 아인슈타인은 인간의 뇌가 10퍼센트밖에 사용되지 않는다고 주장했다. 그의 생각은 틀렸다. 귀스타브 루블레가 확인한 바에 따르면, 인간은 자기들의 뇌가 지닌 능력의 1백만분의 1밖에 활용하지 않는다.

빌리의 학교 친구들은 빌리 어머니가 다시는 손을 대지

말라고 타일렀음에도, 표본병과 그 안에 든 이상한 물건에 부쩍 더 관심을 보였다. 어쩌면 하지 말라고 하니까 오히려 호기심이 더 생겼는지도 몰랐다. 친구들의 성화에 시달리던 빌리는 이참에 용돈이나 좀 벌어 보자는 심산으로 돈을 받고 아이들에게 구경을 시켜 주기로 했다.

「이게 뭐야?」

「우리 조상님이야.」

「뇌 아냐?」

「맞아. 몸속에 들어 있는 게 싫증나서 몸을 버리고 나오셨나 봐.」

「미친 사람이었구나!」

「아냐. 미친 사람 아니었어. 그리고 엄마가 그러는데, 이 분은 아직 살아 계신 거래.」

그러자 한 녀석이 짜증을 내며 다짜고짜 영양액 속에 두 손을 담그더니 뇌를 홱 꺼내 들었다.

「야, 조심해! 그거 만지면 안 되는 거야!」

빌리가 소리쳤다. 녀석은 그 서슬에 깜짝 놀라 뇌를 타일 바닥에 떨어뜨렸다.

「우리 조상님을 도로 영양액 속에 넣어 줘!」

하지만 벌써 다른 아이들이 그것을 서로 주거니 받거니 하면서 장난을 치고 있었다. 마치 럭비공을 가지고 노는 듯한 광경이었다.

「우리 조상님을 돌려줘!」

빌리의 항의는 아무 소용이 없었다. 뇌는 잉크로 얼룩

진 손에서 잼이 묻은 손으로 넘어갔다. 결국엔 한 아이가 농구공을 바스켓에 던져 넣듯이 그것을 쓰레기통에 골인시켰다. 빌리는 그것을 다시 꺼낼 엄두가 나지 않았다. 그래도 어머니에게 뇌가 없어진 사실은 알려야 했다. 빌리는 어떤 아이가 그것을 훔쳐 간 모양이라고 거짓말을 했다.

쓰레기통에 뇌가 들어 있다는 것을 알 턱이 없는 빌리 아버지는 그것을 가지고 내려가 집 앞에 놓인 쓰레기 수거함에 비워 버렸다.

영양액을 잃은 귀스타브는 무슨 영문인지도 모르는 채 죽어 가고 있었다.

거리를 떠돌던 개 한 마리가 냄새를 맡고 와서 그를 쓰레기 수거함에서 끌어냈다. 세상의 모든 은둔 수행자들 가운데 가장 완전하고 가장 연륜이 깊은 귀스타브 루블레를 궁지에서 건져 낸 것이다. 하지만 개에게는 그 뇌가 한낱 고깃덩어리일 뿐이었다. 귀스타브는 허망하게 개의 먹이가 되고 말았다.

자기 자신을 탐구하기 위해 자신의 내면으로 떠났던 한 남자의 깊디깊은 사유는 그렇게 끝이 났다.

죽음을 맞기 직전에 귀스타브는 깊은 내면세계의 밑바닥에 닿았다. 하지만 명상을 끝내면서 그가 발견한 것은 하나의 심연뿐이었다. 그 심연을 보고 그는 아찔한 기분을 느꼈다.

그러자 문득 죽음이야말로 진정으로 흥미진진한 마지

막 모험이라는 생각이 들었다. 그는 평온하게 죽음을 받아들였다.

개는 식사를 끝내고 가볍게 트림을 하였다. 그리하여 귀스타브 루블레의 사유 중에서 아직 남아 있던 것들이 모두 저녁 공기 속으로 흩어져 버렸다.

취급 주의: 부서지기 쉬움

「이게 뭐예요?」

「네 크리스마스 선물이다!」

「오 아빠, 제가 바라던 카우보이 장난감 세트를 사 오신 거예요?」

아버지는 잠시 머뭇거렸다.

「꼭 그런 건 아니고…….」

아이는 아까부터 눈독을 들이던 그 커다란 물건에 달려들어 서둘러 포장을 뜯고는 거치적거리는 형광색 종이와 나선형으로 꼬아 만든 리본을 발로 뭉개면서 종이 상자 하나를 빼냈다.

상자에는 〈위〉와 〈아래〉라는 말과 함께 측면에 〈취급 주의: 부서지기 쉬움〉이라는 경고문이 적혀 있었다.

상자 안에 든 것은 일종의 커다란 어항이었다. 보통 어항과 다른 점이 있다면 속이 컴컴하고 앞부분에 계기판이 달려 있다는 것이었다. 계기판은 다수의 눈금판과 〈융합〉,

〈중력〉, 〈폭발〉, 〈담그기〉, 〈고열 굽기〉, 〈저열 굽기〉, 〈분산〉, 〈고압〉, 〈저압〉, 〈안개〉, 〈벼락〉 같은 말들로 장식되어 있었다.

아이의 눈이 휘둥그레지더니 반짝반짝 빛나기 시작했다.

「야아, 멋지다! 이거 꼬마 화학자 세트 맞죠?」

「아냐. 그보다 훨씬 더 좋은 거야. 네가 늘 갖고 싶어 하던 거지.」

그 말에 아이는 아버지의 속마음을 알아차렸다. 이번 선물도 아이를 위한 것이라기보다 아버지 자신을 위한 것이었다. 아버지는 크리스마스 때마다 아이에게 선물을 사준다고 하면서 사실은 자기 자신의 은밀한 욕망을 채우기 일쑤였다.

「이건 아주 새로운 장난감이야. 네가 지금까지 가지고 놀아 본 그 어떤 장난감보다 복잡하고 정교한 거지. 값도 최고로 비싸.」

아이는 석연치 않은 마음으로 그 물건을 요모조모 살피기 시작했다.

「열대어를 기르는 어항인가요?」

「조금 비슷해.」

「커다란 빙과를 만드는 기계 같기도 하고…….」

「아냐. 그런 거하고는 너무 거리가 멀어.」

「그럼 날아다니는 꼬마 병정들을 가지고 노는 기구인가요?」

「다시 정답에 가까워지고 있어.」

선물을 앞에 놓고 수수께끼 놀이를 한다는 것 자체가 또 하나의 작은 선물이었다.

아이는 궁금해서 못 견디겠다는 표정을 짓고 있었다.

「인형 놀이의 무대를 만들어 내는 기계인가요?」

「이제 맞히기 일보 직전이야.」

「모르겠어요. 맞히는 거 포기할래요.」

아이는 짜증이 나는 모양이었다.

「이건 세계를 창조하는 기계야.」

아이는 미심쩍어하는 눈치를 보였다. 호기심과 실망이 반반씩 섞인 듯한 표정이었다.

「이 상자에 뭐라고 써 있는지 봐라. 〈꼬마 조물주〉라고 되어 있잖아. 이거 새로 나온 장난감이야. 네 마음에 들 거다, 제스.」

제스는 전선, 어댑터, 건전지 등 기계와 함께 들어 있던 갖가지 부품들을 꺼냈다.

「이거, 복잡해 보이는데요.」

「네가 나에게 입버릇처럼 말한 게 있지? 장난감들을 가지고 놀 때의 문제는 너무 빨리 싫증이 나는 것이라고 말이야. 나는 네가 오랫동안 가지고 놀 수 있을 것이라고 생각해서 이 〈꼬마 조물주〉를 샀어. 운이 좋으면, 이 장난감이 내년 크리스마스 때까지 갈 수도 있을 것이라고 생각했지. 그런데 너 뭐 잊은 거 없니?」

아버지는 자기 뺨에 집게손가락을 갖다 대고 아이의 반응을 기다렸다.

「아, 뽀뽀하는 걸 잊었네요. 아빠, 선물 고마워요! 제가 이것을 좋아하게 될 거라는 느낌이 들어요. 어쨌거나 제 친구들 중에서 이런 걸 가진 애는 한 명도 없으니까요.」

제스는 새삼스럽게 고마운 마음이 솟구쳤는지 아버지의 목을 껴안고 입맞춤을 퍼부었다.

「자, 이제 너 스스로 사용 설명서를 보면서 놀이 방법을 익히렴. 나는 거실에 가서 신문을 봐야겠다.」

그러면서 아버지는 주방에 있는 아이 어머니에게 갔다.

「제스가 저것을 좋아하게 될 거야.」

그의 어조에는 자신감이 넘쳤다.

「그리 쉽지는 않을걸. 애가 원하는 대로 카우보이 장난감 세트를 사주는 게 나았을지도 몰라.」

「카우보이 세트를 가지고 노는 아이들은 쌔고 쌨어. 하지만 〈꼬마 조물주〉 세트를 가진 애들이 얼마나 되겠어? 나는 우리 제스가 철이 들어서 이것이 그 우스꽝스럽고 변변찮은 복장과 어떤 점에서 다른지를 깨닫게 될 것이라고 생각해. 게다가 이게 더 비싼 거야.」

그 말끝에 그는 흐뭇한 웃음을 지었다. 비록 돈은 적지 않게 들었지만, 아들의 지력 향상을 위해 아낌없이 지출을 감수했다고 생각하니 기분이 좋았다.

「가게 종업원들이 요즘에 많이 팔리는 장난감이라고 하지 않았어?」

「〈꼬마 조물주〉 말이야? 천만에. 이건 신상품이야. 내 생각엔 내가 그것을 산 첫 번째 고객이 아닌가 싶어. 가게 주인이 나한테 이렇게 말했거든. 〈사용해 보시고, 광고에서 말하는 것만큼 재미있는지 저에게 말씀해 주시겠어요?〉 하고 말이야.」

그는 파이프에 불을 붙이고 신문을 펼쳐 들었다. 아이의 방에서 상자들을 열거나 물건들을 다루는 소리가 들려왔다. 10분쯤 지나서 마침내 제스가 소리쳤다.

「못하겠어요! 아빠, 이리 와서 나 좀 도와주세요!」

아버지는 아이가 원망스럽다는 듯이 한숨을 내쉬었다. 관심이 가는 기사 하나를 마저 읽고 싶었다. 대도시에 쥐들이 다시 들끓는 것과 관련된 흥미진진한 기사였다. 하지만 아이가 계속 도와 달라고 소리치는 통에 그는 신문을 접고 자리에서 일어섰다. 따지고 보면, 그런 종류의 선물을 아이에게 주었을 때는 선물을 준 사람으로서 최소한의 애프터서비스를 각오했어야 했다. 따라서 귀찮더라도 아이의 요구를 들어줄 수밖에 없는 것이었다.

「문제가 뭐야?」

「사용 설명서를 읽어 봤는데, 무슨 말인지 하나도 모르겠어요. 이거 어떻게 움직이는 거죠?」

아버지는 사용 설명서를 대충 훑어보았다. 그것은 엉터리 번역에 장정까지 허술한, 흔히 보는 사용 설명서들 중의 하나인 게 분명했다. 그는 안경을 끼고 설명서의 내용을 찬찬히 연구하였다.

「봐라, 먼저 전기에 접속시키는 방법을 선택해야 해. 건전지를 사용할 수도 있고 교류 전원에 직접 연결할 수도 있어. 어느 게 더 좋겠니?」

「건전지를 사용하는 거요.」

「좋아.」

아버지는 건전지 넣는 곳의 작은 뚜껑을 열고 1.5볼트짜리 건전지 여섯 개를 끼워 넣었다. 그런 다음 〈설치〉 항목의 페이지가 펼쳐져 있는 사용 설명서를 다시 들었다.

「모든 게 여기 나와 있으니까, 잘 읽어 보면 돼.」

그가 목청을 돋워 낭독을 시작했다.

〈꼬마 조물주를 선택하신 행복한 구매자 여러분, 이제 여러분의 세계를 창조할 차례입니다. 여러분이 책임지게 될 이 작은 세계를 우주라 부르기로 합시다. 본격적인 창조에 들어가기 전에 몇 가지 주의할 점을 말씀드려야겠군요. 먼저 여러분의 우주를 통풍이 너무 잘되는 곳이나 습기가 많은 곳에 두지 않도록 해야 합니다. 이상적인 온도는 19도입니다. 대개는 여러분 가정의 실내 온도와 비슷하겠죠?〉

아버지와 아들은 벽에 걸린 온도계를 보면서 그 첫 번째 조건이 충족되는지를 확인했다. 그런 다음 아버지가 설명서를 계속 읽어 나갔다.

〈다음으로 만일 여러분 집에 고양이가 있다면, 여러분의 우주에 철망을 둘러 고양이가 접근하지 못하게 하십시오. 한창 생성되고 있는 여러분의 우주가 고양이 때문에 망가지는 일이 생기면 안 되니까요.〉

아이는 얼른 예양이를 복도로 쫓아 버렸다. 예양이는 그들이 〈예쁜 고양이〉라는 뜻으로 그들의 암고양이에게 붙여 준 이름이었다. 예양이는 기분이 상하여 야옹 하고 울었다. 아이가 새로운 장난감에 마음이 팔려서 자기를 멀리하는 것은 처음 있는 일이 아니었다. 장난감 따위를 먹을 예양이가 아닌데, 주인이 그걸 모르고 있으니 어쩔 도리가 없었다. 하지만 예양이는 알고 있었다. 아이가 결국에는 장난감에 싫증을 내고 자기의 보드랍고 다사로운 털가죽을 쓰다듬는 기쁨을 맛보러 돌아오리라는 것을.

아버지는 주의 사항을 계속 나열했다.

〈여러분의 우주를 서랍장이나 책상의 모서리 쪽에 위태롭게 올려놓지 마십시오. 바닥에 떨어져서 부서질 염려가 있습니다.〉

〈우주의 벽은 단단하지만, 망치나 무거운 물건으로 벽을 두드리는 것은 금물입니다.〉

〈하드록과 같은 너무 강렬한 음악을 여러분의 우주 근처에서 듣는 것을 삼가세요.〉

〈때때로 클래식 음악을 잔잔하게 들려주는 것은 여러분의 우주가 성장하는 데에 도움을 줄 것입니다.〉

〈여러분의 우주 안에 있는 물건이나 장치들을 밖으로 나오게 하면 안 됩니다.〉

〈어떠한 일이 있어도 우주 안을 휘저어 별들을 뒤섞지 마십시오.〉

〈경고: 우주 안에는 먹을 수 있는 것이 전혀 없습니다.〉

아버지는 몇 페이지를 건너뛰고 나서 다시 읽기 시작

했다.

〈건전지를 넣거나 220볼트의 접속 단자에 플러그를 꽂으셨으면, 우주의 진화 제1단계를 시작하셔도 됩니다. 그러기 위해서는 마치 화분에 꽃씨를 심듯이 빛의 씨앗을 심으셔야 합니다. 그러면 그 씨앗에서 당신의 세계가 싹트게 될 것입니다.〉

〈빛의 씨앗을 심는 것, 다시 말해서 최초의 섬광을 일으키는 것을 빅뱅이라고 합니다. 이 섬광을 일으키려면 우주의 뇌관을 이용해야 합니다. 빅뱅이 일어나지 않으면 별들이 퍼져 나갈 수 없습니다. 여러분이 구입하신 제품의 포장 상자 안에는 뇌관을 치는 공이와 수소 뇌관이 하나씩 들어 있을 겁니다. 공이를 어항 왼쪽 내벽에 부착하고 수소 뇌관을 빅뱅 탱크 안에 설치하십시오. 주의: 일단 빅뱅이 일어나면 일을 되돌리기가 불가능하니, 서두르지 말고 방법을 충분하게 숙지한 뒤에 실행하시기 바랍니다. 각각의 빅뱅은 하나의 우주에 해당합니다. 따라서 이 첫 단계에 정성을 기울이는 것이 매우 중요합니다.〉

「빅뱅을 멋지게 일으키려면 어떻게 해야 되죠?」

제스의 물음에 아버지는 사용 설명서의 해당 항목을 읽어 주었다.

〈뇌관을 가능한 한 세게 때려야 합니다. 그러자면 공이가 중심을 향해서 날아가게 해야 합니다. 만약 공이가 가장자리 쪽으로 가게 되면, 여러분의 우주는 어항의 내벽에 부딪혀 무르익은 무화과처럼 으스러질지도 모릅니다. 그

건 결코 우리가 바라는 결과가 아닙니다.〉

「제가 해볼게요!」

아이는 빨리 해보고 싶어서 안달이 나 있었다.

「잠깐, 기다려. 아직 다 안 읽었어.」

하지만 제스는 이제 알 건 다 알았다고 생각하면서 벌써 뇌관을 설치한 뒤였다.

「안 돼, 1분만 더 기다려. 여기 이런 설명이 있어…….」

너무 늦었다. 제스가 이미 방아쇠를 당겨 공이를 어항의 중심으로 날려 버린 것이다.

공이가 뇌관을 때리면서 굉장한 폭발이 일어났다. 천둥소리처럼 요란한 폭발음이 어항을 벗어나 주위를 진동시켰다. 벽과 유리창이 흔들리고 벽에 걸린 그림들이 떨어졌다. 자잘한 실내 장식품들이 나뒹굴고 책꽂이에서 책들이 마구 굴러 떨어졌다.

위층 사람들은 그 소동에 항의하기 위해 신발로 바닥을 두드려 댔다.

이게 웬 사달이냐 하면서 아이 어머니가 한 손에 브로콜리 퓌레 냄비를 든 채 달려왔다. 그녀의 아들과 남편은 커다란 어항을 마주하고 앉아 있었다. 그녀가 물었다.

「아니, 어디에서 그토록 요란한 소리가 난 거야?」

「얘가…… 하나의 우주를 창조하려고 했어. 하지만 내가 사용 설명서를 다 읽기도 전에 벌어진 일이라, 빅뱅이 제대로 일어났는지 모르겠어.」

어머니는 검은 유리 어항에 다가가서 찬찬히 살펴보았

다. 마치 한 송이 꽃이 피어나는 것처럼 빛이 천천히 퍼져 나가고 있었다. 빛의 꽃부리에서 먼지 같은 별들이 수줍게 반짝이기 시작했다. 마치 자기들의 무대가 될 우주의 크기가 어느 정도나 되는지를 가늠해 보고 있는 듯한 모습이었다.

「와, 정말 대단했어요! 빅뱅이 얼마나 멋있었는지 엄마도 보셨어야 하는 건데. 방아쇠를 당기자마자 불꽃이 번쩍하더니 하얀 먼지가 퍼져 나갔어요.」

어머니는 홀린 듯이 어항 속을 들여다보고 있었다. 빛의 꽃송이가 비틀리고 있었다. 마치 침묵으로 울부짖고 있는 듯했다. 한순간, 그녀는 꽃이 제 뱃속에 숨겨 두었던 별들을 고통스럽게 토해 내고 있다는 느낌을 받았다. 꽃이 토해 낸 물질과 에너지의 가루들이 반짝반짝 빛나고 있었다.

아버지는 아들이 빅뱅을 일으키는 데에 성공했음을 알려 주었다.

「자아, 이로써 너는 하나의 우주를 창조한 거야.」

「굉장하네요.」

「하지만 조심해라. 네 우주는 저절로 아무렇게나 발전해 가지 않을 거야. 그랬다가는 혼돈이 오고 말겠지. 네가 계속 네 우주를 지켜보면서 돌보아야 해. 그건 분재를 가꾸는 것과 조금 비슷한 일이야. 끊임없이 다듬어 주고 바로잡아 주어야 해. 정성을 많이 들여야 하는 일이지.」

어머니는 갑자기 골치가 아프기라도 한 것처럼 한 손을 이마로 가져갔다.

「분재 얘기가 나왔으니 말인데, 얘는 분재를 하겠다고 해놓고는 일주일 만에 그만두어서 나무를 죽이고 말았어. 햄스터를 키우고 싶다고 해서 사줬을 때도 마찬가지야. 햄스터가 볼펜을 먹고 죽도록 내버려두었으니까 말이야. 여보, 내가 진심으로 하는 말인데, 우리의 소중한 금발 아이에게는 한 세계를 돌보는 일이 너무나 벅찰 거야.」

「아니, 아니에요. 이번엔 다를 거예요. 아주 잘 돌볼게요. 약속해요.」

「이 녀석아, 너는 전에도 지금과 똑같은 말을 했어.」

「아빠, 내 우주를 돌보려면 어떻게 해야 하는지 가르쳐 주세요. 어서요, 어떻게 하는 거죠?」

아버지는 다시 설명서를 골똘히 들여다보고 나서 계기판의 손잡이들을 가리켰다.

「이게 파동을 내보내는 장치인데 이것을 이용해서 우주에 역장(力場)을 보낼 수 있대.」

「역장요? 그게 무엇에 쓰이는 건데요?」

아버지는 대답 대신 아들을 물끄러미 바라보았다. 사실 그 문제에 대해서는 그도 전혀 아는 바가 없었다. 그는 설명서를 집어 들고 용어 해설에서 〈역장〉이라는 말을 찾아보았다.

하지만 아이는 인내심을 잃어 가고 있었다. 조금 전의 열광은 시들해지고 회의가 다시 고개를 들었는지 표정이 뾰로통했다.

「아유, 아빠! 이건 장난감이 아니라 매우 복잡한 실험실이네요. 이런 것을 저에게 선물한 것이 정말 잘하신 일인지 모르겠어요. 꼭 조물주들을 공부시키는 학교에 와 있는 기분이 들어요. 법칙과 규칙을 기억하고 방법을 익혀야만 해요. 이런 것도 장난감이라고 할 수 있을까요? 차라리 전기 열차나 카우보이 세트를 사주시는 게 낫지 않았을까 싶어요. 전기 열차 세트에는 역도 있고 산도 있으니까, 그것 역시 하나의 세계가 아니겠어요?」

아이는 검은 어항 속을 다시 들여다보았다. 빛의 꽃송이가 계속 꽃잎을 펼치고 있었다.

아버지는 자기 선물이 매력을 잃어 가고 있다는 게 못마땅해서 설명서를 신경질적으로 팔랑팔랑 넘겼다. 어머니는 어깨를 으쓱해 보이고는 주방으로 돌아갔다.

「그만하고 저녁 먹으러 와. 음식이 식고 있어.」

하지만 아버지는 그렇게 쉽게 포기하고 싶지 않았다.

「아, 찾았다! 〈역장: 이것은 여러분의 우주를 움직이는 일종의 지렛대 같은 것입니다. 이것을 이용해서 여러분은 생성되어 가고 있는 우주에 영향을 미칠 수 있습니다. 《실습》 항목 참조.〉」

아버지는 해당 항목을 찾아 다시 책장을 훌훌 넘겼다. 그의 이마에 땀방울이 송골송골 맺히기 시작했다.

비싼 장난감을 선물해서 열광은커녕 그렇게 시큰둥한 반응밖에 얻지 못한다는 건 정말이지 분통 터지는 일이 아닐 수 없었다. 그는 자기의 실수를 인정했다. 너무 높은 곳을 겨냥한 게 그의 실수였다. 아들 제스는 그렇게까지 인내심이 많은 아이는 아니었다.

「첫 번째 실습은 A 크기의 항성을 만드는 거란다.」

그때 주방에서 어머니의 목소리가 들려왔다.

「여보, 와서 식사해. 제스보다 자기가 더 그 장난감을 좋아하는 거 아니야?」

「제스가 사용법을 익히도록 도와줘야 돼. A 크기의 항성을 만들려고 하는 중이야.」

제스는 역장 손잡이를 기울여 에너지로 수소 구름에 불을 붙이는 방법을 터득했다. 손잡이를 놀리는 것이 완벽하지는 않았지만 그런대로 괜찮아 보였다. 그다음에 제스는 불의 구름들을 모아서 빛의 덩어리를 만드는 방법을 배웠다. 그리하여 A 크기의 항성 하나를 만들어 냈다.

「잘했어, 아주 훌륭해!」

아버지는 희망을 되찾아 가고 있었다. 그는 다시 사용설명서를 뒤져 다음 단계의 실습이 무엇인지를 알려 주었다.

〈실습 2: 행성 만들기. A 크기의 항성을 만들 때처럼 하되, 항성의 불을 바로 꺼버림으로써 항성이 고체 덩어리로 변하게 해야 합니다. 이후에 이 덩어리는 점차 식어 가게 됩니다. 실습 3: 생명 만들기. 아미노산을 결합해서 세포를 만드는 것으로 시작합니다.〉

아버지는 시험관에서 몇 가지 아미노산을 꺼내더니 설명서에 지시된 용량에 따라 피펫을 이용하여 그것들을 한데 섞었다. 그런 다음, 작은 상자 안에 들어 있던 운석들 위에 혼합된 아미노산을 부었다. 이 운석들은 곧바로 행성들 위로 떨어져 산산조각이 났다.

「와아! 별똥돌이 행성에 떨어져 생명이 나타나는 거예요? 그렇다면 정자가 난자 속으로 들어가는 것과 비슷한 거군요.」

아버지는 아들의 그 비유에 깜짝 놀랐다. 하지만 아들이 학교에서 초보적인 성교육을 받기 시작했다는 사실을 이내 기억해 냈다. 그들은 10분 만에 세 가지 실습을 성공적으로 마쳤다. 어항 속은 파랑, 초록, 노랑 등의 빛깔이 있는 작은 알갱이들이 생김으로써 한결 다채로워졌다. 그 작은 알갱이들이 바로 행성들이었다.

「이 행성들에게 이름을 지어 주거나 번호를 매겨 주어야 할 거야. 그러지 않으면 온통 뒤죽박죽이 되고 말 거다.」

아버지는 이제까지의 결과에 상당히 만족스러워하면서, 내친 김에 다음 과제를 일러 주었다.

「네 번째 실습은 의식 만들기로구나.」

그들은 사용 설명서를 보면서 다시 몇 분 동안 기계와 씨름하였다. 하지만 자기들이 창조해 낸 생명에 의식을 불어넣는 데에는 성공하지 못했다. 네 번째 실습은 정말이지 그들의 능력에서 벗어나 있는 것처럼 보였다.

「설명서에는 이렇게 나와 있어. 만일에 우리 우주의 동물들이 〈의식〉을 갖지 못하게 되면, 전이 방식을 사용해야 한다고 말이야. 우리가 작은 마이크를 통해서 말을 하면, 우리 동물들은 자기들의 언어로 번역된 메시지를 받는다는 거야.」

그때 어머니가 나타났다. 화가 잔뜩 난 모습이었다.

「계속 이럴 거야? 하더라도 저녁 먹고 나서 해. 수플레가 식어서 다 쭈그러들었어. 장난감이 그렇게 좋아? 당신은 어른이 왜 그래? 어른이면 어른답게 좀 더 사려 깊은 행동을 보이는 게 좋지 않겠어? 그리고, 제스 너, 숙제는 다 하고 노는 거야?」

두 부자는 마지못해 자기들의 인공 우주를 버려두고 주방으로 갔다.

저녁을 먹고 나서 그들은 피조물들에게 의식을 만들어 주려는 시도를 계속했다. 하지만 결과는 전혀 신통치 않았다.

「혹시 우리가 〈바보〉 우주를 창조한 게 아닐까요?」

제스는 한숨을 푹 쉬었다. 그 놀이에 싫증이 나기 시작하는 모양이었다.

아이는 그 뒤로 이틀 동안 헛되이 애를 쓰고 나더니 인내심을 완전히 잃고 말았다. 그 나이의 아이들은 당장에 즐거움을 얻을 수 있는 놀이를 좋아한다. 제스는 벌써 여러 번 어항에서 행성과 항성을 꺼내어 와작와작 씹어 보았다. 그것들은 전혀 독성이 없었다. 하지만 그것도 별로 재미있는 놀이는 아니었다. 행성들은 조금 짠맛이 났고, 항성들은 너무 뜨거워서 입 안을 델 염려가 있었다.

결국 제스는 자기 우주가 담긴 어항을 다락방으로 치워 버렸다. 핀볼, 흔들 목마, 플라스틱 장난감 병정 상자, 빨

판 권총 등 버림받은 다른 장난감들 옆에 어항을 갖다 놓고, 제스는 자기 암고양이 예양이를 쓰다듬으러 내려왔다.

하지만 다락방의 어항 속에서는 우주가 계속 돌아가고 있었다.

어느 날 쥐 한 마리가 단지 호기심으로 그 어항에 접근하였다. 쥐는 예민한 시각을 이용하여 작은 은하들과 별들을 보았고 별들에 생물이 살고 있음을 알아차렸다.

쥐는 10여 마리쯤 되는 동료들의 도움을 받아 제스의 우주를 쥐들의 왕에게 가져갔다. 발톱과 이빨을 잘 써서 왕이 된 이 늙은 쥐는 자신들의 언어로 이렇게 선언했다.

〈이것은 조물주에게 버림받은 신생의 우주다. 이제부터는 우리가 이것을 지배해도 될 것이다.〉

그리하여 이 세상 어딘가에 쥐들이 인간의 신이 되어 버린 우주 하나가 존재하기 시작했다.

달착지근한 전체주의

채널 5: 인문 사회학 교양 프로그램

시청자 여러분, 오늘은 미래 사회학의 관점에서 조지 오웰의 소설 『1984년』을 다뤄 보겠습니다. 영국의 작가 조지 오웰은 이 책에서 자기가 상상한 인류의 어떤 미래를 묘사하고 있습니다. 그 사회는 모두가 똑같은 방식으로 사고해야 하는 전체주의 사회입니다. 그런데, 오늘 1984년 6월 24일에 우리는 오웰의 생각이 틀렸다고 말할 수밖에 없습니다. 우리는 완전한 민주주의 사회에 살고 있습니다. 우리 시민들은 공식적인 선전 선동에 놀아나는 것을 용인하지 않을 것입니다. 우리 지식인들이 체제를 비판하고 정부를 공격한다고 해서 재교육 수용소 같은 곳에 가는 일은 없습니다. 또 우리 거리에는 감시 카메라가 전혀 없으며, 국민 개개인의 신상 정보를 국가가 개인의 동의 없이 한데 모아서 악용하는 일도 없습니다. 그렇습니다, 조지 오웰은 잘못 생각한 것입니다.

채널 2: 문학 대담 프로그램

오늘은 우리 시대를 변화시킬 위대한 사상이라는 주제로 학술원 회원 장 피에르 드 보나시외와 함께 이야기를 나눠 보겠습니다. 어서 오세요, 장 피에르. 먼저 내가 아주 놀라운 사실을 하나 확인했다는 것을 말씀드려야겠군요. 오늘 방송을 준비하면서 내가 이 프로그램을 위해 작성했던 카드들을 죽 다시 읽어 봤습니다. 50년 동안 방송을 했으니까 이제 카드가 아주 많이 쌓였지요. 그런데, 그동안 우리 프로그램에 가장 많이 초대되었던 작가가 누구인가 했더니 바로 장 피에르, 당신이더군요. 어떤 점에서는 하나의 큰 영예라고 볼 수 있을 겁니다. 자아, 그건 그렇고, 이제 책 얘기를 해볼까요? 최근에 책을 내셨지요? 제목이 아주 간단하네요. 『내 여자들』. 책을 읽어 보니까 젊은 시절의 사랑과 당신이 사귀거나 사랑했던 모든 여자들에 관한 이야기이더군요. 그런데 장 피에르, 당신 정말 그렇게 지독한 바람둥이였나요? 이 책을 읽다 보면, 당신이 사랑과 성에 관한 한 아무것도 가리는 게 없는 사람이라는 것을 확인하게 돼요. 당신은 어떠한 성적 모험도 어떠한 체위도 마다하지 않아요. 『카마수트라』에나 나올 법한 곡예 같은 자세도 아주 기꺼이 받아들이더군요. 어디 설명 좀 해보세요. 당신은 작가이자 작가의 아들이고 작가의 손자입니다. 게다가 일간지 「라 프레스」의 논설위원이고 〈첫 소설 대상〉이라는 문학상의 심사 위원이며 탈레랑 출판사의 총서 하나를 관장하는 책임 편집 위원입니다. 그런 사

람이 어떻게…… 카사노바가 될 수 있는 거죠?

채널 4: 토크쇼

우상 파괴에 앞장서는 방송, 유행과 제도에 맞서 싸우는 것을 겁내지 않는 방송, 정치 선전용의 틀에 박힌 언어를 배격하는 방송. 바로 여러분의 〈파날 4〉입니다. 오늘도 변함없이 방청석을 가득 메워 준 우리 친구들, 안녕! 여기에 모인 우리 젊은이들은 재미없는 것과 〈짝퉁〉은 절대로 못 봐주죠. 그런 것들은 무엇이든 우리의 조롱거리가 될 겁니다. 오늘은 진정한 걸작 하나를 놓고 이야기를 나눠 볼까 해요. 알베르, 이 책을 줌으로 잡아 줘요. 자아, 어서, 표지가 잘 보이게 확대해 봐요. 오늘 여러분에게 소개하려는 책이 바로 이겁니다. 『내 여자들』. 장 피에르 드 보나시외의 최근작이죠. 굉장한 책입니다. 와, 이건 한마디로 폭탄이에요. 한 페이지 한 페이지가 다 오르가슴이죠. 하지만 이 책을 씹으려고 이빨을 갈고 있는 사람들이 많은 모양이에요. 오히려 잘된 일이죠. 자아, 힘내세요, 장 피에르. 우리는 당신 편이에요. 자유로운 정신을 지닌 어떤 사람이 섹스에 관해서 자유롭게 이야기할라치면 검열이나 판매 금지의 필요성을 주장하는 꽉 막힌 사람들이 꼭 있죠. 슬픈 일이지만 그게 현실이에요. 그런 사람들과 맞서 우리는 이렇게 외치겠어요. 브라보, 장 피에르. 그가 이 방송을 보고 있다면, 나는 이런 말도 해주고 싶어요. 장 피에르, 나는 특히 자유 성애주의자 클럽에 관한 대목이 마음에 들었어요. 거기에 나오는 남자는 한 번의 파티에서 열 명의 톱모델하고 관계를 가졌더군요. 정말 대단해요. 이 책은 거미줄이 가득한 기존의 낡은 문학과는 확실히 달라요. 우리에게 새로운 것을 주죠. 한마디로 재미있는 책입니다. 우리 〈파날 4〉의 시청자들에게도 권하고 싶어요. 무엇이 우리 시대의 새로운 조류인가를 아시고 싶다면, 주저하지 말고 이 책을 읽으십시오. 생각이 꽉 막힌 사람들의 얼굴에 강펀치를 날리는 책입니다. 탈레랑 출판사에서 나온 『내 여자들』, 정말 대단합니다.

채널 1: 뉴스

끝으로 여러분의 여가를 알찬 시간으로 만들어 줄 화제의 책 한 권을 소개해 드리겠습니다. 학술원 회원 장 피에르 드 보나시외 씨가 최근에 『내 여자들』이라는 흥미진진한 책을 냈습니다. 이 책에서 저자는 특유의 재기발랄한 문체로 자신이 걸어온 자유분방한 인생 역정을 생생하게 되살려 내고 있습니다. 저자는 자신이 온갖 종류의 자유성애주의자 클럽을 다녀 보았다고 밝히면서, 그 클럽들에서 벌어진 일들을 익살스럽고도 세련되게 묘사하고 있습니다. 자신의 성생활을 진솔하게 고백하고 있는 이 책을 통해 우리는 한 대작가의 알려지지 않은 이면을 발견하게 됩니다. 한 가지 예로, 그는 여성으로부터 애무를 받으면서 시가를 피우는 기벽이 있다고 합니다. 책에 나와 있는 말들은 훨씬 더 노골적입니다만, 굳이 이 시간에 시청자 여러분의 얼굴이 붉어지게 할 만한 표현을 쓰지는 않겠습니다. 장 피에르 드 보나시외 씨는 98세의 고령에도 불구하고 이번 책이 또다시 베스트셀러 상위권에 진입함으로써 여전히 대중 속에 살아 있는 작가임을 입증하고 있습니다. 책이 출간된 지 얼마 되지도 않았는데 서점에서는 벌써 품절 사태가 빚어지고 있다고 합니다. 저희 방송사에서는 오늘 밤 영화가 끝난 직후에 그의 생애를 돌아보는 특집 프로그램을 방영할 예정입니다. 문학에 한평생을 바쳐 프랑스 문단의 우뚝한 봉우리를 이룬 위대한 작가, 그러면서도 한편으로는 시가와 여자와 자동차 수집을 좋아했던 장 피에르 드 보나시외. 그의 진면목을 만나 보시기 바랍니다. 탈레랑 출판사에 나온 『내 여자들』, 가격은 110프랑입니다.

채널 3: 뉴스

오늘의 단신입니다. 모 대학 생물학과 학생인 베르트랑 아제미앙 씨가 자신의 과학 소설을 출간해 주는 출판사가 없는 것을 비관하여 자살했습니다. 그는 인간 복제 문제를 다룬 『하얀 가운을 입은 바보들의 결탁』이라는 소설의 저자였습니다. 그는 자기 어머니에게 남긴 유서에서 척박하고 무지한 세상에 염증을 느낀다고 밝혔습니다. 그의 어머니는 아들의 작품이 망각 속에 파묻히지 않도록 하기 위해 출판사들의 몰이해에 맞서 싸우기로 했다고 합니다. 비극적인 죽음을 맞고 나서야 마침내 한 작가에게 문이 열릴 것으로 보입니다.

채널 7: 뉴스

대통령이 일주일 동안의 휴가에 들어갔습니다. 올해 대통령이 가족과 함께 휴식을 취하기 위해 선택한 곳은 바스크 해안입니다. 저희 채널 7에서는 대통령의 휴가에 관한 여러분의 궁금증을 풀어 드리기 위해 대통령께 단독 인터뷰를 요청했습니다.

「먼저 인터뷰에 응해 주신 것에 대해 감사를 드립니다. 여러 가지로 시련이 많았던 한 해를 보내셨으니 일주일 동안이나마 아주 평온한 휴식을 취하고 싶으시리라 생각됩니다.」

「그래요, 이번엔 나도 좀 쉬고 싶습니다. 그래서 서류는 싸들고 오지 않았지요. 그 대신 소설책을 한 권 가지고 왔습니다.」

「어떤 책인지 말씀해 주실 수 있는지요?」

「장 피에르 드 보나시외의 『내 여자들』입니다.」

「그 책을 선택하신 이유를 말씀해 주시겠습니까?」

「나는 보나시외가 아직 명성을 얻지 못하고 있던 데뷔 시절부터 죽 그의 작품을 읽어 왔어요. 그러다가 서로 만날 기회가 생겨 친구가 되었지요. 그는 요즘에도 엘리제 궁에서 열리는 만찬에 종종 참석합니다. 나는 언제나 그의 솔직함과 재기발랄함을 좋아했어요. 그의 문체도 마음에 들고요. 나는 〈라 프레스〉에 실리는 그의 시평을 매일 읽고 있습니다. 읽을 때마다 기분이 아주 상쾌해지거든요.」

「하지만 이 책의 몇몇 대목에서는 충격을 받지 않으셨

나요?」

「어떤 표현들은 그 자체만 놓고 보면 충격적으로 느껴질 수도 있을 겁니다. 하지만 앞뒤 문맥을 빼고 그것들만 부각시켜서는 안 됩니다. 보나시외가 사용한 표현들은 우리 사회에서 통용되는 언어입니다. 마침내 모두의 인정을 받는 작가 한 사람이 독자들과 똑같은 방식으로 스스로를 표현하기 위해 용감하게도 그런 언어를 사용한 것입니다. 나는 보나시외의 작품을 비방하는 쩨쩨한 사람들과는 절대로 한 편이 되지 않을 겁니다. 오히려 온 마음으로 그를 지지하고 있고, 어떠한 일이 있어도 그의 충실한 독자로 남을 것입니다. 그가 즐겨 쓰는 말을 빌려서 말하자면, 나 역시 〈반골〉입니다.」

「이렇게 쉬실 수 있는 시간이 대통령께는 너무나 드물고 소중하다는 것 잘 알고 있습니다. 그래서 단 1분이라도 이 여가를 망치고 싶지는 않습니다만, 최근의 파업 예고에 대해서는 어떻게 생각하시는지요? 노조들이 모두…….」

「말씀을 잘라서 미안한데, 그런 문제는 총리에게 물어보시지요…….」

채널 8: 시사 매거진

장 피에르 드 보나시외의 책이 출간된 뒤로 많은 파문이 일고 있습니다. 페미니스트들은 이 책을 〈여성 편력의 결산이라는 형태로 나온 뻔뻔한 남성 우월주의자의 자기 예찬〉이라고 규정했습니다. 그들 중의 일부는 이 책의 문제

점을 독자들에게 널리 알리기 위하여 한 대형 서점에 난입하기도 했습니다. 그들의 주장에 따르면, 『내 여자들』은 비열하고 저속한 의도로 쓰인 책이며 그 언어는 생경하기 짝이 없다고 합니다. 사실 저자는 시가를 피우거나 위스키를 마시면서 펠라티오를 받는 장면 같은 것을 대단히 자기만족적인 필치로 묘사하고 있습니다. 그런데 보나시외의 신작을 둘러싼 이런 소동은 오히려 이 책에 도움을 주고 있습니다. 2주 만에 백만 부가 넘게 팔리는 대성공을 거두고 있으니까 말입니다.

그럼 이런 사태에 대해서 당사자는 어떤 생각을 하고 있는지 직접 들어 보기로 하겠습니다. 장 피에르 드 보나시외의 말입니다.

「요즘처럼 음울한 사건도 많고 경기도 안 좋은 시기에는 사람들이 사랑 얘기를 듣고 싶어 합니다. 대중은 연일 신문과 방송에서 지겹게 떠들어 대는 그 모든 죽음과 전쟁과 테러와 사고에 넌덜머리를 내고 있어요. 한마디로 시대가 나를 돕고 있는 셈이지요. 나는 나의 개인적인 추억을 통해서 독자들을 즐겁게 해주고 싶었어요. 약간의 외설적인 장면들이 고상 떠는 사람들을 화나게 만든다면, 그건 어쩔 수 없는 일이에요. 나는 그런 것에 상관하지 않습니다. 말귀를 잘 알아듣는 사람들만 내 이야기를 들어 줘도 충분해요. 끝으로 시청자들에게 한 가지 권하고 싶은 게 있어요. 여러분 나처럼 해보세요. 사랑의 극단적인 형태를 직접 경험해 보세요. 그러면 그게 얼마나 흥미진진한지 아시게 될 겁니다.」

채널 9: 뉴스

「온 나라가 파업 때문에 마비 상태에 빠져 있습니다. 기차나 비행기를 타지 못한 승객들은 역과 공항에서 발을 동동 구르고 있고, 일부 파업 노동자들의 도로 봉쇄 때문에 몇 시간째 자동차 안에 갇혀 있던 운전자들은 짜증을 견디다 못해 차를 고속도로 한복판에 버려둔 채 가버리고 있습니다. 환경 미화원들이 임금 인상을 요구하며 파업에 들어갔기 때문에 군인들이 동원되어 겨우겨우 도시의 쓰레기를 치우고 있습니다. 현장에 나가 있는 저희 기자를 불러 보겠습니다. 필립 르루 기자?」

「네. 저는 지금 몽파르나스 역 플랫폼에 나와 있습니다. 많은 승객들이 열차가 떠나기를 기다리며 지루하고 답답한 시간을 보내고 있습니다. 한 승객의 말을 들어 보겠습니다. 주말을 맞아 고향에 내려가려고 길을 나선 여대생 앙젤리크 양입니다. 언제 떠날지도 모르는 열차를 계속 기다리고 계신데 지루하지 않습니까? 어떻게 이 지루한 시간을 견디고 있는지요?」

「책을 읽고 있어요. 가두 판매점 문을 닫기 직전에 『내 여자들』이라는 책을 샀어요. 처음엔 조금 혐오감이 들었는데, 계속 읽다 보니까 대단한 소설이라는 생각이 들어요. 전통적인 작가들은 따분하기만 한 줄 알았는데, 이 작가는 달라요. 사랑의 모험가예요. 여자의 젖가슴에 대해서 두 페이지에 걸쳐 묘사한 대목이 있는데 나중에 가서 그게 브라질의 어떤 여장 남자에 관한 이야기라는 것을 깨닫고 깜짝 놀랐어요.」

1백 년 후.

채널 2: 문학 대담 프로그램, 「명작들의 한 세기」

「우리의 프로그램이 출범한 지 오늘로 150년이 되었습니다. 그것을 기념하는 뜻으로 오늘 이 시간은 한 위대한 작품을 기리는 데에 바치기로 했습니다. 베르트랑 아제미앙의 『하얀 가운을 입은 바보들의 결탁』이 바로 그 작품입니다. 이 책에 관해 좋은 말씀을 들려주실 분으로 알렉상드르 드 보나시외 씨를 모셨습니다. 보나시외 씨는 동세대의 가장 재능 있는 전기 작가로서 특히 베르트랑 아제미앙의 생애와 작품을 전문적으로 연구하신 분입니다. 이 방송을 준비하면서 베르트랑 아제미앙의 모습을 담은 영상 자료나 인터뷰를 찾아보려고 애를 썼습니다만, 애석하게도 전혀 구할 수가 없었습니다. 그럼 이제부터 이야기를 시작해 볼까요? 보나시외 씨, 최근에 아제미앙의 방계 후손을 만나셨다고요.」

「네. 그의 고손녀뻘 되는 여자를 만나서 그에 관한 많은 이야기를 들었습니다. 베르트랑 아제미앙은 선견지명을 가진 작가였습니다. 그는 인간 복제가 우리 시대를 혼란에 빠뜨릴 것으로 예견하고 그것을 경고하려고 했습니다. 하지만 어느 출판사도 한 무명작가의 작품에 관심을 보이지 않았지요. 그는 그것에 절망하여 자살했습니다. 그 뒤에 그의 어머니가 한 무명 출판사를 통해 자비로 책을 출간했습니다. 하지만 그렇게 출간된 책이 사람들의 주목을 받았을 리가 없지요.」

「오늘날 그 책이 얼마나 많이 읽히고 있는가를 생각하면 도저히 믿을 수 없는 얘기로군요. 이제는 모든 학교에서 그 책을 가르치고 있지 않습니까? 학생들이 책의 내용을 달달 외울 정도죠.」

「당시에는 어떤 문학평론가도 그 책에 관해 글을 쓰지 않았습니다. 칭찬하는 글은 고사하고 비판하는 글조차 단 한 줄도 나온 게 없어요.」

「그 이유를 어떻게 설명할 수 있을까요?」

「그들이 보기에 그 작품은 한낱 과학 소설일 뿐이었습니다. 당시에 지식인을 자처하던 사람들은 대부분 과학을 잘 알지도 못하면서 과학 소설을 역의 가판대에서나 파는 싸구려 대중 소설로 여겼어요. 그건 한마디로 〈나태한 합의에서 비롯된 관성〉이었지요. 하지만 아제미앙은 위대한 작가입니다. 그의 문체는 명징해요. 장황한 수식이 없고 쓸데없는 기교를 부리지 않아요. 자신의 발상을 효율적으로 뒷받침하기 위해, 물이 흐르듯 자연스럽고 간명하고 직접적인 언어를 구사하죠. 하지만 그는 작가이기 이전에 놀라운 혜안을 지닌 예언자였습니다. 그는 자기 시대를 이해했고 유전 공학이 우리의 일상생활에 가져올 문제들을 예견

했어요.」

「예를 들면요?」

「그의 소설에 보면 자식의 클론을 만드는 부모들의 이야기가 나옵니다. 그들은 유사시에 자기 자녀들의 장기를 완벽하게 대체할 수 있는 예비 장기를 확보하기 위해 클론을 만듭니다. 이 복제 인간들은 기니피그나 침팬지를 대신해서 의학 실험용으로 이용되지요. 아제미앙은 정치가들이 어떻게 사태를 악화시키는가에 관해서도 묘사하고 있습니다. 그들은 앞으로 있을 전쟁에 대비해서 인간 복제 기술을 통해 무진장한 병력을 확보하려고 합니다. 당시에는 아무도 『하얀 가운을 입은 바보들의 결탁』을 읽지 않았어요. 인간 복제에 관한 실험이 계속되고 있는데도 그것의 위험성을 경고하는 책에 관심을 갖는 사람이 없었던 것이지요.」

「어찌 보면 관심이 없었던 게 아니라 관심이 딴 데로 유도되었던 게 아닐까요?」

「그렇습니다. 마치 마술 공연에서처럼 관객의 눈길이 왼쪽으로 쏠려 있는 사이에 오른쪽에서 은밀하게 공작이 벌어진 거죠. 그 책은 유력한 신문에 서평이 실리거나 텔레비전에 잠깐 소개되기만 했어도 엄청난 반향을 불러일으켰을 겁니다. 그건 다이너마이트였죠. 작은 불씨 하나로도 폭발시킬 수 있었어요. 불행하게도 이 다이너마이트는 50년이 지나서야 터졌죠. 인간 복제가 심각한 사회 문제로 부각되었을 때, 어떤 기자가 헌책방에서 우연히 이 책을 발견했습니다. 그가 발견한 것은 아직 남아 있던 희귀본 중의 하나였지요. 그는 책에 홀딱 반하여 기사를 썼습니다. 마침내 그 책이 세상에 알려지게 된 것이지요. 일주일 뒤에 『하얀 가운을 입은 바보들의 결탁』은 세계적인 대성공을 향해 비상하게 됩니다.」

「그런데, 베르트랑 아제미앙의 어머니는 어떻게 되었나요?」

「그녀는 아들의 자살이 안겨 준 충격 때문에 나날이 허물어져 갔어요. 아들의 작품이 출간되도록 하는 데까지는 겨우겨우 성공했는데, 그 뒤로 책이 아무 반향을 얻지 못하자 완전히 실의에 빠지고 말았지요. 그녀는 조금씩 정신이 이상해지다가 4년 뒤에 정신병원에서 죽었습니다. 결국 아들이 사후에 얻은 영광을 보지 못하고 세상을 떠난 것입니다.」

「베르트랑 아제미앙의 삶에 관한 그 모든 일화와 세세한 정보들을 한데 모으는 작업이 결코 쉽지 않았을 텐데, 보나시외 씨가 아주 큰일을 하셨군요.」

「저는 전기를 쓸 때마다 주인공들의 삶을 철저하게 연구하려고 최대한 노력하고 있습니다. 아제미앙이라는 인물을 조금 알게 되면, 누구나 그가 진짜 소설적인 인물이라는 생각을 갖게 될 겁니다. 그는 감수성이 예민하고 온순하고 약간 내성적인 젊은이였습니다. 겉으로 잘 드러내지는 않았지만 놀라울 정도로 풍부한 내면세계를 지니고 있었지요. 제가 이 전기를 통해서 전달하고자 했던 것이 바로 그 점입니다. 이건 약간 다른 얘기입니다만, 사후에 더 빛을 발하는 작가는 아제미앙뿐이 아닙니다. 스탕달은 살아생전에 『적과 흑』을 2백 부밖에 팔지 못했습니다. 그 대작에 관한 비평도 발자크가 쓴 것 말고는 없었고요. 격언에 이르듯이, 현자가 달을 가리키면 바보는 손가락만 보는 법이죠.」

「좋은 말씀 감사합니다. 시청자 여러분, 알렉상드르 드 보나시외의 책은 척박한 세기의 작가 베르트랑 아제미앙의 삶에 관한 모든 이야기를 우리에게 들려주고 있습니다. 꼭 한번 읽어 보시기를 자신 있게 권해 드립니다. 이 전기는 이미 많은 부수가 팔려 나간 모양입니다. 진심으로 축하드립니다, 보나시외 씨. 옛날에 보나시외 씨의 선조 가운데 한 분이 우리 프로그램에 자주 초대되었던 것으로 아는데, 그분이 아신다면 무척 자랑스럽게 생각하시겠어요.」

「저에게 중요한 건 당대에 부당한 대접을 받았던 한 작가에 대한 기억을 되살리는 일입니다. 대중이 그의 책을 읽고 그의 메시지를 이해한다면, 저로서는 더 이상 바랄 게 없습니다.」

「베르트랑 아제미앙의 삶과 작품에 관해 더 많은 것을 알고 싶으신 분들은 보나시외의 빛나는 전기 『바보들의 시대를 살았던 예언가, 아제미앙』을 꼭 사서 읽어 보시기 바랍니다. 탈레랑 출판사에서 나왔고, 가격은 110유로입니다.」

허깨비의 세계

가브리엘 넴로드가 어떤 병원의 대기실에서 불편한 의자에 앉아 조용히 차례를 기다리고 있을 때였다. 갑자기 맞은편 벽에 걸린 그림이 움직이고 있다는 느낌이 들었다. 그러더니 벽 전체가 떨리며 비틀리다가 마침내 사라져 버렸다. 그의 주위에 있는 사람들은 이상하게도 그것에 전혀 아랑곳하지 않는 기색이었다. 잠시 후 벽이 사라진 자리에 굵은 글씨로 쓴 낱말 하나와 괄호가 다음과 같이 나타났다.

벽(두께: 50센티미터, 재료: 콘크리트, 안쪽에는 석회를 발랐고 바깥쪽에는 페인트를 칠했음. 집이나 방의 둘레를 막기 위해서 존재함).

글자들은 허공에 둥둥 떠 있었다.

가브리엘은 난데없이 나타난 그 글자들을 잠시 바라보

PSY

다가 그 너머로 눈길을 돌렸다. 벽에 가려서 안 보이던 거리와 행인들이 환히 보였다. 그는 앞으로 나아가 손을 내밀어 보았다. 정말 손에 닿는 것이 없었다. 그가 뒤로 물러서자 다시 뭔가 흐릿한 것이 눈앞에 어른거리더니 벽이 제자리로 돌아왔다. 아무리 봐도 이상한 구석이라고는 하나도 없는 보통의 벽이었다.

그는 어깨를 으쓱 추켜올리며 자기가 헛것을 보는 병에 걸린 게 아닐까 하고 생각했다. 어쩌면 그것은 그가 진찰을 받으러 온 이유와 연관이 있을지도 몰랐다. 사실 그는 편두통에 끊임없이 시달리는 것에 진절머리를 내고 있던 터였다. 그는 몸을 좌우로 흔들어 마음을 추스른 다음, 거리에 나가 조금 걷기로 했다.

어쨌거나 사물이 그것을 나타내는 문자로 대체된다는 건 참 이상한 일이야…….

가브리엘 넴로드는 고등학교에서 철학을 가르치고 있었다. 그는 기표(記表)와 기의(記意)라는 주제로 수업을 했던 적이 있음을 떠올렸다.

그때 내가 학생들에게 무엇을 가르쳤던가? 사물은 우리가 그것에 이름을 붙일 때 비로소 존재한다고 가르치지 않았던가?

그는 관자놀이를 꾹꾹 눌렀다.

철학을 가르치는 게 직업이다 보니 철학적인 문제에 너무 사로잡혀 있는 것은 아닐까?

전날 그는 구약성서의 「창세기」를 다시 읽은 바 있었다.

하느님은 아담에게 동물과 사물에 이름을 붙일 수 있는 권한을 부여하셨다. 그렇다면, 그 전에는 그것들이 존재하지 않았던 것일까?

그 뒤로 며칠 동안은 아무 일도 일어나지 않았다. 가브리엘은 그 사건을 잊고 더는 신경을 쓰지 않았다.

그랬는데 한 달 후에 그런 일이 다시 일어났다. 그가 공원에서 비둘기 한 마리를 관찰하고 있는데, 갑자기 비둘기가 사라지고 그 자리에 〈비둘기〉라는 단어와 괄호가 나타났다.

비둘기(327그램, 수컷, 깃털은 암회색, 울음소리의 음은 C와 E 플랫, 왼쪽 다리를 약간 절룩거림. 공원에 즐거운 분위기를 만들기 위해 존재함).

이번에는 글자들이 약 20초 동안 허공에 떠 있었다. 그는 손을 내밀어 〈비둘기〉라는 단어를 만지려고 했다. 그러자 그것은 뒤에 붙은 괄호와 함께 즉시 날아가 버렸다. 글자들은 하늘 높이 올라가서야 다시 비둘기로 변하였다. 암비둘기 몇 마리가 구구 소리를 내며 그 뒤를 쫓았다.

그런 일이 세 번째로 일어난 것은 집 근처에 있는 시립 수영장에서였다. 그는 느긋하게 수영을 즐기고 있다가, 굵은 글씨로 된 〈풀〉이라는 단어가 괄호와 함께 나타나는 것을 보았다.

풀(염소를 함유한 물로 가득 차 있음. 아이들의 놀이와 어른들의 운동을 위해 존재함).

이건 정도가 너무 심했다. 그는 자기 정신에 이상이 생겼다고 확신하고 곧장 정신과 의사를 찾아갔다. 거기에서 그는 평생 잊지 못할 충격적인 일을 겪게 된다. 진찰은 항불안제를 처방하는 것으로 간단히 끝났다. 그는 진찰실을 막 나서다가 복도에 세워 놓은 전신 거울과 마주쳤다. 그런데, 그가 거울 속에서 본 것은 자기 모습이 아니라 다음과 같은 글자들이었다.

사람(키 1미터 70센티미터, 몸무게 65킬로그램, 평범한 용모, 피로한 기색, 안경 착용. 시스템의 오류를 찾아내기 위해 존재함).

사람을 찾습니다

그녀는 이집트의 여신을 닮았어요. 이름마저도 여신의 이름을 따서 누트[15]라고 하죠.

동이 트고 붉은 태양이 솟아오르면 암탕나귀 젖에 목욕을 하고 자기가 좋아하는 음료를 홀짝거립니다. 그 음료는 오래된 코린트 포도주로 만든 식초에 진주를 녹여서 만든 것으로서 그녀가 아닌 다른 여자들에게는 치명적인 독이랍니다. 싹싹한 하녀들이 그녀에게 마사지를 해주는 동안 오케스트라가 그녀만을 위한 찬가를 연주해요. 그 찬가는 세상에 하나밖에 없는 합창곡이에요. 합창을 사람이 하는 것이 아니라 밤꾀꼬리 8천3백 마리로 이루어진 합창단이 맡거든요.

15 이집트 신화에 나오는 하늘의 여신. 고대의 부조(浮彫)에 나타난 형상을 보면, 별로 뒤덮인 몸을 활처럼 구부린 자세에서 발은 동쪽 지평선에 두고 팔은 서쪽 지평에 닿도록 길게 뻗고 있는 여자의 모습을 하고 있다. 대지의 신 게브와 혼인하여 오시리스, 세트, 이시스, 네프티스를 낳았다고 한다.

목욕이 끝나면 누트는 보리 음료에 유칼립투스 잎을 적셔서 아침을 먹어요. 그런 다음 화장을 하죠.

누트는 펄 아이새도를 손수 상아 유발에 빻아서 은빛 가루를 낸 다음 그것을 기다란 속눈썹이 달린 얇고 맑은 눈꺼풀에 발라요. 또 개양귀비꽃 색소를 넣어 만든 향유로 입술의 붉은빛을 더욱 돋보이게 하죠. 그다음에는 낙지 먹물로 만든 검은 매니큐어를 손톱과 발톱에 칠해요.

그녀는 늘 금실로 짠 튜닉을 입어요. 머리에는 핏빛 루비를 달고 배꼽에는 사파이어를 박죠.

귓불과 목에는 향수를 살짝 발라요. 베르가모트 즙을 첨가한 흰 사향을 한 번에 세 방울쯤 사용하는데, 이 향수는 크레타 섬에서 온 늙은 노예가 그녀를 위해 만든 거랍니다. 그녀는 북쪽 야만족들의 나라를 가끔 여행해요. 그 노예는 언젠가 거기에 갔다 오는 길에 데려왔대요.

누트는 노예들을 때리지 않아요. 여자 노예가 자기보다 더 예쁠 때는 예외지만, 그런 경우는 드물죠.

누트가 말을 할 때면 그녀의 귀고리가 이슬처럼 반짝이고, 그녀가 걸어 다닐 때면 발찌가 종처럼 짤랑거려요.

하인들이 그녀의 표범을 데려오네요. 삼브랄이라는 이름이 붙여진 이 표범은 오로지 그녀를 위해서만 살아요.

누트는 일을 하지 않아요. 손을 다칠까 두렵기 때문이죠. 또 누트는 일을 하면 주름이 생기고 수명이 상당히 줄어든다고 믿고 있어요. 누트는 음식을 먹는다기보다 그저 맛을 볼 뿐이고, 숨을 쉰다기보다 그저 가볍게 떨 뿐이에요.

누트는 한 사람의 여자일 뿐만 아니라, 태양이나 샛별과도 맞먹는 하나의 별이기도 하죠.

누트는 태생이 고귀하지만(사람들은 그녀가 바람의 딸이라고 해요), 평민들과 어울리는 것을 두려워하지 않아요. 특히 나일 강 유역에서 일요일에 오리너구리 경주가 열릴 때에는 기꺼이 그들과 함께 어울리죠.

누트는 종종 자기네 정원을 벗어난 곳에서 달리기를 해요. 그러면 그녀가 지나는 길에 피어 있는 꽃들이 그녀의 관심을 끌어 보려고 앞 다투어 향기를 발산하죠. 그래 봐야 아무 소용이 없는데도 말이에요.

어쩌다 누트는 검은 가죽으로 된 액세서리를 구입하기도 해요. 그녀 말마따나 〈서민의 삶에 대한 환상〉에 굴복하는 거죠. 사실 누트는 늘 서민적인 면모를 유지하고 싶어 해요. 하지만, 그런 액세서리를 실제로 착용할 만큼 상스럽게 굴지는 않죠.

점심때 누트는 주로 피자를 먹어요. 멸치가 들어간 것은 좋아하지 않고, 카프르[16]와 마요라나[17]와 물소 젖으로 만든 모차렐라 치즈와 신선한 올리브유가 들어간 것을 좋아하죠. 그녀가 먹는 피자는 반드시 백단 장작을 때는 화덕

16 카프리에(학명은 카파리스 스피노사)라는 식물의 꽃봉오리. 올리브, 양파 등과 함께 지중해 지방의 요리에 많이 사용된다.

17 꿀풀과의 여러해살이풀. 지중해 원산의 아관목으로 향기가 강해 수프, 스튜, 샐러드, 피자 등에 향료로 사용된다.

에서 구운 것이라야 하고, 피자 반죽을 만드는 밀은 양지 바른 밭에서 햇볕을 많이 받고 자란 것이라야 해요.

그녀가 피자에 곁들여 먹는 것은 야채 샐러드인데, 이 샐러드에는 채소의 고갱이만 들어가야 하죠. 누트는 채소의 딱딱한 겉잎이 어금니에 씹히면서 와삭와삭 음산한 소리가 나는 것을 좋아하지 않거든요. 발삼 소스는 샐러드에 직접 뿌리지 않고 따로 놓고 먹죠. 이 소스에는 카민 향이 들어가야 하고 온도가 체온과 비슷해야 해요.

누트의 걸음걸이는 미끄러져 가는 것처럼 사뿐하고, 그녀가 말하는 건 노래를 하는 것과 같아요. 누트는 무엇을 그냥 보는 게 아니라 관찰을 하고, 무엇을 그냥 듣는 게 아니라 이해를 하죠.

누트는 집에 돌아오면 이따금 류트를 연주해요. 손톱을 아주 길게 기른 가늘고 긴 손가락으로 류트의 현을 어루만지죠. 그때마다 누트는 이루 말할 수 없는 황홀감을 느끼곤 한답니다.

저녁 시간에 누트는 손님들을 맞아들여요. 그녀는 미묘하게 사람들을 감동시키는 인사말이나 칭찬의 말을 짓는 데에 능해요. 그녀는 그런 말들을 파피루스 종이에 적고 석고박(箔)으로 장식하여 손님들에게 선물합니다. 그녀의 재치는 늘 모두의 경탄을 불러일으키죠.

누트에게는 히포시아스라는 오빠가 있어요. 그는 그녀를 남몰래 사랑해요. 그래서 13세 이상의 남자는 누구를 막론하고 그녀에게 접근하지 못하게 하죠. 하지만 그녀는 알고 있어요. 자기가 언제든 짝이 될 만한 괜찮은 청년을 만나면, 주저 없이 히포시아스를 쫓아내리라는 것을 말이에요.

하늘에 어둠의 물결이 잇달아 밀려와 구름마저 삼켜 버리는 밤이면, 누트는 발코니 난간에 힘없이 기대어 삶의 의미와 우주의 신비에 관해서 명상을 해요. 그럴 때 그녀의 손은 비둘기와 누에고치들이 뒤섞여 있는 단지 속을 헤매고 다녀요. 그러고 나면 손에서 약간 시큼한 맛이 나죠.

그녀는 잠자리에 들기 전에 한 현자로부터 세상에 관한 이야기를 들어요. 현자는 옛날 옛적 신들이 서로 싸우던 때의 이야기도 하고, 자연의 힘들이 건곤일척의 대접전을 벌여 인간 세상을 만든 일도 이야기해 주죠. 또 요정, 켄타우로스, 그리핀, 게루빔 천사 등이 사람들의 정신에 영향을 미치기 위해 음모를 꾸미고 있는 세계에 대한 이야기도 들려줘요. 현자는 종종 불운한 영웅들의 공적을 찬양합니다. 자기들의 꿈을 실현하기 위해 싸운 영웅들을 입에 침이 마르도록 칭찬해요. 누트는 그런 얘기를 듣고 나면 늘 깊은 생각에 잠기죠.

얼마 전부터 누트는 새로운 소일거리에 몰두하고 있어요. 이웃나라들을 침략하는 것이 바로 그거예요. 그녀는 벌써 나미비아를 공격했고 남쪽의 누미디아 사람들과 전투를 벌였어요. 하지만 불행하게도 누트의 군대는 전력이 그다지 신통치 못해요. 그녀의 군대를 구성하고 있는 병사들은 주로 바타비아의 용병, 몰도바의 궁수, 스위스의 투석병, 송곳니에 청산가리를 발라 놓은 아틀라스 사자, 부리가 면도날로 덮여 있는 타조, 불을 토하는 독수리, 코에서 끈끈물을 뿜도록 길들여진 난쟁이 코끼리, 뜨거운 기름으로 폭격을 가할 수 있는 새매 등이에요. 따라서 21세기의 새로운 병기를 당하기에는 역부족이죠. 바로 그런 사정 때문에 누트는 자기 군대를 현대화시킬 능력이 있는 사람을 찾고 있어요. 그녀는 그가 뛰어난 검객이기를 바라고, 적어도 자기 나라만큼 큰 나라의 왕자이기를 바라고 있어요. 또 코끼리 조련에 능숙하고 옷을 잘 입는 남자, 바닥에 침을 뱉지 않고 손가락으로 콧구멍을 쑤시지 않는 남자, 그녀 이외의 다른 미인에게는 무감한 남자, 물리치료의 현대적인 테크닉을 익힌 남자, 병역의 의무는 물론 가족 부양의 의무로부터 벗어난 남자(누트는 시어머니를 떠맡고 싶은 생각이 조금도 없거든요)이기를 바라죠.

또한 누트는 그가 온순하면서도 야성적인 남자이기를 원해요. 귀공자이면서도 때로는 불한당처럼 굴 줄 알아야 하고, 순종하면서도 때로는 반항할 줄 알아야 한다는 거죠. 누트는 따분하게 살고 싶은 생각이 조금도 없기 때문에, 그 남자가 차분하면서도 때로는 질풍 같은 격정을 보일 수 있는 사람이기를 원하고 있어요. 그뿐이 아니에요. 잘생겼지만 자기가 잘생겼다는 것을 의식하지 않는 남자라야 해요. 그리고 무엇보다 중요한 것은 3천 시시 이상의 멋진 빨간색 승용차를 가지고 있어야 하고, 은행 구좌에 평생 먹고살 만한 돈이 들어 있어야 한다는 거예요. 만약

이 마지막 조건이 충족된다면, 나머지 조건들은 부차적인 것이 될 수도 있다더군요.

누트가 찾는 남자는 그런 사람이에요. 혹시 그런 사람을 아시는 분이 있으면, 누트에게 알려 주십시오. 편집자 앞으로 편지를 보내 주시면 그녀에게 바로 전달하겠습니다.

암흑

얼마 전부터 세상에서 빛이 사라졌다. 태양은 꺼지고 별들도 더는 반짝이지 않았다. 그리하여 카미유가 그토록 잘 알고 있던 이 지구는 암흑세계가 되고 말았다. 어둠이 빛과 싸워서 승리를 거둔 것이다.

오늘 아침 잠에서 깨어났을 때도 그의 눈앞에는 깊이를 헤아릴 수 없는 어둠만이 펼쳐져 있었다. 그는 브뤼슬리앙드가 자기 곁에 놓여 있는지 더듬더듬 확인하였다. 어떤 친구보다도 믿음직하고 든든한 브뤼슬리앙드. 그가 이 길고 날렵한 검을 늘 자기 곁에 두기로 결정한 것은 세상을 온통 뒤집어 놓은 그 일이 있고 나서였다.

그 일은 밤중에 일어났다.

오래전부터 다들 그런 최악의 사태를 우려하고 있던 터였다. 사람들은 제3차 세계 대전이 임박했음을 느끼고 있었다.

전쟁은 06년 6월 6일 밤에 터졌다.

카미유가 이해한 것이 맞는다면, 그 재앙은 아주 잠깐 사이에 일어났다.

먼저 핵폭탄들이 모든 대도시를 가루로 만들었다. 누가 먼저 시작했는지는 알 수 없지만, 첫 폭탄이 떨어지자마자 반대 진영의 핵폭탄이 비 오듯 쏟아졌다. 혹자는 컴퓨터 시스템 때문에 그렇게 즉각적인 반격이 가능했다고 주장한다. 핵미사일 수백 개가 음산한 소리를 내며 하늘을 갈랐다. 아마도 그 미사일들 가운데 하나가 진로를 이탈해서, 인간 세상을 산산조각 내는 대신에 태양계의 중심으로 날아갔을 것이다. 그리하여 아무 제지도 받지 않고, 또 금성이나 수성에 부딪히지도 않고 태양에 도달했으리라.

그 충돌로 어마어마한 빛이 발생했을 게 틀림없다. 하지만 카미유는 잠을 자느라고 그 빛을 보지 못했다. 잠에서 깨어난 뒤에 그가 할 수 있었던 일은 그저 재난을 확인하는 것뿐이었다.

불이 꺼졌다. 모든 불이 꺼졌다.

그리하여 지구는 어둠과 추위 속에 떨어졌다. 그날도 그 다음 날도 새벽빛은 밝아 오지 않았다. 그날부터 세계는 절대적인 암흑 속에 잠겨 버렸다.

카미유는 그날 이후로 매일 그랬듯이, 바지를 입고 셔츠를 걸친 다음 이제는 쓸모가 없어진 차갑고 매끈매끈한 거울을 손바닥으로 문질렀다. 이건 아쉬움의 표현이 아니라, 살아갈 힘을 잃지 않기 위한 의식일 뿐이다.

절대로 포기하면 안 된다. 번쩍거리는 도시 위로 밝아 오던 불그스름한 새벽빛을 기억해야 한다. 햇살을 받아 환하게 빛나던 얼굴들과 예쁜 빛깔의 집들도 마음속에 간직해야 한다. 달도 별도 뜨지 않은 칠흑 같은 밤에도 무수한 전등이 아주 구석진 곳에서까지 어둠을 몰아내 주던 빛의 세상을 잊지 말아야 한다.

카미유는 검의 손잡이를 단단히 쥐고 이 벽 저 벽을 더듬으며 밖으로 나갔다.

먹을 건 먹어 가면서 악착같이 살아남아야 한다……. 어둠의 절대적인 지배가 그를 한 마리의 동물로 만들어 가고 있었다.

얼굴에 부딪히는 공기가 더욱 차가워진 것으로 보아 거리로 나와 있는 게 분명했다. 카미유는 조금도 망설이지 않고 단호한 발걸음으로 어둠을 갈랐다. 그런 단호함만이 못된 자들을 꼼짝 못하게 만드는 것이다.

무슨 소리가 들렸다. 카미유는 브뤼슬리앙드를 치켜들고 두 다리에 힘을 주었다. 누구든 덤빌 테면 덤벼 봐라.

암흑 세상이 된 뒤로 도시에 동물의 변종들이 많이 생겨났다. 심해의 괴물처럼 어둠에 적응되어 있는 존재들이 난데없이 나타나 어두운 도시에서 활개 치고 있었다.

카미유는 어떤 동물의 냄새를 맡았다. 소리를 들어 보건대 덩치가 상당히 크고 늑대와 비슷한 동물인 듯했다. 암흑이 만들어 낸 온갖 종류의 괴물들이 도시에 우글거리고 있었다. 그것들은 더러운 것을 먹고 사는 탓인지 몹시 고약한 냄새를 풍겼다. 카미유는 그 괴물들 중에서도 특히 빠는 소리를 내는 그 늑대와 비슷한 존재를 싫어했다. 그는 펜싱의 카르트 자세를 취하고 숨을 멈춘 채 기다렸다.

괴물은 1미터도 채 안 떨어진 곳으로 지나갔다. 카미유는 그냥 가만히 있었다. 놈이 반격을 가하기 전에 네다섯 차례 선제공격을 가할 수는 있었지만, 놈의 동작이 빨라서 공격에 성공할지 확신할 수가 없었다. 괴물은 멀어져 가고, 놈의 역겨운 냄새만 공기 중에 잠시 떠돌았다.

카미유는 더욱 신중한 걸음걸이로 가던 길을 계속 갔다. 다시 숨소리가 들리고 악취가 풍겨 왔다. 또 다른 괴물이 아까보다 조금 더 먼 거리를 두고 지나가는 듯했다. 카미유는 괴물이 그냥 지나가도록 내버려두고 이번에는 한결 힘찬 걸음걸이로 성큼성큼 나아갔다.

그는 길모퉁이를 두 번 돌아 북쪽으로 방향을 잡았다. 그곳은 양쪽으로 웅장한 건물들이 늘어서 있던 대로였는데 이제는 폐허가 되어 있었다. 그는 황폐해진 거리가 싫어서 걸음을 더욱 재우쳤다. 그러다가 하마터면 목숨을 잃을 뻔했다.

새의 변종으로 보이는 작은 괴물 하나가 화살처럼 그의 뺨을 스치면서 상처를 냈다. 그는 반사적으로 브뤼슬리앙드를 휘둘렀지만, 놈은 날카로운 소리를 내지르며 달아나 버렸다.

그는 피가 흐르는 상처를 손으로 만져 보고 피 묻은 손가락에 혀를 대보았다. 그런 시련은 오히려 그의 결연한 의지를 북돋울 뿐이었다. 그는 가방을 더욱 단단히 그러쥔 다음, 고개를 약간 숙이고 검을 높이 든 채 다시 앞으로 나아갔다.

브뤼슬리앙드가 길을 열어 주는 대로 황량한 도시의 북쪽으로 가고 있는데, 사람의 발소리와 변종 괴물들의 요란한 소리가 들려오더니 웬 사람이 갑자기 그의 팔을 잡았다. 강도인 모양이었다. 카미유는 즉각 몸을 돌려 브뤼슬리앙드로 상대를 몇 차례 후려쳤다.

「아야, 아야. 아니 왜 이러세요?」

브뤼슬리앙드가 더욱 세차게 공기를 갈랐다.

「아니…… 아야! 그만하세요, 빌어먹을!」

그때 또 다른 불량배가 나타나더니, 뒤에서 두 팔로 카미유의 몸통을 감싸 안고는 초인적인 힘으로 번쩍 들어 올렸다.

그런 것을 참고 보아줄 브뤼슬리앙드가 아니었다. 카미유는 분노에 찬 브뤼슬리앙드의 날이 바르르 떨리는 것을 느꼈다. 그는 검이 움직이는 대로 팔을 놀려 불한당의 발가락을 짓누르고 왼쪽 오금을 쑤셨다. 검의 움직임이 더욱 빨라지면서 카미유를 살기등등한 난무로 이끌었다. 그는 불한당의 얼굴을 후려치고 칼끝으로 배와 겨드랑이를 찔렀다. 그를 처음으로 공격했던 강도는 벌써 줄행랑을 놓고 있었다. 치명적인 가격을 아슬아슬하게 피한 두 번째 괴한 역시 욕설을 퍼부으며 달아났다.

카미유는 빛이 있던 시대를 기리는 뜻으로 의기양양하

게 소리를 한 번 내지르고 브뤼슬리앙드에게 속으로 감사의 뜻을 표했다. 그들이 힘을 합해 또다시 승리를 거둔 것이었다.

그런데, 태양은 왜 꺼졌을까? 왜 세상이 완전한 암흑의 시대로 들어선 것일까?

카미유가 그런 생각을 하고 있는데, 느닷없이 도처에서 팔들이 나타나더니 그를 잡고 어딘가로 끌고 갔다.

몇 분 후 카미유는 웬 사람과 마주 앉게 되었다. 에테르 냄새를 풍기는 그 사람이 퉁명스럽게 물었다.

「왜 도와주려고 하는 사람들을 때리세요?」

「나는 나 자신을 방어했을 뿐이야. 그런데 당신은 누구지? 누군데 감히 나한테 그따위 소리를 하는 거지?」

「다른 사람들 얘기를 들어 보니까, 할아버지는 쓰레기차에 부딪히실 뻔한 적도 있고 오토바이와 자동차에 치이실 뻔한 적도 있는 모양이에요. 그리고 할아버지가 혼자 길을 건너는 게 위험할 것 같아서 어떤 젊은이가 도와주려고 했더니, 할아버지는 하얀 지팡이로 그 젊은이를 마구 때렸대요.」

「지팡이라니?」

「양로원에서 준 지팡이 말이에요.」

「그건 지팡이가 아니라, 브뤼슬리앙드야. 하느님이 주신 선물이지. 내가 잠을 자다가 받은 거야.」

「이제 명백한 사실을 있는 그대로 받아들이셔야 해요.

계속 그런 식으로 나가실 수는 없어요. 제3차 세계 대전은 일어나지 않았어요. 세상이 어둠에 잠기지도 않았고요.」

상대는 잠시 침묵을 지키다가 말을 이었다.

「태양이 꺼지고 빛이 사라진 것이 아니라…… 할아버지가 빛을 감지할 수 없게 된 거예요. 제가 안과 의사로서 말씀드리는데, 할아버지의 시신경은 하룻밤 사이에 급격히 퇴화했어요. 그래서…….」

카미유는 그다음 말을 듣고 싶지 않았다.

「……눈이 보이지 않게 되셨어요.」

그 주인에 그 사자

그 일은 사람들이 전혀 모르는 사이에 조금씩 이루어졌다. 처음에는 아무도 그와 같은 변화가 일어날 것을 알아차리지 못했다. 유전자 조작 동물 개발 회사 〈동물 농장〉이 이종 교배를 통해 신종 애완동물을 만들어 낸 것은 그게 처음이 아니었다. 이 회사가 개발한 상품 목록에는 이미 사람의 말을 잘 흉내 내는 〈앵무새햄스터〉, 야옹야옹 소리를 내는 〈고양이토끼〉, 식탁 밑에서 뛰어다니며 노는 〈생쥐말〉 등이 들어 있었다.

〈동물 농장〉은 그 정도로 만족하지 않고 인간의 가장 오래된 애완동물인 개의 품종을 개량하는 프로젝트를 추진했다. 그즈음에 개 애호가들은 핏불이나 로트바일러처럼 사납고 힘이 좋으면서도 주인을 잘 따르는 종류를 특히 선호하고 있었다. 그런데 한 여론 조사 결과, 잠재적인 구매자들은 장차 자기들이 구입할 개를 통해서 다음과 같은 것을 얻고 싶어 하는 것으로 밝혀졌다.

1. 친구 하나가 곁에 있다는 느낌.

2. 남에게 겁을 주는 친구가 곁에 있다는 느낌.

3. 남에게는 겁을 주지만 나에게는 순종하는 친구가 곁에 있다는 느낌.

4. 주위 사람들을 깜짝 놀라게 하는 데서 얻는 만족감.

〈동물 농장〉은 이 여론 조사 결과를 면밀하게 분석한 끝에, 이제부터는 개를 늑대 정도가 아니라 백수의 왕인 사자와 교배시켜야 한다고 결론을 내렸다. 그에 따라 연구자들은 단계적으로 연구를 진행하여 사자개와 개사자를 차례로 만들어 보고 두 가지를 결합해 보기도 했다. 연구의 최종 결과물은 사자개로 명명되었다. 이 동물은 언뜻 보기에는 사자와 비슷했다. 사자처럼 갈기도 있고 굵고 긴 꼬리 끝에 술 모양의 털 뭉치도 있었다. 하지만 입과 코와 눈이 있는 머리의 앞쪽 부분은 영락없는 개의 모습이었고 컹컹 짖는 것도 개와 비슷했다.

사자개는 즉시 큰 호응을 불러일으켰다. 〈동물 농장〉의 예상은 적중했다. 고객들은 이제 개보다 더 멋있고 위엄 있는 사자에 마음이 끌리고 있는 게 분명했다.

「그러면 잡종을 만들 게 아니라 아예 사자를 수입하는 게 어떨까요?」

회사의 경영 전략 세미나 때에 한 이사가 그렇게 제안했다.

「그건 곤란해. 우리 회사는 유전자 조작을 전문으로 하고 있잖은가! 만일 우리가 사자를 수입하는 것으로 만족한다면 부가 가치를 어디에서 얻겠나?」

사장이 주주들의 이익을 걱정하며 반박하자, 이사가 침착하게 다시 말했다.

「그냥 수입을 하자는 뜻이 아니라 사자를 수입해서 우리의 노하우로 변종을 만들어 내자는 겁니다. 보통의 사자들은 우리의 기후나 아파트 생활을 견디지 못합니다. 하지만 DNA에 어떤 변화를 주면 사자들도 서구의 도시 환경에 적응할 수 있으리라고 봅니다.」

〈동물 농장〉의 가장 뛰어난 생물학자들이 다시 의욕적으로 연구에 착수했다. 연구 성과가 나오는 데는 그리 오랜 시간이 걸리지 않았다. 추위와 주위 환경의 스트레스와 도시의 오염 물질에 견딜 수 있는 사자의 변종이 마침내 모습을 드러냈다.

이번에도 성공은 즉각적이었다. 도시형 사자는 곧 대중의 총아가 되었다. 새끼 사자들은 매우 귀여웠다. 강아지보다 장난치기를 좋아하고 새끼 고양이보다 털이 더 복슬복슬한 새끼 사자들은 그야말로 아이들의 살아 있는 마스코트가 되기에 딱 좋아 보였다.

사자를 줄에 매어 데리고 다니는 유행을 선도한 공인은 다름 아닌 프랑스 대통령이었다. 그는 이제 자기의 검은 래브라도 사냥개로는 대통령의 위신이 서지 않는다는 것을 재빨리 간파했다. 국가 원수에게는 뭐니 뭐니 해도 백수의 왕이 어울렸다. 그리하여 금갈색 사자 한 마리가 엘리제 궁에 들어가 살게 되었다. 대통령이야 당연히 우러러

보는 마음을 불러일으키는 존재였지만, 이 사자를 곁에 둠으로 해서 그의 위엄이 한결 돋보였다.

유행은 빠르게 번져 갔다. 이제 주위 사람들의 기를 죽이는 데에는 사자를 갖는 것보다 더 좋은 게 없었다. 물론 사자는 개나 고양이에 비해 구입하고 기르는 데에 훨씬 더 많은 돈이 들었다. 하지만 사자를 가지고 있으면 자기가 남보다 앞서간다는 것을 확신할 수 있었다. 파리의 남녀들은 더 주저하지 않고 새끼 사자나 커다란 사자를 데리고 산책하는 것을 통해 스스로를 과시하기 시작했다.

물론 사고가 생기지 않을 수 없었다. 야수의 속성을 버리지 못한 일부 사자들이 거리에서 개를 잡아먹는 불상사가 발생했다. 스스로를 보도의 지배자로 여겨 오던 핏불 여러 마리가 봉변을 당했다. 어떤 사자들은 고양이를 먹이로 선택했다. 주인들은 사자의 왕성한 식욕을 진정시킬 수가 없어 그저 아연한 눈길로 바라볼 뿐이었다. 사자는 엄청난 먹보였다. 그리고 아프리카 평원에서 기나긴 세월 동안 획득된 습성이 한 세대 만에 사라질 리가 없었다.

급기야 어떤 아이가 사자에게 물리는 일까지 벌어지고 불만의 소리가 높아지기 시작했다. 하지만 사자 애호가 협회는 그 사이에 벌써 강력한 압력 단체로 부상되어 있었다. 협회의 가장 든든한 응원군은 정육업자들이었다. 사자 한 마리가 하루에 먹어 치우는 고기는 약 10킬로그램에 달했다. 사자 애호가들이 늘어나면 늘어날수록 정육업자들의 수입도 늘 것은 자명했다. 그리하여 사자 주인들과 정육업자들을 중심으로 강력한 친(親)사자 연대가 형성되었다. 사자의 판매나 도시 지역 내의 통행을 제한하는 법안이 여러 차례 국회에 상정되었지만 번번이 압도적인 표 차이로 통과가 좌절되었다. 의원들은 그토록 잘 조직된 수많은 유권자들의 불만을 사고 싶어 하지 않았다. 사자의 유행은 이제 기정사실이었다. 사법부조차 사자 애호가들의 편이었다. 애완동물에 관한 법규를 위반하여 타인에게 피해를 준 사자 주인들이 늘어나고 있었지만, 법원의 늑장으로 그들에 대한 처벌은 마냥 뒤로 미뤄졌다. 재판이 벌어져도 경미한 벌금이나 단순한 경고 조치로 끝나기가 일쑤였다. 사자가 사람을 물어 죽인 사건인 경우에도 사정은 마찬가지였다.

물론 처음에는 개나 고양이의 애호가들과 어린이 보호 단체의 항의가 있었다. 하지만 그들은 이내 힘없는 소수파가 되어 버렸다. 개·고양이 먹이 제조업자들의 단체는 정육업자들의 단체만큼 부유하거나 강력하지 않았다. 사자 주인들과 사자보다 약한 동물의 주인들 사이에 일종의 대립 관계가 형성되어 있기는 했지만, 사자에 반대하는 진영이 너무 겁을 먹고 있어서 그 대립이 표면화하지는 않았다.

사자의 유행은 점차로 새로운 사회 현상들을 야기하였다.

먼저 거리를 걸어 다니는 사람들의 습관에 변화가 생겼다. 그들은 거리에서 주인이 줄에 매어 데리고 다니는 사자를 보면 즉시 종종걸음을 쳐서 멀리 떨어졌다. 보도에서 사자와 마주치겠다 싶으면 그들은 재빨리 차도를 횡단해 버렸다. 사자와 맞닥뜨리느니 자동차에 치이는 한이 있더라도 차도를 건너는 편이 낫다는 게 그들의 생각이었다. 하긴 자동차는 적어도 운전자가 제대로 통제를 한다는 점에서 사자보다 나았다. 어떤 보행자는 숫제 사자들과 사자 주인들에게 보도를 내어 주고 차도로만 다녔다.

사자가 줄에 매여 있다고 해서 안심할 수 없다는 것은 도처에서 확인되었다. 사자가 개나 아이에게 일단 돌진하기 시작하면 그것을 제지하기란 거의 불가능한 일이었다. 아무리 애완동물로 변했다 해도 사자는 어디까지나 야수라서 줄이나 주둥이 망이나 겨울용 작은 조끼라면 아주 질색을 했다. 놈들은 아무것에도 속박받지 않고 으르렁거리면서 날쌘 앞발질로 위세를 부리며 당당하게 돌아다니는 것을 좋아했다. 그래서 사자 주인들은 대개 불필요한 액세서리를 사자에게 일절 강요하지 않았다. 덕분에 사자들은 관절을 움직이는 데에 지장을 받지 않았고 저희가 원하는 곳에서 마음대로 대소변을 볼 수 있었다. 어느 날 어떤 대담한 사람이 사자 주인에게 겁도 없이 이렇게 항의했다. 〈다른 건 몰라도 당신 동물의 배설물은 치워야 할 것 아니오?〉 그 배짱 좋은 사람의 무덤은 이제 몽파르나스 공동묘지에 가면 볼 수 있다. 소문에 따르면, 갈기갈기 찢긴 그의 시신을 원래 모습대로 해놓느라고 염습하는 사람들이 고생깨나 했던 모양이다.

사자가 늘어나니, 사자를 위한 미용실이 우후죽순처럼

생겨나는 것은 당연했다. 미용사들은 수사자의 풍성한 갈기를 가지고 자기들의 재주를 마음껏 펼쳐 보였다. 그리하여 한 가닥 땋기, 여러 가닥 땋기, 브러시 컷, 비틀 컷, 파마, 포니테일 등 갖가지 갈기 모양이 선을 보였다.

육아 지침서들이 어린아이들을 사자 근처에서 키우지 말라고 권고하자, 사자 애호가 협회는 사자에 대한 〈중상모략〉이라고 분개하며 수정을 요구하였다. 법원은 서둘러 수정 요구가 정당하다고 판결함으로써 사자 애호가들의 분노를 가라앉혔다. 재판부는 판결 이유에서 이런 말을 하였다. 〈애완 사자가 어린아이에게 상해를 입히는 사고는 아주 적지만 있는 것이 사실이다. 하지만 사자가 어린아이를 공격하는 일은 주인이 깜박 잊고 사자에게 먹이를 주지 않았거나 어린아이가 사자의 코를 자꾸 만지작거렸을 때에만 발생했다. 자기를 성가시게 하는 걸 좋아할 자는 세상에 아무도 없다. 더구나 사자는 고양잇과의 동물이라서 독립성이 강하고 변덕스럽다. 어찌 보면 바로 그런 점이 사자의 매력이기도 하다.〉

대문에 〈사나운 사자 조심〉이라고 써놓은 집들이 자꾸 늘어났다. 이런 집들은 〈맹견 조심〉이라고 써놓은 집들보다 강도나 절도를 당하는 일이 훨씬 적었다. 조심성 없는 사람들 또는 풋내기 도둑들 중에서 얼마나 많은 사람들이 사자 먹이로 생을 마감했는지는 아무도 모른다. 하지만 사자 덕분에 일부 개인들의 삶이 한결 안전해졌다는 사실은 인정하지 않을 수 없다.

거리에서 사자와 주인이 실랑이를 벌이는 광경은 그야말로 한판의 서커스였다. 그 흥미로운 구경거리는 거리에 나가면 어디에서나 흔히 볼 수 있는 것이 되었다. 줄에 매인 사자들은 제멋대로 가겠다고 날뛰고 주인들은 〈엎드려! 엎드려!〉 하고 소리치며 사자를 통제하려고 안간힘을 썼다. 하지만 주인들의 그 날카로운 부르짖음은 오히려 사자들을 더욱 흥분시킬 뿐이었다.

사자와 함께 조깅하는 것은 보도를 함께 걸어 다니는 것보다 훨씬 더 즐거운 일이었다. 조깅한다는 것을 알면 사자는 기꺼이 줄에 매이는 것을 받아들였다. 사자에게 그것은 하나의 놀이였다. 힘차게 앞서 달리는 사자를 따라가면 더 빨리, 더 오래 달리는 것이 가능했다. 또 사자는 다른 사람들이 데리고 다니는 사자들로부터 주인을 지켜 주는 역할도 했다. 다만 한 가지 단점이 있다면, 피로나 빨간 신호등 때문에 멈춰 서고자 해도 그럴 수가 없다는 것이었다.

사자 애호가 협회는 사자 같은 동물을 소유하면 주인들이 동물에 대해 더욱 책임감을 갖게 된다고 주장하곤 했다. 어느 정도는 일리가 있는 주장이었다. 개 주인이 가족과 함께 바캉스를 떠나면서 개를 떼어 놓는 것은 어려운 일이 아니다. 하다못해 개를 국도 변의 플라타너스에 묶어 놓고 갈 수도 있으니까 말이다. 그에 비하면 사자 주인이 사자를 떼어 놓고 가기는 대단히 어렵다. 실제로 사자를 나무에 묶어 놓고 떠나려고 했던 주인들의 유해가 나무 밑동 옆에서 발견된 적이 있었다. 사자는 어디론가 사라지고

나무에는 빈 사슬만 남아 있었다고 한다.

사자가 너무 거추장스럽고 성가신 존재로 변해도 주인들은 자기들 마음대로 그 애완동물을 떼어 버릴 수가 없었다. 그래서 어떤 사람들은 자기들 아파트를 그냥 사자에게 내주고 다른 데로 이사를 가버리는 방법을 선택했다.

혼자 남은 사자들은 거리를 배회하다가 점차 도시의 어두운 구역으로 모여들었다. 놈들은 무리를 지어 다니며 늦게 귀가하는 행인들을 습격했다. 관광객들이 밤에 홍등가나 불이 환하게 밝혀져 있지 않은 거리나 정육점이 많은 거리를 돌아다니지 않도록 하기 위해 등화관제가 계획되었다.

유행을 따르는 것의 단점은 그 유행 자체가 곧 유행에 뒤지게 된다는 것이다.

사자의 유행이 한물가자 대중의 관심은 더 소박하고 조용한 동물 쪽으로 기울었다. 〈동물 농장〉은 변덕스러운 고객들을 만족시키기 위해 언제나 최선을 다하는 기업답게 이전과 전혀 다른 성격의 상품을 개발하였다. 회사 홍보부는 인기 여배우 나타샤 안데르센을 내세워 그 새로운 상품에 대중의 눈길이 쏠리게 하는 전략을 수립했다. 그들의 주문에 따라 나타샤 안데르센은 언제나 열 마리쯤 되는 전갈을 목에 보석처럼 매달고 다녔다. 전갈의 독침에는 작은 뚜껑이 씌워져 있었기 때문에 위험은 전혀 없었다.

〈동물 농장〉은 다시 유행을 선도하는 데에 성공했다. 대중은 전갈을 완벽한 애완동물로 받아들였다. 전갈은 작고 정겹고 소박하고 값이 쌌다. 무엇보다 조용해서 좋았다. 그뿐이 아니었다. 엄청난 양의 고기를 먹어 치우는 사자와 달리 전갈은 아주 조금밖에 먹지 않았다. 파리 두 마리, 거미 한 마리면 일주일을 거뜬히 났다. 전갈들이 새끼들을 등에 태운 채 식구들끼리 화목하게 살아가는 모습은 아이들에게 좋은 교훈이 될 수도 있었다. 게다가 전갈에게는 〈동물 농장〉이 개발해서 특허를 얻은 새로운 독이 있었다. 효과가 전광석화처럼 빠르게 나타나는 이 독이 있기에 전갈은 사자를 즉석에서 제거할 수 있는 유일한 동물이 되었다.

말 없는 친구

구름이 뭉게뭉게 피어오르고 내 생각도 뭉게뭉게 솟아난다.

나는 너를 잊어 본 적이 없다. 너는 내 기억의 가장 깊숙한 곳에 간직되어 있다.

내가 널 얼마나 사랑했는지…….

세 여자가 저마다 검은 가죽을 입힌 바이올린 케이스를 손에 들고 건물 앞에 모였다. 한 여자는 갈색 머리, 또 한 여자는 금발, 나머지 한 여자는 적갈색 머리다.

계제가 계제인지라 그녀들은 옆이 트인 검은 새틴 드레스 차림에 굽 높은 벨벳 구두를 신고 있었다.

적갈색 머리 샤를로트가 바이올린 케이스에 올려놓은 손을 꼭 쥐면서 말했다.

「긴장돼. 너무 떨면 안 되는데.」

갈색 머리 아나이스는 몸을 한 차례 부르르 떨었다.

「나도 너무 긴장돼. 이러다 우리 실패하면 어떡하지?」

금발의 마리 나타샤는 손바닥에 땀이 나서 바이올린 케이스의 손잡이에 손자국이 나기 시작했음에도 애써 자신 있는 모습을 보이려고 했다.

「어쨌거나 여기까지 와서 그냥 돌아갈 수는 없어. 들어가야 해.」

「연습한 대로 잘해야 할 텐데. 내가 뭔가를 깜빡할지 모르니까 그럴 때는 네가 얼른 알려 줘.」

「너는 연습할 때 아주 잘했어. 실수 한 번 안 했고 불협화음을 낸 적도 없어. 연습한 대로만 하면 돼. 실패할 리가 없어.」

세 여자는 서로 용기를 북돋우기 위해 애써 미소를 지어 보였다.

「꼭 시험장에 들어가는 기분이야. 시험이라면 딱 질색인데.」

아나이스가 중얼거리자 샤를로트가 농담으로 되받았다.

「특히 이번 일처럼 실패할 경우 오랫동안 재시험 준비를 해야 하는 경우에는 더 그렇겠지?」

「그렇다고 이 일을 포기할 수는 없어. 우리가 해낼 수 있는지 알고 싶어. 이런 기회는 두 번 다시 없을 거야.」

마리 나타샤가 그렇게 결론을 지었다.

아나이스는 스스로에게 힘을 불어넣기 위해 요한 슈트라우스의 왈츠 「아름답고 푸른 도나우 강」을 흥얼거렸다.

세 여자는 단호하게 보석 상점 〈반 다이크 앤드 카르펠스〉의 문을 열고 들어갔다.

몇 분 후, 상점 안에 즉흥 아리아들이 울려 퍼졌다. 〈잡아요! 저 강도들 잡아요!〉라는 테마를 바탕으로 한 아리아들에 건물의 경보 사이렌이 반주를 넣었다.

언젠가는 내가 사라질 날이 올 것이고, 나와 함께 나의 모든 기억도 사라질 것이다.

이따금 나는 내가 많이 지쳐 있음을 느낀다.

세 여자는 검은 늑대 가면을 벗었다.

「우리 해냈어, 얘들아! 세상에! 우리가 해낸 거야. 성공했다고!」

웃음이 터져 나왔다. 그녀들은 가면을 일제히 공중으로 던지면서 승리의 환호성을 내질렀다. 비로소 극도의 긴장 상태에서 벗어난 느낌이었다.

그녀들은 득점을 하고 난 농구 선수들처럼 손바닥을 마주치고, 기쁨에 겨워 서로 얼싸안았다.

그녀들은 이제 자기들이 일을 벌인 곳으로부터 멀리 달아나 숲 속으로 깊이 들어와 있었다. 그녀들의 〈레인지 로버〉 사륜구동 차는 비록 낡기는 했지만 일반 승용차로 따라오는 추격자들을 쉽게 따돌렸다.

「자아 이제 우리의 전리품을 볼까?」

샤를로트의 말에 아나이스는 들고 있던 새미 가죽 가방을 열었다. 가방 안에는 한 무더기의 다이아몬드가 들어 있었다.

「오, 이렇게 아름다울 수가!」

그녀들은 한동안 넋을 잃고 보석들을 바라보았다.

「너희는 무섭지 않았니? 나는 얼마나 겁이 났는지 몰라.」

「아슬아슬했어. 네가 마지막 다이아몬드를 우리에게 넘겨주자마자 그 남자가 경보기를 울렸거든. 생각나니?」

일을 벌인 지 한 시간도 채 지나지 않았는데, 벌써 무용담이 오고 가고 있었다. 큰 전투를 치르고 온 군인들의 대화 같았다.

「자아, 이제 분배를 해야지?」

세 여자는 저마다 바이올린 케이스를 열고 보석 감정용 루페와 족집게와 작은 섀미 가죽 주머니들을 꺼냈다.

아나이스가 한 손을 가방 속에 집어넣었다가 빼냈다.

「샤를로트에게 12캐럿짜리 하나, 마리 나타샤에게도 하나, 나한테도 하나.」

다이아몬드를 나누는 아나이스의 손길이 조심스러웠다. 그녀들은 자기 몫의 다이아몬드를 받을 때마다 탄성을 연발하며 요모조모 살펴보고는 자기 주머니 속에 넣었다.

12캐럿짜리와 16캐럿짜리의 분배가 끝나고 18캐럿짜리를 나누어 가질 차례가 되었다. 한결같이 희귀하고 더없이 순수한 보석들이었다.

「어떤 사내가 나한테 이런 보석을 선물할 수 있을까? 아무도 없을 거야.」

「이 정도면 우리는 죽을 때까지 편하게 살 수 있어.」

「난 이것들 팔지 않을 거야. 이것들을 세팅하면 세상에서 가장 아름다운 목걸이가 되겠지?」
「난 말이야, 반은 세팅하고 나머지는 나중에 가서 생각할 거야.」
아나이스는 갈라 나누기를 계속했다.
「이건 샤를로트 거고, 이건 마리 나타샤 것, 이건 내 것.」
「잠깐만, 너한테 하나 더 간 거 아니니?」
잠시 침묵이 감돌았다. 세 여자는 저마다 다른 두 사람을 번갈아 보았다.
「뭐라고?」
「너한테 한 개가 더 간 것 같다고. 다시 헤아려 봐.」
마리 나타샤의 말에 아나이스는 자신의 가죽 주머니 속을 들여다보며 개수를 헤아렸다.
「아 그래, 네 말이 맞다. 미안해. 내가 실수를 했어.」
잠시 팽팽해졌던 분위기가 다시 누그러졌다.
「설마 내가 일부러 그랬다고 생각하는 건 아니겠지?」
「물론 아니지. 실수란 누구에게나 있는 거니까.」
주위에서 들리던 여치들의 울음소리가 점점 잦아들고 있었다. 해거름이 가까워지고 있는 것이었다. 새들이 부리에 벌레를 물고 새끼들이 기다리는 둥지로 돌아가고 있었다. 하늘에서는 아까보다 한결 거뭇해진 구름 덩어리들이 빠르게 흘러가고 있었다.

내가 아나이스를 처음 만난 건 그 아이가 일곱 살쯤 되었을 때였다. 아나이스는 아주 귀여운 아이였어. 커다란 초록색 눈과 분홍색 입술에 생기가 넘쳤지.

아이는 노란 포플린 원피스를 입고 비단 리본이 달린 커다란 모자를 쓰고 있었어.

아이는 내 앞에 멈춰 서더니 귀엽고 깜찍한 표정으로 나를 빤히 올려다보며 말했어.

〈나는 네가 마음에 들어. 너는 특별해. 우리 말동무 할까?〉

사실이다. 나는 특별한 존재다.

어디선가 부엉이 우는 소리가 들려 왔다. 어둠이 내리고 있었다. 세 여자는 〈레인지 로버〉의 전조등 불빛을 받으며 분배를 끝내 가고 있는 중이었다.

「다됐어. 이제 집에 돌아가서 쉬자.」

다른 두 여자와 달리 샤를로트는 그다지 신이 난 기색이 아니었다.

「문제가 하나 있어. 이 다이아몬드들은 도난품 목록에 들어가 있기 때문에 보석 가게에 팔려고 가져가면 쉽게 들통이 날 거야.」

「그럼 어떻게 하지?」

「장물아비를 찾아야지.」

「장물아비가 우리를 신고하지 않으리라는 보장이 있어?」

「일껏 고생했는데 남는 게 하나도 없으면 안 되지.」

아나이스가 주먹 쥔 손으로 다른 쪽 손바닥을 때리며 말했다.

「방법이 있을 거야. 예전에 어떤 보석 전문가랑 데이트를 한 적이 있어. 그 사람이 말하기를, 도난당한 보석은 1년 동안 보석 상점용의 특별 리스트에 올라 있게 된다고 했어. 그 기간이 지나면 팔아넘기기가 한결 쉬워진다는 거지.」

세 여자는 서로 눈길을 주고받았다.

「그럼 그동안에는 어떻게 하지? 침대 매트리스 밑에 감출까?」

「집에 보관하면 자꾸 팔고 싶은 유혹이 생길 거야. 내가 보기에는 여기에 감춰 두는 게 나아. 여기 이 숲 속의 빈터 어딘가에 숨겨 놓고 1년 뒤에 다시 만나서 함께 보물을 되찾기로 해.」

두 친구는 잠시 망설였다.

샤를로트가 먼저 손바닥이 위로 가게 해서 손을 내밀었다.

「난 오케이야.」

다른 두 사람이 그녀의 손바닥 위에 손을 얹었다.

「나도 오케이야.」

「좋아.」

「모두가 하나를 위해, 하나는 모두를 위해. 우리는 〈검은 암늑대들〉이야. 이 이름 어떻게 생각해. 우리는 늑대 가면을 쓰고 숨을 때도 숲 속에 숨잖아?」

그녀들은 손을 맞잡은 채 잠시 그대로 있었다.

「그런데, 암늑대들아, 이 다이아몬드들을 어디에다

묻지?」

「땅을 팔 필요는 없어. 조르주한테 맡기면 되니까.」

「조르주?」

세 여자는 일제히 조르주 쪽으로 고개를 돌렸다.

아나이스를 두 번째로 만났을 때, 그녀는 이렇게 말했어.

「오늘 할아버지가 돌아가셨어. 할아버지는 너랑 무척 비슷하셨어. 말씀은 별로 안 하셨지만 모든 걸 환히 꿰뚫어 보는 분이셨어. 나는 할아버지를 무척 좋아했어. 늘 내 말에 귀를 기울여 주시고 나를 이해해 주셨지. 내가 할아버지 이름을 따서 너를 조르주라고 불러도 괜찮겠니?」

「조르주에게 맡긴다고?」

「조르주가 유일한 해결책이야.」

아나이스의 단호한 주장에 샤를로트는 웃음을 터뜨리고 마리 나타샤는 어깨를 으쓱 추켜올렸다.

「정말 조르주에게 우리 보물을 맡길 수 있다고 생각하는 거니?」

「그래. 조르주는 인내심이 많고 말이 없어. 완벽한 공범이지. 우리에게 해가 될 일은 하지 않을 거야, 절대로. 안 그러니, 조르주?」

마리 나타샤는 앞으로 흘러내린 긴 금발을 쓸어 올리고 조르주를 아래위로 훑어보았다. 영 마음이 놓이지 않는다는 듯한 표정이었다.

「아무리 그래도 이건 한낱…….」
그녀는 말끝을 흐리며 피식 웃었다.
「하긴, 따지고 보면 안 될 것도 없겠다.」
그녀들은 결국 보물을 조르주에게 맡겼다. 아나이스가 조르주 쪽으로 돌아서서 말했다.
「고마워, 우리를 이해해 줘서.」
그런 다음 조르주에게 입을 맞추었다.

세 번째 만났을 때, 아나이스는 나에게 이렇게 고백했다.
「엄마 아빠가 나보고 정신과 치료를 받으래. 언젠가 내가 너를 꿈에서 보았다고 말했더니, 엄마가 뭐라고 하셨는지 아니? 그건 정상이 아니라는 거야. 너를 꿈에서 보는 게 왜 이상하다는 거지? 너는 엄마를 이해할 수 있겠니?」

몇 주일 후.
세 여자는 다시 숲 속의 빈터에 앉아 있었다. 발가락들 사이에 작은 솜뭉치를 끼운 채 발톱에 진회색 페디큐어를 칠하는 중이었다. 때는 여름이고 날씨가 더웠기 때문에 그녀들은 굽이 있는 샌들을 신기로 했다.
「우리는 아마 외모에 신경을 쓰는 최초의 강도들일 거야.」
그녀들은 향수를 뿌리고 드레스를 매만지고 늑대 가면과 권총을 바이올린 케이스에 넣은 다음 자동차에 올라탔다.
시간이 조금 지나 〈샤르티에〉 보석 상점에서 아나이스

가 소리쳤다.

「모두 엎드려!」

마리 나타샤는 천장을 향해 총을 한 방 쏘았다.

처음 할 때보다 일이 한결 수월했다. 그녀들은 상점의 널찍한 홀을 완전히 장악할 수 있도록 충분한 간격을 두고 세모꼴로 저마다의 위치를 잡은 다음, 권총을 단단히 그러쥐고 다리를 약간 벌려 안정된 자세를 취했다.

「어이! 뒤를 조심해!」

아나이스는 남자 한 사람이 움직이는 것을 보고 돌진하였다. 하지만 한 발 늦었다. 그녀가 어떻게 해볼 새도 없이 남자가 경보기의 버튼을 누른 것이다.

「그만하고 달아나자! 곧 경찰이 들이닥칠 거야!」

나는 그 애가 무슨 까닭으로 나에게 칼을 대고 싶어 했는지 알지 못한다. 햇살이 찬란하던 어느 날 아침, 아나이스가 내게 말했어.

〈조르주, 우리의 결속을 확실하게 해두고 싶어.〉

아이는 칼을 꺼내 들고 자못 애처로운 표정을 지으며 내 얼굴로 바짝 다가들었어. 그러고는 내 살을 베었지.

무척 아팠어. 나는 그 칼자국이 평생 지워지지 않으리라는 것을 알고 있었어. 하지만 무어라고 할 말이 없었어. 아나이스는 결코 나쁘게 행동하는 아이가 아니었거든.

마리 나타샤가 이를 악물고 운전을 하는 동안 샤를로트

와 아나이스는 차창 밖으로 총을 쏘아 댔다.

「더 빨리 달려. 이러다가 잡히겠어.」

「타이어를 겨냥해.」

추격해 오던 자동차가 끼익 소리를 내며 멈춰 섰다.

「잘했어!」

「저기 다른 차들이 오고 있어!」

「이런! 함정에 빠진 것 같은데. 빠져나가기가 쉽지 않겠어.」

마리 나타샤는 지그재그로 차를 몰다가 갑자기 오른쪽 샛길로 접어들었다. 어떻게든 경찰관들을 따돌려야 했다.

그 길에서 또 다른 길로 빠져 한참을 달리고 나서야 가속 페달에서 발을 뗄 수 있었다. 낡은 〈레인지 로버〉가 숲 속에 멈춰 섰다. 사위가 고요하였다.

「휴, 하마터면 잡힐 뻔했어.」

암늑대들은 차에서 내리더니 주위를 한 번 쓱 둘러보고 나서 다이아몬드가 들어 있는 가방을 열었다. 그들은 가방을 가운데에 놓고 둘러앉았다.

「이제 조르주가 보관하게 될 재산이 상당하겠는걸.」

「어림잡아 30~40만 유로는 족히 될 것 같아. 아직 손을 댈 수 없다는 게 유감이지만 말이야.」

그러자 아나이스가 말했다.

「무리하지 않는 게 좋아. 아직은 때가 아냐. 그건 그렇고, 오늘 저녁에 엄마 집에서 무도회가 열려. 우리 거기 가서 기분 좀 풀까? 마침 우리 옷차림도 파티에 어울리는 복장이잖아?」

「남자들도 많이 와?」

「세상에서 가장 멋진 남자들이 오지.」

아나이스, 오 나의 귀여운 아나이스.

네가 처음으로 남자 친구를 데려와서 내게 소개했던 일이 생각나. 내가 알기로는 그가 너의 첫 애인이었어. 그의 이름은 알렉상드르 피에르였지.

너는 그 사람에게 이런 말을 했어.

「조르주를 소개할게. 내가 이런 말 한다고 질투하면 안 돼, 알렉상드르 피에르. 우리는 서로 사랑하지만 네가 한 가지 알아야 할 게 있어. 나에겐 조르주가 대단히 중요한 존재라는 거야. 조르주는 나의 모든 속내 이야기를 들어주는 친구야. 둘도 없는 내 친구지.」

그는 경멸 어린 표정으로 나를 바라보았어. 그때 이후로 나는 장 미셸이나 알렉상드르 피에르처럼 이중으로 된 이름을 좋아하지 않아. 그들의 부모는 무슨 생각으로 자식에게 그런 이름을 지어 주었을까? 내가 보기에는 두 이름이 상징하는 인격을 동시에 지니라고 그랬을 거야. 두 이름을 놓고 망설이다가 어느 것 하나로 낙착을 보지 못했던 거지. 알렉상드르 피에르의 부모는 알렉상드르라는 이름의 당당하고 오만하고 정복자적인 성격과 피에르라는 이름의 소박하고 단순한 성격을 동시에 원했을 거야. 이중으로 된 이름은 이중성격을 갖게 하기가 쉬워. 마리 나타샤를 봐. 한편으로는 성녀 같고 다른 한편으로는 요부 같잖아?
아나이스와 알렉상드르 피에르는 내가 내려다보고 있는 것을 아랑곳하지 않고 사랑을 나누었어. 아나이스는 일부러 내 앞에서 옷을 벗었을 거야. 나를 놀려 주려고 말이야.

요한 슈트라우스의 빈 왈츠.
세 여자는 남자들과 함께 빙글빙글 돌며 춤을 추었다. 그러다가 얼굴이 발그레해진 채 음식을 차려 놓은 식탁으로 돌아와 얼음과 레몬을 조금 넣은 빨간 마티니를 홀짝거렸다.
「아, 남자들이란!」
「그래, 남자들이란 다 거기서 거기야.」
「내가 유치원 다닐 때부터 남자들은 속이 빤했어.」
그녀들은 깔깔거리며 웃었다.
「사내들을 요리하는 건 정말 쉬운 일이야.」
「그래서 난 다이아몬드를 더 좋아하지. 메릴린 먼로처럼 말이야. 다이아몬드는 얻기가 어렵고 나를 실망시키는 법이 없지.」
웃음소리가 높아지자, 손님들의 눈길이 모두 그녀들에게로 쏠렸다.
아나이스의 어머니가 뚱뚱하고 머리가 약간 벗겨진 남자를 대동하고 다가왔다.
아나이스가 속삭였다.
「숨는 게 좋겠어. 엄마가 와.」

하지만 어머니가 그녀를 불러 세웠다.

「아나이스, 너 외삼촌한테 인사도 안 하니?」

아나이스는 순순히 남자의 빰에 입을 맞추었다.

「안녕하세요, 외삼촌. 얘들아, 어머니와 이지도르 외삼촌을 소개할게. 여기는 내 친구 마리 나타샤와 샤를로트예요. 그런데 외삼촌, 여전히 『르 게퇴르 모데른』에서 과학부 기자로 일하고 계신가요? 요즘엔 무엇에 관한 기사를 쓰세요? 우주 정복, 인간의 기원, 뇌의 메커니즘, 암을 치료하는 기적의 신약, 뭐 그런 건가요?」

「그런 거하고는 거리가 멀어. 요즈음에는 식물의 의사소통에 관심을 갖고 있지.」

「식물이요?」

「그래. 얼마 전에 식물들이 냄새를 발산해서 서로 정보를 주고받는다는 사실이 확인되었어.」

「재미있네요. 그 얘기 좀 해주세요.」

「아프리카에서 어떤 목동들에게 한 가지 골치 아픈 문제가 있었어. 염소들을 아카시아 울타리 안에 가둬 놓으면 염소들이 자꾸 병에 걸리는 거야. 나중에 이유를 알아보니까 염소들이 아카시아 잎을 뜯어먹는 게 문제였어. 염소들이 한 나무의 잎을 뜯어먹기 시작하면, 이 나무가 즉시 냄새 신호를 보내. 그러면 다른 나무들은 자기들의 수액을 변화시켜 독성을 띠게 한다는 거지.」

이지도르는 꽃병에서 꽃 한 송이를 집어 들었다.

「식물은 신호를 보내기도 하고 받기도 해. 이 꽃은 지금

향긋한 냄새를 발산하고 있어. 슈트라우스의 왈츠를 들었기 때문이지. 하지만 이 꽃이 하드록을 듣는다면 다른 냄새를 발하게 될 거야.」

「식물이 그렇게 음악에 민감하단 말이에요?」

「음악뿐만 아니라 모든 자극에 민감하지.」

마리 나타샤는 믿어지지 않는다는 듯 눈썹을 치켜 올렸다.

아나이스는 외삼촌의 말이 사실인지 확인해 보고 싶었다. 그래서 휴식 중인 현악 4중주단의 바이올린을 가져다가 귀에 거슬리는 음들을 연주하기 시작했다. 모두가 귀를 막았다. 마리 나타샤가 꽃을 살피고 있다가 말했다.

「이지도르 삼촌은 말도 안 되는 얘기를 하고 있어요. 이 꽃은 수술 하나 까딱하지 않았어요.」

「반응이 그렇게 금방 나타나는 게 아냐. 식물이란 반응의 리듬이 아주 느린 생명 형태지.」

마리 나타샤는 빈정거리는 표정을 지었다.

「주로 그런 종류의 것에 관해서 기사를 쓰시나 보죠?」

이지도르는 참을성 있게 말을 이었다.

「독자들에게 새로운 주제와 새로운 관점을 제시하려고 노력하지.」

「하지만 식물이 음악을 듣는다는 건 말이 안 돼요. 혹시 머리가 이상해지게 만드는 식물을 조금 피우신 거 아니에요?」

아나이스는 친구의 반응에 깜짝 놀랐다. 그래서 언쟁이

더 심해지기 전에 외삼촌의 손을 잡고 플로어로 데려갔다.

「이리 와요, 외삼촌. 저랑 왈츠 한번 춰요. 그런데 지난번처럼 제 발을 밟으면 안 돼요. 알았죠?」

나는 이제 많은 세월을 살았다.

마흔두 살이 되었을 때, 나는 스스로에게 이런 질문을 하기 시작했다.

나는 누구인가?

나는 무엇을 위해 태어났는가?

지상에서 내가 이루어야 할 일은 무엇인가?

한평생을 살면서 단 한 가지라도 뭔가 유익한 일을 할 수 있을까?

바스락거리는 소리가 들렸다. 누군가가 오고 있었다. 마리 나타샤였다.

그녀는 작은 주머니들을 되찾아 내어 내용물을 확인했다. 그녀의 손에서 다이아몬드들이 무지갯빛으로 반짝였다. 그녀는 만족스러운 표정을 지으며 주머니들을 자기 배낭에 쑤셔 넣었다.

안 돼! 너에겐 그럴 권리가 없어. 가져가더라도 네 것만 가져가. 남의 것을 가져가는 것은 옳지 않아. 그 안에는 아나이스 것도 들어 있어.

마리 나타샤는 작별 인사라도 하듯 조르주를 슬쩍 돌아보았다.

나쁜 계집애.

「그거 내려놓고 두 팔을 올려!」

마리 나타샤는 머뭇거리면서 옆쪽을 흘깃거리다가 아나이스가 시키는 대로 하기로 했다.

「다이아몬드를 있던 자리에 도로 갖다 놔.」

마리 나타샤는 다이아몬드를 조르주에게 돌려주고 두 팔을 올린 채 돌아섰다.

「이제 어떻게 할 거지? 나를 그냥 놓아주지는 않겠지? 내가 다시 돌아오리라는 것을 잘 알 테니까 말이야.」

「아나이스 너도 손들어!」

등 뒤에서 또 다른 목소리가 날아왔다.

아나이스는 돌아보지 않았다.

「총 내려놔.」

아나이스는 시키는 대로 하지 않고 계속 마리 나타샤를 겨누고 있었다. 샤를로트가 한숨을 내쉬며 말했다.

「나는 너희 둘이 진실한 친구라고 생각했어. 그랬는데 이제 너희를 도저히 신뢰할 수 없다는 것을 확인했어.」

두렵다. 조심해, 아나이스. 둘 다 독사 같은 애들이야.

마리 나타샤가 잽싸게 몸을 숙이더니 자기 발목 언저리에서 작은 권총을 빼어 들었다. 그러더니 다른 두 사람이 미처 어떻게 해볼 새도 없이 홱 돌아서서 샤를로트를 겨누었다.

「이로써 우리가 대등해졌군.」

세 여자는 정삼각형을 이룬 채 서로를 겨누면서 뒷걸음질을 쳤다.

「이제 어떻게 할래? 카드를 꺼내서 다이아몬드를 걸고 포커라도 칠까?」

「우리가 단결하는 게 우리 자신에게 이로워.」

아나이스가 말했다.

아나이스 말이 맞아. 너희 두 사람은 아나이스 말을 들어야 해.

아나이스가 제안했다.

「우리 바보처럼 굴지 말고 총을 얌전히 내려놓자.」

아무도 움직이지 않았다.

「그게 가능할까? 이미 뭔가가 깨졌어. 신뢰가 깨졌다고.」

「그럼 어떻게 할 건데?」

말똥가리 한 마리가 하늘 높이 날아가면서 날카로운 소리로 울었다.

「총을 내려놓고 말로 하자.」

세 여자는 천천히 무릎을 꿇으면서 권총을 자기들 앞에

내려놓았다. 하지만 저마다 경계심을 늦추지 않고 다른 두 사람을 살피고 있었다.

그때 갑자기 마리 나타샤가 권총을 다시 집어 들더니 옆으로 한 바퀴를 구르면서 방아쇠를 당겼다. 총알은 아나이스의 팔을 살짝 스쳤다. 아나이스도 얼른 권총을 집어 들고 쏘았지만 총알이 빗나갔다. 그 사이에 샤를로트는 마리 나타샤를 겨냥하고 방아쇠를 당겼다.

세 여자는 뿔뿔이 흩어져서 저마다 숨을 곳을 찾아 덤불 속으로 들어갔다. 총소리가 공기를 갈랐다. 한 덤불에서 비명이 솟았다.

아나이스는 비명이 난 곳으로 기어갔다. 샤를로트가 죽어 있었다.

마리 나타샤는 그 틈을 타서 아나이스를 겨누었다. 하지만 탄창이 비어 있었다. 그녀가 탄환을 다시 장전하려고 할 때 아나이스가 머리를 숙이고 돌진하여 그녀의 무릎을 잡고 쓰러뜨렸다.

두 여자는 덤불 속에서 뒹굴었다. 그건 두 사람이 가로누운 자세로 격렬하게 사지를 흔들어 대는 기이한 춤이었다. 그녀들은 서로 때리고 물어뜯고 머리카락이 한 움큼씩 빠지도록 머리채를 잡아당겼다.

돌연 마리 나타샤의 손에서 칼날이 번득였다.

조심해, 아나이스!

아나이스는 발길질로 상대의 접근을 막다가 기습적으로 달려들어 상대를 쓰러뜨렸다. 상대는 넘어지면서 그녀를 잡고 매달렸다. 그 순간 아나이스의 눈에 경악의 기색이 스치고 지나갔다. 마리 나타샤의 눈에는 벌써 회한의 빛이 어려 있었다.

아나이스는 고개를 떨구어 자신의 배를 내려다보고는 두 손으로 상처를 감싼 채 털썩 무릎을 꿇었다.

「미안해. 너와 나 둘 중의 하나는 이렇게 될 수밖에 없었던 거야.」

마리 나타샤는 뒷걸음질을 치며 그렇게 말했다. 그러고는 돌아서서 달음박질을 쳤다.

안 돼!

아나이스는 주먹을 꼭 쥔 채 조르주 쪽으로 기어갔다. 그러더니 힘겹게 몸을 일으키며 중얼거렸다.

「조르주…… 날 도와줘.」

그녀는 꼭 쥔 주먹을 조르주 쪽으로 내밀고는 무언가 손 안에 있던 것을 내려놓았다.

「이걸 보관하고 있다가 내 원수를 갚아 줘.」

그런 다음 아나이스는 자기 재킷을 뒤져 휴대 전화를 꺼냈다.

「여보세요…… 경찰이죠……? 여긴 퐁텐블로 숲인데요……. 4번 오솔길로 성모마리아 바위까지 올라와서, 주안 바위 아래로 통하는 길을 따라오세요……. 주안 바위요.」
그 말을 끝으로 그녀는 털썩 무너져 내렸다.

아나이스!!!
네가 없으면 내 삶은 아무 의미가 없어.
나에게 남은 건 복수뿐이야.
그래, 할 수만 있다면 네 원수를 갚아 주겠어.

3주일 후, 두 경찰관이 마리 나타샤를 데리고 나타났다. 그녀의 손목에는 크롬강 수갑이 채워져 있었다.
정복을 입은 경찰관이 사복형사에게 물었다.
「여기에서 뭘 하려는 거죠?」
「시체를 발견한 곳이 여기야. 이 여자는 〈검은 암늑대들〉의 일원이었고 동료 두 명을 살해했다는 혐의를 받고 있어. 여기에 그 혐의 사실을 입증할 증거가 있지 않을까 해서 온 거야.」
마리 나타샤는 두 경찰관을 경멸하듯이 아래위로 훑어보았다.
「나는 죄가 없어요.」
「다이아몬드를 훔친 건 죄가 아니야? 훔치려면 다른 걸 훔쳐야지. 다이아몬드는 목록이 작성되기 때문에 훔쳐 봐야 되팔지를 못해. 그런데 여자들은 왜 그렇게 다이아몬드에 홀리는 거지? 여자와 다이아몬드의 관계를 연구해 보면 재미있을 거야, 안 그런가?」

「아마 다이아몬드의 순수성과 관계가 있을 겁니다. 그건 그렇고 우리가 찾는 게 정확히 뭐죠?」

「증거가 될 만한 것이면 뭐든지. 덤불 속을 잘 뒤져 보게.」

마리 나타샤가 어깨를 으쓱 추켜올리며 말했다.

「찾아 봐야 아무것도 나올 게 없을걸요.」

저 여자야. 저 여자가 살인자야.

내가 저들을 도울 수만 있다면 얼마나 좋을까. 무슨 방법이 없을까?

자동차 소리가 들려왔다. 사륜구동의 소형 화물차였다. 사복형사는 마음이 놓인다는 듯한 표정을 지었다.

「드디어 왔군. 우리를 도와줄 사람들일세.」

두 사람이 차에서 내렸다. 한 사람은 머리가 벗어지기 시작한 뚱뚱한 남자였다. 통통한 얼굴에 작은 금테 안경을 끼고 있었다. 주위를 두리번거리면서 그들 쪽으로 다가오던 그가 마리 나타샤를 알아보고 짧게 인사말을 건넸다.

「안녕, 마리 나타샤.」

그녀는 대답 대신 턱짓을 해보였다.

과학부 기자 이지도르가 함께 온 갈색 머리 여자를 경찰관들에게 소개했다. 그녀는 실비아 페레로 박사였다. 간단한 수인사가 끝나자 이지도르가 말했다.

「먼저 우리가 가져온 장비를 차에서 내려야 하니까, 도와주십시오.」

경찰관들은 만약의 경우를 생각해서 마리 나타샤의 한 쪽 손은 풀어 주고 다른 손은 나무의 굵다란 뿌리에 수갑으로 묶어 놓았다.

이지도르와 페레로 박사는 경찰관들의 도움을 받아 탁자를 설치하고 그 위에 몇 가지 전자 기구들을 올려놓았다. 다수의 눈금판이 붙어 있는 그 기구들에 휴대용 컴퓨터가 연결되었다. 커다란 배터리가 그 복잡한 장비들에 필요한 전기를 공급해 주고 있었다.

「이 잡동사니는 다 뭐예요?」

마리 나타샤가 묻자, 이지도르가 대답했다.

「검류계야. 정서 상태에 따라 일어나는 생리적 변화를 측정할 수 있는 기계야. 어떤 사람의 말이 거짓인지 아닌지 알아보기 위해 사용하기도 하지.」

「나에게 거짓말 탐지기를 사용하겠다는 거예요?」

마리 나타샤가 다시 물어보았다. 전혀 당황해하는 기색이 아니었다.

「아니. 너에게 사용할 게 아니고, 저 친구에게 사용할 거야.」

이지도르가 그녀 뒤에 있는 무언가를 가리켰다. 모두의 눈길이 그쪽으로 쏠렸다. 그의 손가락이 가리키는 곳에는 굴곡이 심한 실루엣이 하나 있었다.

나무 한 그루.

이리저리 비틀린 오래된 나무 한 그루.

가지들은 복잡한 요가 자세를 취한 채 꼼짝 않고 있는

듯했고, 잎들은 바람의 어루만짐에 살랑살랑 화답하고 있었다. 군데군데 땅거죽 위로 솟아오른 굵고 긴 뿌리는 굳건하게 줄기를 떠받치고 있었다.

줄기의 남쪽 면에는 연회색 바탕에 검은색과 황토색의 줄무늬가 들어가 있었고, 햇살을 덜 받은 북쪽 면에는 이끼들이 피부병처럼 퍼져 있었다.

나무껍질에는 옹두리와 상처가 수두룩하였다.

다람쥐 한 마리가 사람들의 눈길이 자기 쪽으로 쏠리고 있음을 느끼고 우듬지 쪽으로 달아나 잔가지와 넓은 잎사귀들 사이에 숨었다. 박새 한 마리도 불안을 느끼기 시작했다. 사람들이 제 둥지에 있는 알들을 빼앗아 갈까 봐 걱정하는 것이었다. 인간은 이제 박새의 알을 먹지 않는데도, 그것을 알 리 없는 박새는 나뭇잎 사이에서 부동자세로 파수를 서고 있었다.

오늘은 일생일대의 중요한 날이다.

실비아 페레로는 아주 조심스럽게 나무껍질 속에 집게들을 꽂았다. 끄트머리가 금속으로 되어 있는 그 집게들은 전선으로 검류계에 연결되어 있었다.

이지도르가 두 경찰관에게 차분한 어조로 설명했다.

「내 친구 중에 제라르 로젠이라는 사람이 있습니다. 텔아비브 대학 교수이고 관개(灌漑)와 사막화 저지 사업과 식물 행동 연구의 전문가죠. 그가 1984년에 식물이 외부

자극에 어떻게 반응하는지를 알아보기 위한 실험을 했습니다. 나무껍질에 전극을 꽂은 다음, 전기 저항의 아주 미세한 변화를 감지할 수 있는 검류계에 이 전극을 연결했죠. 그럼으로써 그는 외부의 자극이 나무들의 행동에 미치는 영향을 측정할 수 있었습니다. 구약성서에 보면, 〈타오르는 가시덤불〉에 관한 이야기가 나옵니다. 그는 이것을 하나의 비유로 생각하고 있죠. 〈말하는 가시덤불〉에 대한 비유라는 겁니다. 처음에 그가 실험 대상으로 삼았던 것은 꽃이에요. 꽃에게 하드록에서 클래식까지 여러 종류의 음악을 들려주었죠. 그 실험을 통해 그가 확인한 것은 꽃들이 비발디를 좋아한다는 것이었습니다.」

「그걸 어떻게 확인할 수 있었지요?」

정복 경찰관이 믿을 수 없다는 듯이 물었다.

「사람을 상대로 실험할 때와 마찬가지 방식으로 확인하는 겁니다. 우리는 휴식 상태에서 20을 최대치로 잡는다고 할 때 10 정도의 전기 저항을 보입니다. 마음이 아주 평온할 때는 그 수치가 5로 내려가고, 흥분 상태가 되면 15 정도로 올라가죠. 로젠 교수의 식물들은 음악이 마음에 들 때는 평온한 상태가 되어 계기의 바늘이 10 이하로 내려갔습니다. 반대로 자극이 공격적일 때는 수치가 급등했죠. 마치 화를 내면서 자극을 중단하라고 요구하기라도 하는 것처럼 말이에요……. 로젠 교수가 그다음에 생각한 것은 식물들을 온갖 종류의 다른 자극에 노출시켜 보는 것이었습니다. 추위, 더위, 빛, 어둠, 텔레비전 등에 말입니다.」

「텔레비전요? 식물에 눈이 달린 것도 아닌데요?」

「식물도 자기 나름의 방식으로 주위 세계를 지각합니다. 어느 날, 로젠 교수는 아카시아에 전극을 연결하고 어떤 자극을 보낼 준비를 하다가 무리한 동작을 하는 바람에 부상을 입었습니다. 그런데 그가 다친 것에 대해서 아카시아가 반응을 보이더랍니다. 로젠 교수는 그 점을 분명히 확인하고 싶어서 다른 방식으로 실험을 했습니다. 먼저 아카시아 근처에서 고깃덩어리를 썰어 보았지요. 나무는 아무 반응을 보이지 않았습니다. 마치 그 고깃덩어리가 이미 죽은 것임을 알고 있기라도 한 것처럼 말입니다. 그다음에는 꽃 한 송이를 액체 산소에 담가 보았어요. 나무는 반응을 보였고 계기의 바늘이 13으로 올라갔어요. 이어서 로젠 교수는 나무 근처에서 또 다른 식물을 끓는 물에 던져 넣었습니다. 바늘은 다시 14로 올라갔죠. 효모를 끓는 물에 넣었을 때는 12를 가리켰다고 합니다. 아카시아가 효모의 죽음을 감지한 것이지요.」

「효모라고요! 그게 살아 있는 겁니까?」

「물론이죠. 로젠 교수는 나무 앞에서 면도날로 자기 살을 베어 보기도 했습니다. 그러자 나무의 전기 저항이 즉시 12로 올라가더랍니다. 인간의 세포가 죽는 것이든 효모가 뜨거운 물 속에서 죽는 것이든 나무를 자극하는 폭력 행위이기는 마찬가지죠. 제라르 로젠이 오늘 여기에 왔으면 좋았을 텐데, 애석하게도 그럴 수가 없었습니다. 그 대신 자기의 주요한 보조자인 실비아를 우리에게 보냈어요.」

바람이 잔가지들을 살랑살랑 흔들었다. 갑자기 공기가 약간 삽상해지고 있었다.

「이 나무는 범행을 목격했어요. 나무 나름의 감각으로 살인을 지각했을 겁니다. 이 나무는 여기에서 무슨 일이 벌어졌는지 알고 있어요. 하지만 그것을 표현할 수는 없죠. 우리가 하려는 일은 이 나무가 무언가를 말하도록 도와주는 것입니다.」

이건 역사적인 순간이다.

뜨거운 피가 흐르는 동물들이 나무 주위로 자꾸 왔다 갔다 하면서 자기들도 모르는 사이에 땅거죽 근처의 잔뿌리들을 짓이기고 있었다.

「결국 로젠 교수의 실험을 여기에서 해보겠다는 것입니다.」

「이토록 애를 쓰실 만큼 이 사건이 특별한가요?」

「아나이스는 내 조카예요.」

마리 나타샤가 법과대학에서 들었던 강의를 떠올리며 끼어들었다.

「피해자와 친인척 관계에 있는 사람은 사건을 수사할 권리가 없어요. 변호사를 만나게 해주세요.」

「나는 수사관이 아니라 과학부 기자야. 살인 사건에 관한 취재를 하고 있을 뿐이라고. 자아, 계속합시다, 실비아.」

하얀 가운을 입은 젊은 여자가 검류계의 눈금판을 들여

다보며 말했다.

「현재 수치는…… 잠깐만요…… 평균보다 높은데요. 11이에요. 약간 흥분한 상태예요.」

「이제부턴 무얼 하는 거죠?」

사복형사가 물었다.

「증인을 심문해야죠.」

이지도르가 그렇게 대답하자 마리 나타샤가 빈정거렸다.

「그렇게 다루어서 나무가 말을 하겠어요? 고문을 해야죠. 가지를 잘라 보세요. 그러면 말을 할지도 모르잖아요? 아니면 잎을 태워 보든가.」

10분 후, 실비아는 나무껍질에 스피커를 붙여 놓고 하드록을 들려주었다. 에이시 디시의 「선더 스트럭」이었다. 검류계의 바늘이 14로 올라갔다.

비발디의 「사계」를 들려주자 수치가 6으로 내려갔다.

「대단히 민감한 나무로군. 어쨌거나 우리 시스템이 제대로 작동하고 있는 건 분명해.」

정복 경찰관은 자기가 꿈을 꾸고 있는 게 아닌가 하고 생각했다. 세상에 나무가 증인이라니!

이지도르는 무언가를 골똘히 생각하다가 아나이스의 사진 한 장을 나무줄기에서 가장 많이 돌출한 옹두리 앞으로 가져갔다. 나무에 눈이 있다고 한다면 그 옹두리가 눈으로 여겨질 법했다.

「어때요?」

실비아는 기계의 몇몇 스위치를 조작해 보고 나서 말했다.

「11인데요.」

이지도르는 경찰관들에게 부탁해서 마리 나타샤를 잠시 풀어 주게 한 다음, 그녀에게 나무껍질을 만져 보라고 요구했다.

「변화가 있어요?」

실비아가 잠시 기다리다가 대답했다.

「여전히 11이에요.」

안 돼. 목표에 거의 도달했는데 여기서 실패하면 안 돼. 어떤 식으로든 내가 알고 있는 것을 알려야 해.

내가 겪은 고통스러운 일들을 생각해 보자.

청딱다구리 한 마리가 나의 어린 가지를 쪼아 댄 일.

다람쥐 한 마리가 내 열매를 훔쳐 간 일.

폭풍이 몰아쳐 나를 휘청거리게 한 일. 나를 뒤흔들고 나의 많은 친구들을 뿌리째 뽑아 버린 1999년 12월의 어마어마한 폭풍!

「이건 아무래도 시간 낭비 같아요. 그리고 왜 굳이 이 나무하고만 씨름하는 거죠? 주위에 다른 나무들도 많은데 말이에요.」

정복 경찰관이 그렇게 지적하자 이지도르가 되받았다.

「이 나무는 시체가 발견된 빈터 바로 앞에 있거든요. 내가 보기엔 이 나무가 알고 있어요. 이 나무와 소통할 수 있는 방법만 찾아내면 돼요. 우리가 외계인을 만나서 대화를 한다고 상상해 보세요. 대화가 가능하려면 그들의 의사소통 방식을 알아내야 하죠. 나무와 소통하는 것도 그와 비슷해요.」

「하지만 이건 식물이에요. 입도 없고 귀도 없어요. 외계인하고는 다르죠. 외계인에게는 입과 귀가 있을 테니까요.」

「내가 곧 대화를 시도해 볼 겁니다.」

마리 나타샤가 다시 빈정거렸다.

「갈수록 가관이네요! 이렇게 재미있는 구경은 돈을 주고도 못 할 거예요.」

그러면서 그녀는 일부러 소리를 크게 내어 웃었다.

이지도르는 그것에 아랑곳하지 않고 작업에 몰두했다.

「나무야, 저 여자를 알아보겠니?」

알아보고말고. 그래, 바로 저 여자가 범인이야.

그들은 대답을 기다렸다.

저 여자가 범인이야.

저 여자가 샤를로트도 죽였어.

다이아몬드를 혼자서 다 가지려고 그런 짓을 했어.

모든 게 다이아몬드 때문에 생긴 일이야. 마치 광물이 무슨 저주라도 내린 것처럼 그런 일이 벌어졌어.

「여전히 11이에요. 이 사건과 관련해서 알려줄 게 없는 모양이에요.」

이지도르는 아나이스가 쓰던 물건들을 나무 가까이에 가져갔다. 모두 아나이스의 향수 냄새가 아직 배어 있는 물건들이었다.

「그러지 말고 다이아몬드들을 상대로 직접 심문해 보지 그래요? 다이아몬드는 살아 있는 것처럼 보이지 않나요?」

마리 나타샤는 더욱 기가 살아서 그들을 마음껏 비웃어 댔다.

네 사람은 낭패감을 느끼기 시작했다. 자신들이 웃음거리가 된 듯한 기분이 들었다. 마리 나타샤는 거의 미친 사람처럼 깔깔거리고 있었다.

사복형사는 그쯤에서 일을 끝내는 게 좋겠다고 판단했다.

「이지도르, 미안하지만 이 실험에서는 얻을 게 별로 없는 것 같아요. 그냥 시도를 했다는 것으로 만족합시다. 아가씨는 뭐가 좋다고 그렇게 깔깔거리는 거야? 이 시도에 대해서는 비밀을 지키는 게 당신 신상에도 좋을걸.」

「나한테는 그게 아무에게나 마구 떠들고 다니라는 소리처럼 들리는데요. 좋아요, 그런 거라면 날 믿어도 돼요. 아예 기자 회견을 한번 하죠, 뭐. 일주일쯤 지나면 살인 사건을 처리하는 이 새로운 방법을 온 국민이 다 알게 될걸요. 나무의 증언이라니, 하하!」

형사는 홧김에 나무를 걷어찼다. 그러자 즉시 바늘이 13으로 올라갔다.

「나무가 반응을 보이는 건 분명하네요.」

저 빌어먹을 바늘을 움직일 수가 없어.

이런 식으로는 안 돼. 다른 방법을 찾아야 해.

이지도르 말마따나 나의 〈의사소통 방식〉을 찾아내야 해. 내가 구사할 수 있는 언어, 그게 뭘까?

나는 내 뿌리들을 자라게 해서 수분의 원천으로 나아가게 할 수 있다. 비록 한 달 이상의 시간이 걸릴지언정 그건 내가 할 줄 아는 일이다.

내가 할 줄 아는 게 또 뭐가 있지?

아무것도 없다. 아니, 한 가지가 있다. 그게 나의 마지막 기회다.

그들은 장비를 다시 차에 싣기 시작했다.

「비록 실패하긴 했지만 꼭 해볼 필요가 있었던 일이야.」

형사가 한숨을 내쉬며 말했다.

난 할 수 있다. 난 할 수 있어.

힘을 한데 모아서 단번에 센 힘을 내야 해.

자아, 힘을 모으자.

내 안에는 우주의 기(氣)가 흐르고 있고, 내 모든 기억과 내 모든 감각의 에너지가 퍼져 있어.

이 모든 힘을 한데 모아 아나이스의 원수를 갚아야 해.

넓은 나뭇잎 하나. 잎몸에는 연한 빛깔의 잎맥이 그물처럼 뻗어 있고 이 잎맥들은 잎몸 가운데의 오목한 곳으로 모여든다. 이 넓은 잎사귀의 잎자루 내부에서 서서히 어떤 변화가 일고 있다. 수액이 조금씩 빠져나가고 있는 것이다.

오, 아나이스, 이건 너를 위해 하는 일이야. 난 할 수 있어.

모두가 돌아갈 채비를 하고 있는데, 그 넓은 나뭇잎이 갑자기 떨어졌다. 나뭇잎이 떨어지면서 나무줄기에 뚫린 구멍 하나가 드러났다. 나뭇잎에 가려 이제껏 아무의 눈에도 띄지 않았던 깊숙한 구멍이다.

이지도르는 마지막으로 한 번 더 나무를 돌아보다가 나뭇잎이 마치 느린 동작 화면에서처럼 천천히 떨어지고 있는 것을 보았다. 그는 눈을 깜박이고 자동차에 발을 올리려던 동작을 멈추었다. 마치 시간이 정지한 듯했다. 아무 소리도 들리지 않았다. 하늘을 날던 새조차 날갯짓 소리를 내지 않았다. 숲 속의 동물들 역시 홀린 듯이 동작을 멈추었다. 뭔가 아주 특별한 일이 일어나고 있음을 알고 있기 때문이었다.

나 해냈어!

이지도르가 무어라고 한마디를 했다. 그 말 역시 음반이 저속으로 돌아갈 때처럼 입에서 느릿느릿 나왔다.

「잠…… 깐…… 만…….」

이지도르는 아주 천천히 다가가 나무줄기의 구멍 속에

손을 집어넣었다.

그래 됐어!

그는 가시랭이에 손가락을 찔려 가면서 더듬더듬 구멍 속을 뒤졌다. 손에 잡히는 것이 있었다. 머리카락 뭉치 같았다. 꺼내어 보니 거뭇한 물질이 묻어 있는 금발 뭉치였다.
「노란 머리털에 피가 말라붙어 있는데요!」
마리 나타샤의 눈이 휘둥그레졌다.
이지도르는 머리털 뭉치를 가져와서 마리 나타샤의 머리에 가까이 대보았다. 그녀의 얼굴에서 핏기가 싹 가셨다.
「이 머리카락이 우리 아가씨 것인지 아닌지는 법의학자가 밝혀 낼 겁니다. 아울러 나무에 뚫린 커다란 구멍에 뭐가 들어 있었는지도 알아내겠지요. 내가 보기엔 바닥에 다이아몬드 가루가 있는 것 같아요.」
그러면서 이지도르는 자기 손가락 끝에서 반짝이고 있는 가루를 찬찬히 살폈다.
다른 사람들도 다가가 구멍 속을 들여다보았다.
형사는 구멍에서 긁어모은 것들을 비단 손수건에 쌌다.

나는 비단이 좋다. 비단은 누에고치에서 뽑은 실로 짠 천이고 누에는 뽕잎을 먹는 벌레이기 때문이다. 어떻게 알게 된 것인지는 모르지만 나는 많은 것을 알고 있다. 아니 안다기보다 느낀다. 나는 마치 바람이 전해 주는 정보를 감지하듯이 존재들 간의 관계를 지각한다.

나는 귀가 없어도 사람의 목소리를 듣는다. 아니, 어쩌면 내 껍질 전체가 하나의 민감한 고막일지도 모른다.

마리 나타샤는 너무 놀라서 입을 벌렸다. 자기가 방금 본 것에 충격을 받은 모양이었다.

이지도르는 나무에 뚫린 구멍 바로 위에서 칼자국을 발견했다. 그것은 오래전에 아나이스가 나무껍질에 깊숙이 새겨 놓은 이름과 기호였다.

아나이스+조르주=♡

나무 1: 그가 해냈어!

나무 2: 누가?

나무 3: 조르주라는 친구가.

나무 2: 그가 뭘 했는데?

나무 1: 움직였어!

나무 2: 뿌리를 땅 위로 들어 올렸어?

나무 1: 아니, 그보다 더 대단한 일이야. 중요한 순간에 사람들에게 신호를 보냈어. 그럼으로써 사람들의 일을 해결해 주었지.

나무 2: 잎을 떨어뜨리는 일이라면 그건 나도 할 줄 알아. 내 잎도 아주 예쁘기 때문에 사람들이 많이 주워 가지.

나무 1: 그래. 하지만 너는 가을에만 그 일을 하잖아.

나무 3: 그는 한여름에 그 일을 해냈어! 단지 그의 의지력만 가지고 말이야.

나무 2: 설마!

나무 1: 이건 단지 시작일 뿐이야. 우리가 인간 세상에 영향을 미치는 것은 가능한 일이야. 우리는 이제 그것을 알고 있어.

이미지들이 뭉게뭉게 피어나고 내 생각도 뭉게뭉게 솟는다.

나는 너를 잊어 본 적이 없다. 너는 내 기억의 가장 깊은 곳에 간직되어 있다.

아나이스, 내가 널 얼마나 사랑했는지.

나는 수 세기 전부터 무수한 사람들이 와서 나를 만지고 내 뿌리에서 버섯을 캐어 가는 것을 보았어.

나는 병사들도 보았고 산적들도 보았어. 검을 가진 자들이 있었는가 하면, 화승총을 가진 자들이나 소총을 가진 자들도 있었지.

그들은 늘 폭력으로 자기들의 존재를 표현하고 싶어 했어. 그 정도가 너무 심해서 나는 늘 깜짝 놀라곤 했지.

옛날에 사람들은 먹을 것을 얻기 위해서 살생을 했어. 요즘 사람들은 무엇 때문에 살생을 하고 무엇 때문에 서로 죽이는지 모르겠어. 아마도 습관 때문일 거야.

우리라고 해서 폭력으로부터 완전히 벗어나 있는 것은 아니야. 내 가지에서도 이따금 잎들 사이에 싸움이 벌어져. 잎들은 햇빛을 서로 차지하려고 다투지. 그늘 속에 있는 잎들은 누렇게 떠서 죽게 되고, 빛이 잘 드는 자리를 차지한 약삭

빠른 잎들은 더욱더 커지게 돼. 게다가 우리에게도 천적이 있어. 칡덩굴이 우리를 휘감아 조르고 곤충들이 우리 껍질을 파먹어. 새들은 우리 줄기에 구멍을 파서 둥지를 만들지.

하지만 그런 폭력에는 하나의 의미가 있어. 우리는 살아남기 위해서 폭력을 사용해. 하지만 인간의 폭력에는 무슨 의미가 있는지 모르겠어. 인간은 왜 서로 싸우고 죽이는 걸까? 너무 수가 많아서 스스로 수를 조절하려고 그러는 것일까? 아니면 삶이 너무 따분해서일까?

수 세기 전부터 인간은 우리를 땔감이나 종이의 원료로만 생각해 왔어. 하지만 우리는 죽어 있는 물건이 아니야. 지구상에 있는 모든 것이 그렇듯이 우리는 살아 있고 세계에서 벌어지고 있는 일을 지각하고 있어. 우리도 우리 나름대로 고통을 받고 기쁨을 느껴.

나는 당신들과 이야기를 나누고 싶어.

언젠가는 우리가 서로 소통할 수 있는 날이 올지도 몰라…….

당신들이 그걸 원한다면 말이야.

어린 신들의 학교

내가 어린 신으로서 아직 세계의 초안을 짜고 있을 때의 일이다. 그해에 나는 제4단계 반에 진급해서 동물 세계 관리법을 배우고 있었다. 사정을 잘 모르는 독자들을 위해 우리가 각 단계에서 무엇을 배우는지에 관해 간단히 일러두고자 한다. 제1단계 반에서는 찰흙으로 별똥별이나 위성 따위를 빚으면서 광물의 세계를 공부한다. 제2단계 반에서는 식물 세계 관리법을 배운다. 제3단계 반에서는 동물 다스리는 법을 배우기 시작한다. 하지만 이 단계의 관리 대상은 타조나 하마, 방울뱀, 뾰족뒤쥐 같은 어리석은 동물들에 국한된다. 제4단계 반에 올라가면 비로소 개미나 쥐(관리하기가 대단히 어렵다)나 인간처럼 사회의식을 가진 동물들의 관리 방법을 배우게 된다.

인간에 관해서 공부할 때는 먼저 독립된 개인들을 돌보는 것부터 시작한다. 그런 다음 사회 집단, 특히 한 민족이나 국가를 관리하는 법에 대해서 배운다.

독립된 개인들을 관리하는 것은 아주 쉬운 일이다. 한 인간을 태어날 때부터 죽을 때까지 지켜보면서 필요한 경우에 적절하게 개입을 하면 된다. 인간들이란, 특히 지구의 인간들이란 꽤나 안쓰러운 존재들이다. 그들의 욕망은 끝이 없다. 그들은 항상 근심 걱정에 사로잡혀 있으며 아무것이나 믿고 의지하려고 한다. 그들은 자기들의 소원을 들어 달라고 애원하기가 일쑤다. 우리는 우리 나름의 방식으로 그들을 돕는다. 로또에 당첨되게 해주기도 하고 위대한 사랑을 만나게 하기도 한다. 때로는 우리 기분에 따라서 자동차 사고나 심장마비를 일으키기도 하고 건물 벽에 금이 가게 하기도 한다. 그건 참 재미있는 일이다. 나는 수많은 인간을 맡아서 돌보았다. 작은 사람, 큰 사람, 뚱뚱이, 말라깽이, 부자, 가난한 사람 등 별의별 인간이 다 있었다. 어떤 사람들은 내 도움으로 테니스 대회에서 우승을 했고, 우리의 존재를 눈치 챈 어떤 사람들은 인생의 시련을 통해 우리에게 경외심을 갖게 되었다.

우리가 외부의 간섭을 받지 않고 어떤 존재에 대해서 모든 것을 좌지우지할 때는 그 존재를 아주 효과적으로 관리할 수 있다. 하지만 그런 식으로 독립된 개인을 돌보는 것은 약간 단순한 일이다. 그래서 우리 신들의 뇌를 별로 자극하지 못한다. 반면에 인간의 무리를 관리하는 일은 한결 흥미진진하다. 물론 한 민족을 맡아서 관리한다는 건 그리 쉬운 일이 아니다. 인간들이 민족 규모로 크게 무리를 짓고 있으면 뜻하지 않은 반응이 일어나기 쉽다. 우리가 대처할 새도 없이 혁명이 일어나거나 정치적 지향이 달라질 수 있다. 결국 우리는 한시도 고삐를 늦추지 않고 그들을 통제해야만 한다. 민족이란 혈기왕성한 말과 같다. 이 말은 우리를 아주 높은 경지로 끌어올릴 수도 있고 도랑에 빠뜨릴 수도 있다.

제4단계 반에서 내가 연습용으로 처음 맡았던 인간 무리는 인구가 천여 명밖에 안 되는 작은 겨레였다. 그들 중에는 노인과 병자가 약간 섞여 있었다. 하지만 젊은이들이 많았기 때문에 집을 짓거나 의용군을 구성하는 데에는 아무 문제가 없었다. 나는 내가 맡은 겨레의 인구가 급증하기를 바랐다. 솔직히 고백하건대, 나는 마치 라퐁텐의 우화에 나오는 우유 장수 페레트처럼 지레 거창한 미래를 꿈꾸었다.[18] 나의 무리가 널리 퍼져 나가 세계를 지배하게 되리라고 말이다. 하지만 그것은 나 혼자서 생각한다고 되는 일이 아니었다. 내 동학들 역시 저마다 한 민족을 맡아 이끌고 있었다. 그들은 나의 친구인 동시에 경쟁자였다. 우리를 감독하고 우리 점수를 매기는 스승들은 이미 무수한 세계를 다스려 본 상급 신들이었다. 수염을 기른 그 늙은 신들은 툭하면 우리에게 이러저러한 잔소리를 늘어놓았

18 페레트는 우유 단지를 머리에 이고 읍내로 가면서 우유를 팔아 부자가 되는 상상에 빠져든다. 우유 판 돈으로 계란을 사고 계란을 부화시켜 닭을 기르고 닭을 팔아 돼지를 키우고 돼지를 팔아 젖소를 산다는 식으로 말이다. 그녀는 자기가 젖소들 속에서 뛰어 노는 장면을 상상하다가 자기도 모르게 펄쩍 뛴다. 그 바람에 우유 단지가 땅바닥에 떨어지고, 젖소도 돼지도 병아리도 물거품이 되고 만다(라퐁텐의 『우화』 중 「우유 파는 여자와 우유 단지」).

다. 신이란 모름지기 처신이 반듯해야 한다, 신성을 스스로 모독하는 언행을 해서는 안 된다, 손가락으로 콧구멍을 쑤시지 마라, 학습 도구를 청결히 해라, 아침마다 자기 선반에 번개를 새로 채워 놓아라, 봉헌물을 먹을 때 얼룩을 묻히지 마라, 하는 식으로 말이다. 우리가 무슨 강제 노동 수용소에 와 있는 것도 아닌데, 해도 너무한다는 생각이 들 정도였다. 훈계쟁이 늙은이들한테 허구한 날 구박만 받는 처지에 자기 백성들로부터 경배를 받은들 그게 무슨 소용이 있단 말인가!

이 정도로 하자. 이런 얘기는 길게 할 것이 못 된다. 어쨌거나 우리는 그들을 존경한다. 그들 가운데 어떤 이들은 자기들의 백성을 굳건하고도 창조적인 문명의 주인공으로 만든 예술가다.

그들은 수업을 통해 훌륭한 문명이 갖춰야 할 요소, 백성들의 출생과 사망과 환생을 감독하는 방법, 엘리트의 교체, 말을 듣지 않는 백성들을 회유하는 방법(예컨대 동굴 속에 성모 마리아를 출현시키기, 목동들에게 텔레파시 보내기) 등과 같은 일반적인 원리들을 가르쳤다.

또한 그들은 우리가 실패하지 않기 위해서 반드시 유념해야 할 것들도 가르쳐 주었다. 도시를 건설할 장소의 선택(활화산에서 가까운 곳을 피할 것, 해일과 해적을 피하기 위해 해변에서 멀리 떨어질 것)에서 혁명의 리듬이나 전쟁 기술에 이르기까지 우리가 신중을 기해야 할 것들이 아주 많았다.

나는 내 백성들을 언덕 근처에 정착시켰다. 내가 구상한 것은 수메르형(型)의 문명이었다. 내 조언에 따라(나는 꿈을 매개로 해서 부족의 우두머리나 대제사장에게 조언한다. 기호가 새겨진 조약돌이나 새가 날아가는 모습, 머리가 둘 달린 돼지의 출생 등과 같은 신호를 이용하는 방법도 있지만, 그것은 통하지 않을 때가 많다), 그들은 곡물을 경작하고 말을 길들이고 짚을 섞은 벽을 만드는 등 내가 생각하는 사회적 진화의 첫 단계로 나아갔다.

하지만 이 첫 문명은 실패로 끝났다. 내 백성들은 토기를 발명할 생각을 하지 않았다. 그들에겐 식량을 저장할 항아리가 없었다. 수확이 증대되어도 곡물이 겨울 동안 창고에서 썩어 버리기 때문에 식량이 늘 모자랐다. 그들은 굶주림에 허덕이며 허약해져 갔다.

그때 바이킹 해적들이 침입해 왔다. 허기진 백성들은 저항 한 번 제대로 못하고 배부른 전사들에게 학살되었다. 배가 든든해야 전쟁을 잘한다는 건 누구나 아는 사실이다.

토기 발명을 소홀히 했다는 이유로 한 문명이 무너졌다고 생각하니 분통이 터졌다. 하지만 따지고 보면 우리 어린 신들은 그런 실수를 종종 저지른다. 우리는 화약이나 증기기관 따위의 발명은 잘 기억한다. 그러면서도 옛날에 인간의 생존을 가능하게 해주었던 작은 발명들은 종종 잊어버린다. 토기의 발명자가 누구인지는 아무도 모른다. 하지만 분명히 말하건대, 만일 그 발명이 없었다면 인간의 문명은 앞으로 더 나아가지 못했을 것이다. 나는 비싼 대가를 치르고 그 사실을 깨달았다.

나는 첫 문명을 망치는 바람에 20점 만점에 3점이라는 형편없는 점수를 받았다. 나의 큰 스승인 유피테르는 대단히 화가 나 있었다. 마침내 화가 가라앉자, 그는 한심하다는 듯한 표정으로 나를 톺아보며 내가 건설한 문명은 아무 가치가 없는 것이라고 말했다. 그러면서 계속 그런 식으로 나가면 내가 아티초크의 신이 되고 말 것이라고 악담을 했다. 우리 세계에서 그것은 하나의 욕이다. 우리는 남을 모욕하고 싶으면 〈아티초크의 신〉이니 〈산호의 신〉이니 하는 말로 상대를 부른다. 그런 말을 듣는다는 건 의식이 있는 존재를 관리할 능력이 없다는 뜻이다.

나는 바이킹이든 뭐든 다시는 해적들에게 당하지 않겠노라고 굳게 맹세했다.

해적들이 내 백성들을 공격했다는 사실에 놀랄 독자들이 있을지 모르겠다. 하지만 우리 어린 신들이 실습을 할 때는 따로따로 하는 게 아니라 모두가 동시에 한다는 점을 염두에 두어야 한다. 우리는 저마다 자기 백성들을 이끌어 간다. 그러니까 내 백성들을 공격한 바이킹 해적들은 다른 어린 신의 조종을 받았다는 얘기다. 알고 보니 그 어린 신은 바로 내 짝꿍 보탄[19]이었다.

나는 태연함과 위엄을 잃지 않으려고 애쓰면서 설욕의 기회가 오기를 기다렸다. 나는 장차 내 백성들에게 프랑스

19 북유럽 신화에 나오는 최고신 오딘의 다른 이름.

의 보방 원수를 본떠서 요새화된 항구를 건설하게 할 작정이었다. 그래서 보탄이 또 바이킹들을 보낸다면, 마지막으로 웃는 자가 진정한 승자라는 것을 보여 줄 생각이었다.

학교에서 우리는 모두 옛날 신들의 이름을 우리 이름으로 삼고 있다. 그 까닭을 말하기는 쑥스럽다. 그래도 솔직하게 고백을 하자면 우리 세계에서도 배경이 중요한 역할을 한다. 어린 신들이 장차 제법 큰 세계를 지배하는 특권을 누리려면 막강한 후원자가 필요한 것이다. 우리는 신들의 제1세대가 만들어 놓은 계보를 거의 그대로 물려받았다. 그래서 새로운 이름을 가진 신을 만나기란 그리 쉽지 않다. 이따금 이단 종파의 신들(빨간색과 금색의 조악한 복장에 설교는 앞뒤가 맞지 않고 사원도 아무렇게 지어져 있는 우스꽝스러운 신들)이 나타나 승진을 시도하고 자신의 계보를 만들려고 하는 경우가 없는 것은 아니다. 하지만 배는 만원이고 문은 완전히 닫혀 있다. 이단 종파의 신이 우리와 같은 반열에 올라서 자신의 계보를 형성하자면 남다른 역량을 발휘해야만 한다.

우리 어린 신들은 서로 경쟁 관계에 있다. 그렇지만 우리는 때때로 경쟁에서 벗어나 전략적으로 제휴한다. 이러한 제휴는 모두에게 도움이 된다. 우리는 과학 기술과 갖가지 정보를 서로 교환함으로써 저마다 자기 문명을 굳건하게 만들어 간다.

내가 아즈텍의 신 케찰코아틀과 맺고 있던 관계가 바로 그런 것이었다. 우리는 아주 사이가 좋았다. 그는 흑요석

가공법을 비롯한 많은 기술을 나에게 가르쳐 주었다.

경쟁자를 협력자로 만드는 게 어려울 때도 있다. 그럴 때면 나는 그들의 민족을 감시하여 군대의 움직임을 알아내거나, 내가 생각하지 못했던 발명과 독창적인 제도를 모방하곤 했다.

시험에서 좋은 성적을 얻기 위해서라면 수단과 방법은 아무래도 상관없다. 시험은 테니스 대회처럼 토너먼트로 진행된다. 패배한 민족들은 탈락하고 결국엔 두 강자만 남아 결승전을 치른다.

나는 첫 대회에서 8강에도 오르지 못하고 탈락했지만, 그 패배를 큰 교훈으로 삼았다.

그다음 시험 때에 내가 두 번째 〈연습용 민족〉으로 관리한 것은 고대 이집트 형의 민족이었다. 백성들이 아주 괜찮아 보였다. 나는 그들의 꿈에 살찐 암소가 나타나게 했다(이것은 이미 우리의 시조 신이 사용하신 방법이지만 연습 때에는 기존의 방법을 모방하는 것이 허용되어 있다). 그들은 파라오의 꿈을 해석한 요셉처럼 그것이 풍년을 예고하는 꿈이라는 것을 알아차리고, 흙으로 항아리를 빚어 곡물을 저장해야 한다고 결론을 내렸다. 그리하여 내 착한 백성들은 애써 수확한 곡식을 썩히지 않고 배부르게 겨울을 날 수 있었다. 그들의 겨울나기를 더욱 행복하게 만들어 주자는 뜻에서 나는 축제도 하나 고안했다. 하루 동안 나에게 찬미를 바치면서 마음껏 먹고 마시는 축제였다. 그들의 문명은 처음 2천 년의 어려운 고비를 넘기고 크게 번

성하였다.

그들은 나의 도움을 받아 많은 것을 이루어 냈다. 꼭대기가 피라미드로 되어 있는 이집트식 빌딩이 세워졌고, 색깔이 아주 화려한 이집트식 자동차가 만들어졌으며, 2000년대의 온갖 신제품들이 이집트 문명의 전통에 맞게 다시 고안되었다. 그럼으로써 아주 독특한 문명이 형성되었다.

하지만 나는 한 가지 실수를 저질렀다. 대도시를 하나밖에 건설하지 않았던 것이다. 어쩌면 그리도 생각이 짧았을까? 단 한 차례의 지진으로 나의 모든 수고는 물거품이 되고 말았다.

문명을 이끈다는 건 자동차를 운전하는 것과 같다. 한순간의 부주의가 큰 재앙을 불러올 수도 있는 것이다. 나의 동학들 대부분이 페스트나 콜레라나 대홍수 같은 재앙을 경험한 바 있었다. 그런 일이 터지면 모든 것을 원점에서 다시 시작해야만 한다.

우리에게 인간학을 가르치는 스승이 이르기를, 〈너희의 계란을 모두 한 바구니에 담지 말라〉고 하셨다. 여러 군데에 도시를 세워야 한다는 뜻이었다.

열 번째 연습에서 나는 잉카형(型)의 제법 괜찮은 문명을 건설했다. 나의 슬기로운 백성들은 열 군데에 큰 도시를 건설했고 바퀴와 청동기 제조 기술을 개발해 냈다. 유피테르가 나를 격려하며 말했다.

「자네도 알다시피, 우리 학생들은 자기 백성들이 언덕

위에 도시를 건설하도록 이끄는 경향이 있어. 하지만 도시를 고지에 세우는 것은 바람직하지 않아. 우선 도시가 너무 높은 곳에 있으면 식료품비가 비싸. 식량을 평지에서 언덕 위로 올리는 데에 추가로 비용이 들기 때문이야. 그리고 외적이 침입해 오는 경우에도 문제가 있어. 농민들은 외적의 공격을 받으면 서둘러 도시의 요새 안으로 들어가지. 그러면 침입자들은 더 공격할 것도 없이 그저 농지를 유린하고 도시 안에 갇힌 주민들이 굶어 죽기를 기다리면 돼. 따라서 최선의 해결책은 도시를 강 한복판에 있는 섬에 건설하는 거야. 강물은 외적의 침입을 막아 주는 천연의 방어 수단이 될 뿐만 아니라 상선과 탐사선과 군함을 보내고 맞아들일 수 있게 해주지. 사실 시조 신이 다스렸던 세계에서 가장 번성했던 도시들은 물로 둘러싸인 도시들이었어. 파리와 리옹이 그렇고, 베네치아와 암스테르담과 뉴욕이 그렇지. 반면에 카르카손이나 마드리드처럼 높은 곳에 자리 잡은 도시들은 주위로 공간을 확장하고 영향력을 확대하는 데에 어려움이 많았지.」

유피테르는 기념물을 세우는 것의 이점도 일깨워 주었다. 사실 초기에 나는 오로지 백성들을 먹이고 보호하는 일에만 신경을 썼다. 기념물을 세우는 것은 내가 보기에 시간과 돈의 낭비였다. 하지만 그것은 근시안적인 생각이었다. 기념물은 백성들의 정신에 영향을 미친다. 초대형 동상과 공중 정원, 개선문, 에펠탑, 콜로세움, 대형 도서관, 거대한 사원 등은 국가에 대한 자부심을 갖게 함으로써 백성의 단결을 유지하는 데에 도움이 된다.

열두 번째 연습 때에 나는 농업이 대단히 발달한 멋진 문명을 건설하는 데에 성공했다. 하지만 내 동학들 역시 일을 잘해 나가고 있었다. 또다시 문명 간의 대결이 벌어졌을 때, 나의 군사들은 이내 경악과 공포에 휩싸였다. 말을 타고 싸우는 자기들의 전력으로는 탱크를 앞세운 적군과 맞서 싸울 수 없다는 것을 깨달았기 때문이었다. 내가 농업에 너무 신경을 쓰느라고 군비 경쟁을 소홀히 해서 생긴 일이었다. 우리는 이런 상황을 〈폴란드의 낭패〉라고 일컫는다. 우리가 준거로 삼는 시조 신의 세계에서 2차 세계 대전 중에 폴란드의 기병대가 칼을 빼어 들고 독일 전차에 맞섰던 일을 빗대어 하는 말이다.

우리는 일을 하면서 시조 신의 경험을 참고하는 경우가 많다. 우리는 모두 그분이 행하신 일들을 연구했고, 대다수가 그분을 찬양하고 있다. 그분이 당신 백성들에게 십계를 내리신 것은 그야말로 혁명적인 일이다. 꿈을 매개로 메시지를 전하다 보면 어림짐작이 생기게 마련인데, 그분은 십계를 이용해서 그런 문제를 해결하셨다. 사실 인간들은 꿈속의 언어를 제대로 이해하지 못하고 종종 그릇된 해석을 한다. 아니면 일껏 꿈을 꾸고서도 깨고 나면 깡그리 잊어버린다. 돌에 십계를 새긴 것은 정말 멋진 발상이었다! 그로써 마침내 간결하고 명확한 메시지가 모든 인간에게 전달된 것이다.

〈너희는 살인하지 않을지라.〉 우리의 뜻을 어떻게 이보다 더 간명하게 전할 수 있겠는가? 이건 명령이 아니다. 명령이라면 〈살인하지 말라〉라든가 〈살인을 해서는 안 된다〉고 표현했을 것이다. 이건 미래 시제다. 하나의 예언이다. 언젠가는 인간이 살인의 무익함을 진정으로 깨닫게 되리라는 선언이다.

시조 신은 뭐니 뭐니 해도 위대한 실험자이셨다. 그분은 새로운 시도와 발명을 좋아하셨다. 노아의 방주, 뉴턴의 머리에 떨어진 사과, 아르키메데스의 욕조⋯⋯ 등 인간의 모든 발명과 발견이 그분의 뜻에 따라 이루어진 것이다. 우리 신들의 직업윤리를 제정하신 것도 그분이다. 우리에게도 우리 나름의 십계명이 있는 셈이다.

1. 생명을 보호할 것. 모든 형태의 생명을 보호하되, 지나침이나 모자람이 없게 할 것. 어떤 형태의 생명이 지나치게 득세하여 다른 생명에게 피해를 주는 일이 생기지 않게 할 것.

2. 인간이 신처럼 행세하지 못하게 할 것. 어설프게 신의 흉내를 내는 프랑켄슈타인 박사 같은 자들은 모두 자신들의 피조물에게 살해당하게 만들 것.

3. 예언자들에게 한 약속을 지킬 것.

4. 경솔하게 개입하지 말 것. 인간 세계의 여자들을 유혹하지 말 것.

5. 부득이한 경우가 아니면 백성들 앞에 나타나지 말

것. 특히 스스로를 과시하기 위해 출현하는 것을 삼갈 것.

6. 자신의 신도들에게 특권을 부여하지 말 것. 어떤 인간들을 유달리 사랑하는 것은 있을 수 있는 일이나 지나친 편애는 삼갈 것.

7. 파우스트식의 계약을 맺지 말 것. 신이 하는 일은 협상의 대상이 되지 않는다는 사실을 명심할 것.

8. 지시하는 바를 분명하게 전달하여, 다의적인 해석의 여지를 남기지 말 것. 덜떨어진 신에게서 덜떨어진 메시지가 나오는 것임을 명심할 것.

9. 완벽한 세계의 건설이라는 목표를 항상 유념할 것. 직업 윤리적이고 철학적이고 예술적인 야망을 견지할 것. 최고가 될 것. 다음 세대의 신들에게 모범을 보일 것.

10. 그렇다고 해서 자신의 일을 너무 중요하게 여기지는 말 것. 결코 쉽지는 않겠지만 항상 겸허한 모습을 보이고 유머 감각을 잃지 말 것. 자신이 행한 일에 대하여 거리를 두고 바라볼 것.

어린 신들의 학교에서 공부하고 있는 동안 인간을 관리하는 나의 능력은 나날이 향상되었다. 예를 들어 나는 처음에 내 백성들에게 더없이 민주적인 사회를 만들어 주고자 했다. 하지만 그건 실수였다. 처음 천 년 동안에는 전제 군주제의 단계를 어느 정도 거치는 것이 필요하다. 카이사르의 경험이 그것을 입증하고 있다. 율리우스 카이사르가 집권하기 전에 로마는 공화제 사회였다. 카이사르는 황제가 되려다가 살해되었다. 그 뒤로 로마 인들은 이웃나라의 왕들보다 더욱 포악한 황제들의 지배를 받았다. 민주주의는 진보된 국민들만이 온전히 누릴 수 있는 권리이다. 민주주의 혁명을 완수하기 위해서는 가장 알맞은 때를 선택해야 한다. 그것은 마치 수플레를 만드는 것과 같다. 너무 이르거나 너무 늦으면 모든 것을 망친다. 그건 재난이다.

내가 수업을 통해 배운 것이 또 하나 있다. 전쟁은 문명을 유지하는 수단이 될 수 없다는 사실이다. 물론 처음에는 요새를 만들고 군사들을 잘 무장시켜서 외적의 침입에 철통같이 대비하는 것이 바람직하다. 하지만 두 번째 천년이 지나고 나서는 그런 정책을 수정하지 않으면 안 된다.

모든 에너지를 전쟁 — 방어적이든 공격적이든 — 에 쏟다 보면 산업과 무역, 문화, 교육, 과학 기술을 제대로 발전시킬 수 없게 된다. 이것은 패망의 길이다. 진보된 과학 기술을 이용하여 더욱 효율적으로 무장한 나라들을 당할 수 없게 될 것이기 때문이다.

문명의 초기에는 전쟁이 세력을 확대하기 위한 수단으로 사용될 수 있다. 하지만 이웃나라들과 가능한 한 일찍 평화 협정을 맺는 것이 긴요하다. 무역과 문화-학술 교류를 발전시킴으로써 평화에 도달하는 것이 가능하다. 시조 신의 세계를 참고해 보더라도, 호전적인 문명은 결국 모두 사라지고 만다는 것을 알 수 있다. 히타이트와 바빌론이 그러했고 페르시아와 이집트와 로마가 그러했다. 이것은 중요한 교훈이다. 정복을 추구하는 나라에게는 미래가 없다.

우리 어린 신들은 쉬는 시간에 종종 한담을 나눈다. 내가 자주 어울리는 신들 중에는 예전의 감정을 털고 이제 친구가 된 보탄과 깃털 달린 뱀 케찰코아틀, 호피 인디언의 신 후루잉 우티가 있다. 그게 우리의 동아리다. 우리 반에는 다른 동아리들도 있다. 인도의 신 비슈누를 비롯하여 한국과 중국과 일본의 신들이 모여 있는 〈동방파〉가 있는가 하면, 이집트 신 오시리스와 기니의 신 알라 탕가나, 줄루 족의 신 운쿨운쿨루가 모여 있는 〈아프리카파〉도 있다.

후루잉 우티는 우리의 통솔자다. 그는 우리 동아리에서 언제나 주도적인 역할을 한다. 보탄은 음담패설을 입에 달고 다니는 친구다. 그는 무엇이든 웃음거리로 만들어 버린다.

나는 후루잉 우티를 무척 좋아한다. 하지만 그는 스스로를 너무 대단한 존재로 여긴다. 그래서 가끔은 그의 말에 의심이 가기도 한다. 예를 들어 그는 자신만이 코린트식 원주가 있는 사원을 지을 수 있는 것처럼 흰소리를 친다. 물론 그러한 태도는 후루잉만의 흠은 아니다. 노는 시간이 되면 우리는 저마다 자기가 이끌고 있는 세계에 대해서 자랑을 늘어놓는다. 〈나는 증기 기관을 발명했어〉, 〈나는 여자들을 위한 피임약을 발명했어〉, 〈나는 일회용 카메라를 개발했어〉 하는 식으로. 나 역시 농담 삼아 그런 말을 한 적이 있다.

우리 어린 신들은 누구나 조금은 우쭐대는 경향이 있다. 그건 신의 속성이라서 어쩔 수가 없다. 하지만 시조 신이 이르신 것처럼, 〈서로 험담은 하지 말아야 한다. 험담은 종교 전쟁으로 귀결되기 때문이다〉. 그래서 우리는 우스갯소리를 하고 흰소리를 칠지언정 다른 신에 대해서 나쁘게 말하지 않는다.

그런데 어느 날 비슈누가 내 등을 치면서 너무나 놀라운 이야기를 했다. 내가 들어본 그 어떤 험담보다 고약한 말이었다.

「우리가 하는 일은 참 재밌어. 하지만 너 혹시 이런 생각해 본 적 없니? 어딘가에서 우리보다 높은 차원의 신들이 우리를 가지고 장난을 치는 게 아닐까? 마치 우리가 인간을 가지고 장난을 치듯이 말이야.」

까닭은 확실치 않지만 나는 그 말을 듣고 완전히 혼란에 빠져 버렸다. 내가 어떤 우월한 존재들의 장난감이라니! 그건 도저히 받아들일 수가 없다. 내가 자유의지대로 행동하는 것이 아니라 내가 모르는 어떤 존재의 조종을 받는 꼭두각시라니! 왝. 나는 구토를 하고 밤새도록 악몽에 시달렸다.

이튿날 나는 마음을 추스르고 비슈누에게 말했다.

「그건 불가능해. 신들 위에는 아무것도 없어.」

그는 껄껄거리며 웃었다.

신의 웃음이었다.

옮긴이 **이세욱** 1962년에 태어나 서울대학교 불어교육과를 졸업하였으며, 현재 전문 번역가로 활동하고 있다. 옮긴 책으로 베르나르 베르베르의 『제3인류』(공역), 『개미』, 『웃음』, 『신』(공역), 『인간』, 『상대적이며 절대적인 지식의 백과사전』, 『베르나르 베르베르의 상상력 사전』(공역), 『뇌』, 『타나토노트』, 『아버지들의 아버지』, 『천사들의 제국』, 『여행의 책』, 움베르토 에코의 『프라하의 묘지』, 『로아나 여왕의 신비한 불꽃』, 『세상의 바보들에게 웃으면서 화내는 방법』, 『세상 사람들에게 보내는 편지』(카를로 마리아 마르티니 공저), 장클로드 카리에르의 『바야돌리드 논쟁』, 미셸 우엘벡의 『소립자』, 미셸 투르니에의 『황금구슬』, 카롤린 봉그랑의 『밑줄 긋는 남자』, 브램 스토커의 『드라큘라』, 파트리크 모디아노의 『우리 아빠는 엉뚱해』, 장자크 상페의 『속 깊은 이성 친구』, 에리크 오르세나의 『오래오래』, 『두 해 여름』, 마르셀 에메의 『벽으로 드나드는 남자』, 장크리스토프 그랑제의 『늑대의 제국』, 『검은 선』, 『미세레레』, 드니 게즈의 『머리털자리』 등이 있다.

나무

발행일 **2003년 6월 30일 초판 1쇄**
2008년 2월 10일 초판 86쇄
2008년 3월 10일 신판 1쇄
2023년 12월 30일 신판 68쇄

지은이 **베르나르 베르베르**
옮긴이 **이세욱**
발행인 **홍예빈·홍유진**
발행처 **주식회사 열린책들**

경기도 파주시 문발로 253 파주출판도시
전화 **031-955-4000** 팩스 **031-955-4004**
www.openbooks.co.kr

Copyright (C) 주식회사 열린책들, 2003, 2008, *Printed in Korea.*
ISBN 978-89-329-0787-1 03860

이 도서의 국립중앙도서관 출판예정도서목록(CIP)은 서지정보유통지원시스템 홈페이지(http://seoji.nl.go.kr)와 국가자료공동목록시스템(http://www.nl.go.kr/kolisnet)에서 이용하실 수 있습니다.(CIP제어번호 : CIP2008000402)